rowohlt
KINDLER

Ralf Günther

Die Könige von Babelsberg

Fritz Lang und die Akte Rosenthal

ROMAN

Rowohlt **Kindler**

Originalausgabe
Veröffentlicht im Rowohlt Verlag, Hamburg, November 2024

Innengestaltung Daniel Sauthoff
Satz Plantin MT Pro bei Dörlemann Satz, Lemförde
Druck und Bindung GGP Media GmbH, Pößneck
ISBN 978-3-463-00055-8

Der erste Tag

Berlin, am Morgen des 26. September 1920, 6:00 in der Früh

«Was zum Teufel?», schimpfte Beneken und eilte auf nackten Sohlen über die Dielen der ausgekühlten Wohnung dem Pochen an der Tür entgegen. Er öffnete und erblickte einen der Fahrer des Schöneberger Kriminalkommissariats. Der salutierte militärisch. «Herr Kommissar, ein Todesfall in Schmargendorf!»

Hastig kleidete Beneken sich an. Da er sich am Vorabend rasiert hatte, verzichtete er nun guten Gewissens darauf. Seine Haut war glatt, sein Bartwuchs spärlich.

Wenig später klemmte er seine Aktentasche unter den Arm. Die Mutter – im Nachthemd, den Halsausschnitt mit zitternden Fingern geschlossen – wollte ihm Stullen aufschwatzen, Karotten, einen Apfel. Beneken lehnte dies alles ab, da der Fahrer unten wartete. Mit einem Kuss auf ihre Stirn verließ er die Hinterhauswohnung.

Vor dem Torweg des Vorderhauses wartete die Dienstlimousine der Mordbereitschaft mit tuckerndem Motor. Beneken stieg auf den Beifahrersitz.

«Es geht zur Hautevolee, wenn ich das so sagen darf!», erklärte der Fahrer ungefragt und fuhr los.

«Das Opfer?», fragte Beneken.

«Nee», grinste der Fahrer, «alle miteinander, die ganze Bagage.»

«Es gibt also bereits Verdächtige?»

«Ein Paar», nickte der Fahrer. «Mord aus Eifersucht.»

«Das wissen Sie schon?»

«Es kann nicht anders sein.»

Beneken richtete den Blick auf das Straßenpflaster. Es glänzte im Licht der Laternen. Um diese Uhrzeit war das dralle, laute Berlin kaum zu erahnen. Einzelne Fuhrwerke mit vorgespannten Pferden und Milch oder Bier auf der Pritsche suchten ihren Weg durch den frühen Morgen.

«Leute vom Kintopp.»

«Wie bitte?»

«Die Verdächtigen sind vom Film.»

Diese Information irritierte Beneken. Mit Schauspielern hatte er nicht viel zu tun. Mit Halsabschneidern, Schwarzmarkthändlern, Luden, ja – aber Filmleute? Normalerweise gingen sie ihrem Handwerk abgeschieden in Neubabelsberg nach, einer Art Künstlerkolonie auf anderthalb Quadratmeilen. Verrückte Leute, am häufigsten sah man sie auf der Leinwand – und seltener im Alltag.

Als der Kommissar die Schmargendorfer Wohnung betrat, blendete ihn ein greller Lichtstrahl. Zu spät hatte er den Ellenbogen vors Gesicht genommen, der Magnesiumblitz aus der Maschine ließ ihn kurzfristig erblinden. Der Fotograf war also bereits bei der Arbeit – aus dem Schlaf gerissen, auch er.

Als Beneken wieder sehen konnte, hatte man ihn schon an den Ort des Geschehens geführt: das Schlafzimmer. Die Stirnseite des Bettes wie die dahinterliegende Wand waren blutbesprenkelt. Ein gewachstes Tuch lag ausgebreitet auf dem Boden. Eben präparierte der Pathologe den Körper für den Abtransport. An Händen und Füßen wurde die

Leiche vom Bett gehoben. Beneken fiel auf, dass sich die Totenstarre zwar schon wieder gelöst, aber deutliche Spuren am Rücken hinterlassen hatte. Der Tod musste bereits vor mehreren Stunden eingetreten sein.

Trotz des unhandlichen Kamerakastens bewegte sich der Fotograf geschmeidig über den Tatort. Jede Berührung mit mutmaßlichen Beweisstücken meidend, näherte er sich Beneken und vermeldete, dass die Ermordete aus allen nur denkbaren Blickwinkeln porträtiert sei. Nun sei es eine Sache des Gerichtsmediziners.

Bevor das Tuch über ihr geschlossen wurde, warf Beneken noch einen genaueren Blick auf den Körper. Der Anblick erschütterte ihn. Diese Frau war nicht getötet, sie war zerstört worden. Vom Schädel war nicht mehr viel übrig. Wie mithilfe eines Zerstäubers hatte sich dessen Inhalt über die Umgebung verteilt, selbst der Teppich war gesprenkelt: Blut, Knochensplitter, Hirnmasse, Daunenfedern. Daunen? Beneken pflückte eine vom Bett. Zart ruhte sie auf seinem Handteller. Der Gerichtsmediziner trat von hinten an ihn heran. «Ein Kissen wurde durchschossen. Es ist bereits bei den Asservaten.»

Beneken nickte und steckte die Feder in die Tasche. Dann fiel sein Blick auf den Bereich des Teppichs unmittelbar neben dem Bett. Offenbar hatte hier zum Zeitpunkt des Schusses etwas gestanden – oder wenigstens den Teppich bedeckt –, denn anders als die Umgebung war jener Bereich von Blutspuren verschont. Wie ein Negativ hoben sich die Umrisse des unbekannten Gegenstands gegen den hellen Teppich ab. Der Gegenstand selbst jedoch war verschwunden. Beneken bat den Fotografen, diesen Bereich abzulichten. Dann wandte sich der Kommissar ab, um die angrenzenden Räume zu besichtigen. Und um seinen Magen zu beruhigen. Ein Glück hatte er auf das Frühstück verzichtet.

Abseits des Tatorts war der Blutgeruch nicht mehr so penetrant. Ein dezentes Parfüm lag über allem. Und der gewöhnliche, leicht schweflige Geruch einer mit Holz und Kohle geheizten Wohnung.

Alles in allem war es eine komfortable Bleibe, angefüllt mit Dingen, die Beneken nie zuvor gesehen hatte: Exotische Teppiche hingen an den Wänden, kostbare Porzellanvasen thronten auf dunklen Holzpodesten, geschnitzte Skulpturen und Idole auf kleinen Tischen, sogar ein ausgestopfter Löwe streckte seine Tatzen über den Teppich. Bücher entdeckte Beneken keine, stattdessen Kriminalhefte der Serie *Wanda von Brannburg – Deutschlands Meister-Detectivin* und *Lord Percy vom Exzentric Club* auf einem niedrigen dreifüßigen Tisch neben dem Kanapee. Außerdem *Unter deutscher Flagge*, eine bei ehemaligen Landsern beliebte geheftete Serie aus dem *Verlagshaus für Volksliteratur und Kunst*. Der Kommissar griff eines der Hefte und musste schmunzeln, Revolver, Kugeln, Leichen, Schlapphüte. In gewisser Weise schien ein Bewohner dieser Wohnung den Gaunern nahezustehen; beinahe wirkte es wie Bewunderung.

In einer etwas kleineren Kammer neben dem Schlafzimmer stand ein Sekretär, darauf eine Schreibmaschine sowie ein Kanapee an der langen Wand. Neben dem Schreibgerät ein Stapel Blätter, Kante auf Kante, sorgfältig zusammengeschoben. Er warf einen Blick auf den Titel: *Der müde Tod.* Darunter die Namen: Thea von Harbou und Fritz Lang. Einen Moment lang war er versucht, darin zu blättern, dann entschied er sich, erst die Verfasser um Erlaubnis zu fragen.

Er prägte sich alles so gut wie möglich ein, dann musste er nicht nach Fotos suchen.

Er warf einen Blick in die Küche. Das Herdfeuer war, anders als daheim bei der Mutter, erkaltet. Der Ascheimer neben dem Herd fiel ihm auf, weil der Deckel schief auf dem Blechrand saß. Er hockte sich hin, ließ die Hand über den gekachelten Boden fahren. Da waren Aschereste ringsum. Sie wollten nicht zur Sauberkeit der Wohnung passen. Er öffnete den Deckel, nahm den Schürhaken und fuhr wie mit einem Kochlöffel durch die graue Masse. Er hatte den richtigen Riecher gehabt: Der Löffel stieß auf Widerstand: Etwas versperrte den Weg des Hakens. Beneken grub und hebelte ein wenig, dann zog er zwei mit Pelz besetzte Hauspantoffeln aus dem Eimer. Über dem Spülstein fegte er mit dem Handrücken die Asche herunter. Es waren Lederpantoffeln. Und das Muster auf dem Leder erinnerte ihn an etwas ... Er legte den Deckel wieder auf den Blechrand, wusch sich die Hände und nahm die Pantoffeln mit.

Als er ins Schlafzimmer zurückkehrte, war das Wachstuch über der Leiche geschlossen. Der Assistent des Pathologen hob das Bündel mal hier, mal dort an und zog Seile darunter. Als er den Kopf anhob, schlug die Ecke des Tuches zurück, und der zerschmetterte Schädelrest lugte wieder heraus. «Nich' so neujierig, Kleene», murmelte er und wickelte ungerührt das Wachstuch wieder darum.

«Wann hat man sie so zugerichtet?», fragte Beneken mit trockenem Mund. «Es müssen Stunden vergangen sein ...»

Der Pathologe strich sich über den Schnäuzer. «Da haben Sie aber einen scharfen Blick, Kollege! Die Beteiligten erschienen am gestrigen Abend von sich aus im Kommissariat. Da war die Frau schon tot – nicht doch so, du Hornochse! Entschuldigen Sie, Herr Kommissar.» Der Pathologe knuffte den Assistenten vom Körper der Toten fort. Dann verzurrte er die Schnüre eigenhändig und fachgerecht. «So und so: überkreuz, verstehst du? Sonst klatscht dir beim Aufladen die ganze Chose auseinander.» Die Miene des Gehilfen gab keine Auskunft darüber, ob er verstanden hatte.

«Alles muss man selber machen!», beklagte sich der Gerichtsmediziner mit dem Walrossbart. Er hatte die Physiognomie eines Engländers, nur das Tweedjackett fehlte. Mit vereinten Kräften wuchteten sie den zarten Leichnam auf die Schulter des Gehilfen. Seine Beine zitterten, aber er tat Schritte zur Tür hin.

«Benötigen Sie Hilfe?», rief Beneken ihm hinterher.

Der Assistent blieb stumm. Der Pathologe winkte ab. «Im Krieg war er Lazaretthelfer. Leichenbuckeln ist sein Geschäft.» Der Blick des Pathologen fiel auf die Pantoffeln. «Was haben Sie da gefunden?»

«Pantoffeln.»

«Das sehe ich. Aber wo?»

«Im Ascheimer.»

«Ungewöhnlicher Ort für Pantoffeln.» Der Pathologe strich sich mit der Rechten über den Schnauzbart. Beneken überreichte ihm die Schuhe. «Wären Sie so freundlich und untersuchten diese Flecken? Würde mich nicht wundern, wenn sie sich als Blutstropfen entpuppten.»

Vorsichtig nahm der Pathologe die Pantoffeln in Gewahrsam und bugsierte sie in einen Asservatenbeutel aus dunklem Packpapier.

«Warum ist so viel Zeit vergangen, bis wir gerufen wurden?», fragte Beneken.

Der Pathologe zuckte mit den Schultern und versuchte

eine Erklärung: «Am späten Abend war keiner von den Kriminalern mehr auf der Wache.»

«Und die Verdächtigen? Wo sind die?»

«Wie mir zu Ohren kam», der Pathologe senkte die Stimme, «verbrachten sie die Nacht im Adlon.»

«Im Adlon?», fragte Beneken ungläubig nach. «In Moabit war wohl kein Zimmer mehr frei?» Dies war nicht die übliche Arbeitsweise der Mordbereitschaft. In ungeklärten Todesfällen war man normalerweise nicht zimperlich, Verdächtige in Gewahrsam zu nehmen.

«Ich wusste auch nicht, dass es neuerdings Zellen mit fließend Wasser und Goldhähnen gibt.» Der Pathologe zuckte erneut mit den Schultern. «Berühmte Leute, Filmleute. Die haben Spezialregeln.» Er spreizte das Wort mit Absicht.

«Die Gesetze sind für alle gleich», widersprach Beneken. «Hoffentlich hat man ihnen die Pässe abgenommen.»

«Sie sollen sich jedenfalls am Vormittag im Schöneberger Kommissariat einfinden.»

«Falls sie dann nicht schon geflohen sind.»

«Die? I wo, die laufen nicht weg», mutmaßte der Pathologe. «Weil die 'nen Film kurbeln», beantwortete er die Frage, die er aus Benekens Gesicht gelesen hatte. Der Schnauzbart entblößte ein Lächeln. «Großes Jeschäft, *big business*, sagt man, das lässt man nicht einfach liegen.»

«Sie meinen, diese Menschen haben keine Angst vor dem Fallbeil?»

Der Pathologe strich sich über den Schnauzbart. «Die gehen nicht unters Beil. Wenn man denen 'nen Strick dreht, dann einen aus goldener Seide. Und riechen tut der nach Eau de Cologne.»

«Wir werden sehen», sagte der Kommissar.

Der Pathologe konnte sich ein Lachen nicht verkneifen. «Ich kenne Ihren Leumund, Beneken. Sind 'n harter Knochen! Wenn Sie auch manchmal wie 'n Kindskopf aus der Wäsche schauen.»

Der Kommissar atmete tief durch. Der Mediziner hätte sein Großvater sein können. Doch das berechtigte ihn nicht zu dieser Ansprache. Benekens Aufklärungsquote war die höchste der Abteilung.

«Ich bin keiner, der die Gauner laufen lässt», konterte Beneken knapp. Unter dem Schnauzer meinte er, ein Schmunzeln zu erkennen. Obwohl sie Seite an Seite arbeiteten, war die Rivalität zwischen Kriminalern und Pathologen ebenso sprichwörtlich wie unvermeidlich. Sie ermittelten oftmals aneinander vorbei, manchmal sogar gegeneinander. Die Kriminaler waren die Denker, die Pathologen die Handwerker, die mit Feldschere, Säge und Blutschürze zur Sache gingen. Beneken wiederum gehörte keiner der beiden Gruppen an, war weder Kopfmensch noch Handwerker. Er war für seine zuverlässige Intuition bekannt, hatte oft «den richtigen Riecher». Er trat vor die Spiegelkommode an der Wand neben dem Bett und strich über Parfümflakons. «Dann können wir hier nicht mehr viel ausrichten.»

«So sieht es aus», bestätigte der Pathologe und setzte seinen Hut auf.

Etwas später im Kommissariat

Beneken hatte seine Aktentasche unter den linken Arm geklemmt. Während er die schmucklose Flucht gleichförmiger Türen des Schöneberger Kommissariats durchschritt, studierte er die spärlichen Notizen auf dem Zettel in seiner Hand. Die Namen der Beteiligten kannte Beneken vom Hörensagen: Fritz Lang und Thea von Harbou. Beide waren sie vom Film, beide kurbelten sie bei den großen Produzenten Pommer und May – so viel wusste er aus den Gazetten. Am Vorabend, das hatte ihm der Kriminalassistent mittlerweile berichtet, war Lang höchstpersönlich im Kommissariat vorstellig geworden, um die Selbsttötung seiner Ehefrau anzuzeigen. Die Harbou hatte vor der Tür gewartet. Dann waren sie, Arm in Arm, aus dem Kommissariat getreten, als wollten sie einen Abendspaziergang unternehmen. Ein Verhalten, kaum in Übereinstimmung zu bringen mit der Leiche, die Beneken eben begutachtet hatte …

Der Kommissar näherte sich den Räumlichkeiten für die allfälligen Vernehmungen: blanke Stühle für die Beschuldigten, gepolsterte für die Kriminaler, ein Stehpult für die Stenografinnen, das selten benutzt wurde. Vernehmungen dauerten oft Stunden. Und in dem Maße, wie die Rock- und Kleidersäume kürzer wurden, wuchs die Furcht vor Krampfadern. Das hatte Beneken aus den Unterhaltungen der Damen aufgeschnappt.

An diesem Morgen ließ die Stenografin auf sich warten. Mochte sein, dass sie vor dem Aufbrechen eine Laufmasche entdeckt hatte; oder war ihr die Elektrische vor der Nase weggefahren? Zum Warten verdammt, verharrte Beneken hinter dem quadratischen Tisch. Da führte der Kriminalsekretär einen Verdächtigen herein, der nicht wie einer aussah: weite Hosen mit Nadelstrich, polierte Schuhe, Weste mit goldener Kette; sicherlich hing keine Uhr daran, sondern das berühmte Monokel. Kein Foto des Filmregisseurs in der *Lichtbild-Bühne* oder im *Filmkurier* ohne dieses Accessoire.

Die Hemdsärmel hatte Lang mit Manschettenknöpfen um die Handgelenke geschlossen, die dunklen Haare mit Brillantine nach hinten gestrichen. «Wie aus'm Ei jepuhlt», so hätte es Walters Mutter ausgedrückt.

Der Regisseur nahm Platz, als wollte er eine Flasche Champagner bestellen. Dann angelte er ein goldenes Etui aus der Jacketttasche: Importzigaretten der Marke Pharao. Beneken kannte sie dem Namen nach, leisten konnte er sie sich nicht.

Ihre Blicke trafen einander: Neugier auf Stolz. Für einen Kriminaler war es keine schlechte Sache, unterschätzt zu werden. Insofern freute sich Beneken über Langs Attitüde. Allerdings überlegte der Kommissar, ob er es auf einen ersten Machtkampf ankommen lassen und dem Verdächtigen das Rauchen untersagen sollte. Er entschied sich dagegen. Allerorten wurde geraucht, in den Gaststätten, in den Tanzsälen, selbst auf der Plattform der Elektrischen. Herrmann hatte auch damit angefangen. Schon bei seiner ersten Rückkehr von der Front, so erinnerte sich Beneken, hatte der Bruder ihn an einer Selbstgedrehten ziehen lassen.

Sogar die Mutter tat es gelegentlich. Doch sie versuchte es vor Walter zu verbergen. Wenn sie vor dem Schlafengehen noch einmal in den Wäschehof ging, den leeren Korb als Alibi an die Hüfte gestemmt, dann lugte Walter manchmal aus dem Fenster in den Hof. Immer häufiger sah er die Glutspitze bei den Wäschestangen glimmen. Selbstvergessen stand die Mutter dann zwischen Masten und Leinen, reglos, die Schürze um die Hüfte, den Alibi-Korb zu ihren Füßen und paffte Wolken in den windlosen Innenhof.

Walter wiederum nutzte die Zeit, um eine Jazz-Platte auf das geliebte Grammofon zu legen. Ein gebrauchtes Gerät, gekauft von seinem ersten Lohn. Die Platten des Duke Ellington Orchestra hatte er immer zur Hand. Die Scheibe auflegen, das Gerät ankurbeln, dann ging es los. Er wiegte sich im Rhythmus, manchmal improvisierte er Tanzschritte.

Wenn sie wieder in die Stube trat, roch sie wie eine Tabakfabrik. Wie konnte sie bloß annehmen, sie könnte ihren Sohn, den Kommissar, täuschen?

«Was ist das für eine furchtbare Musik, Walterchen?», fragte die Mutter dann, und Walter beendete sein Vergnügen, der Mutter zuliebe. Doch blieb da immer eine Sehnsucht.

Benekens Gedanken kehrten zurück ins Kommissariat. Milde gestimmt vom Bild der Mutter, verzichtete er auf den Machtkampf mit dem um zehn Jahre älteren Regisseur. Solange die Stenografin noch nicht erschienen war, mussten sie sich ohnehin die Zeit vertreiben. Sicherlich war sie auf dem Weg stecken geblieben, irgendeinen Krawall, irgendeinen Aufmarsch gab es immer in dieser aus allen Nähten platzenden Stadt. Tag für Tag und ungezählte Male rückten die Schupos mit gezogenen Knüppeln aus. Von seinem Büro aus konnte er ihre genagelten Stiefel die Treppen hinunterstürmen hören, wenn es zum Einsatz ging.

«Nun, Herr Kommissar? Was haben wir da zu besprechen?» Der Beschuldigte blies Rauch unter die Glühbirne. Die Geheimratsecken ließen das Gesicht spitz erscheinen, es mündete in eine schlanke Nase, der Fluchtpunkt des Charakterkopfes. Der Ausdruck war klug, aber von einer hintergründigen, doppelbödigen Klugheit, fand Beneken. Das Monokel blieb, am Ende der goldenen Kette, in der Westentasche. Langs Blicke aus hängenden, weichen Lidern waren auch ohne dieses Hilfsmittel durchdringend. Der gemütliche Dialekt wollte nicht recht dazu passen. Flüchtig warf Beneken einen Blick auf den Kopf der Akte: *Friedrich Christian Anton Lang, geboren in Wien am 5. Dezember 1890, Leutnant der Reserve* – natürlich.

Der Kommissar faltete die Hände über der Tischplatte und lehnte sich vor. «Ich bitte den gnädigen Herrn vielmals um Entschuldigung. Wir müssen warten. Die Stenografin ist noch nicht eingetroffen.»

«Stenografin? Was soll der Schnickschnack?»

«Die Vernehmung Verdächtiger wird routinemäßig protokolliert. Das ist Vorschrift. Zu Ihrem eigenen Schutz.»

Für einen kurzen Moment las Beneken Verunsicherung auf dem Gesicht des Beschuldigten. Dann gewann er seine Haltung zurück. Mit etwas milderer Stimme sagte er: «Ich muss schnellstmöglich ins Atelier. Ich wäre Ihnen überaus dankbar, Kommissar, wenn Sie meine Zeit nicht verfeuern täten wie das Morgenjournal von gestern. Haben Sie eigentlich einen Begriff von den Aufgaben eines Filmregisseurs?»

«Zugegeben, nein. Wären Sie so freundlich, Herr Lang, mir einen Begriff davon zu geben?»

Die Hand beschrieb – mitsamt der Pharao – eine generöse Schleife. «Haben's denn gedient?», fragte der Regisseur, nicht preußisch schnarrend, sondern wienerisch schmeichelnd.

«Vater und Bruder waren an der Westfront», erklärte er, «mein Bruder Herrmann war Meldeläufer, mein Vater Infanterist. Beide sind im Feld geblieben. Ich blieb bei der Mutter.»

Lang stieß erneut Rauch durch die Nase, während er die Beine übereinanderschlug. «Der Regisseur ist der Oberkommandierende des Films. Er befehligt die Truppenteile und setzt sie in Marsch: Requisiteure, Dekorateure, Beleuchter, Schauspieler, Komparsen. Er baut das Bild, er formt die Figuren, er setzt, gemeinsam mit seinem Kameraoperateur, das Licht.»

«Er setzt das Licht?», wunderte sich Beneken über den Ausdruck.

«Ja. Seitdem wir mit künstlichem Licht kurbeln, haben wir in der Hand, wo es hell wird auf dem belichteten Film, und wo es dunkel bleibt. Wir können sogar künstliche Lichtquellen auf dem Bild herstellen, künstliche Sonnen, sozusagen.»

«Und wie kommt die Bewegung in den Film? Es sind doch nur Fotografien, nicht wahr? Viele stehende Bilder die aufeinanderfolgen ... Verraten Sie mir den Trick?»

Lang lächelte schulterzuckend. «Die Filmkamera zerstückelt die Bewegungen in der Aufnahme. Sie macht etwa vierzehn bis achtzehn Fotos in jeder Sekunde. Weniger als vierzehn, das zeigt die Erfahrung, dürfen es nicht sein, dann zerfällt die Illusion der Bewegung. Aber wenn wir sie schnell genug vor dem Auge wechseln lassen, übersetzt unser Gehirn diese winzigen Bildsprünge in eine mehr oder weniger fließende Bewegung. Das Gehirn ergänzt die Zwischenräume. Nur manchmal ruckelt es noch ...»

«Unser Gehirn ruckelt?»

«Nein, Herrschaftszeiten! Schauen Sie: Die Bewegungen sind noch ruckelig, aber die Operateure experimentieren laufend, um die Geschwindigkeit der Fotomotoren zu erhöhen – mehr Bilder in derselben Zeit, dann hört das Ruckeln auf.»

«In den Kameras stecken Motoren?»

Lang lachte. «Darauf können Sie wetten. In den Ateliers rattert und rumpelt es normalerweise …»

«Warum normalerweise?»

«Weil ich im Moment sinnlos da umherhocke, anstatt die Arbeiten voranzutreiben», erläuterte Lang sarkastisch.

In diesem Moment klopfte es an der Tür des Vernehmungsraumes. Beneken ignorierte das Geräusch.

«Wenn Sie, Herr Lang, am gestrigen Tag eine Kamera zur Hand gehabt hätten, um die Geschehnisse zu filmen, was hätte diese Kamera gesehen?»

Lang schwieg und schien nachzudenken. Beneken ging zur Tür und ließ die Stenografin herein. Sie war sorgfältig, aber nicht aufdringlich geschminkt und hatte ihr übliches Parfüm aufgelegt, eines von der blumigen Sorte. Kein schweres, rosenölhaltiges, eher ein leichtes: Flieder oder Lavendel. Der Duft streifte ihn, als sie an Beneken vorüberging.

Im Vorbeigehen drückte sie ihm eine braune Mappe in die Hand. Beneken öffnete den Deckel. Schnipsel aus Filmzeitschriften, aus Zeitungen und Magazinen quollen ihm entgegen. Auf den Bildern erkannte er den Regisseur. Die Assistenten im Archiv hatten gut gearbeitet.

Wohlwollend ruhten Langs Augen auf der Protokollantin. «Wir haben sehnsüchtig auf Sie gewartet, gnädiges Fräulein», sagte er, spitzte die Lippen, legte den Kopf in den Nacken und blies Rauch in die Luft.

Beneken hielt sich nicht mit Höflichkeiten auf: «Geben Sie mir ein Zeichen, wenn Sie so weit sind.» Die Stenografin nickte und warf ihm einen Blick zu, Beneken wich aus.

Sie nahm nicht am Stehpult, sondern auf einem der Stühle Platz, zog ihren Block hervor und tippte mit dem Stift zweimal aufs Papier, bis er in die richtige Position zwischen ihren Fingern gerutscht war. Sie schlug die Beine über, und Beneken registrierte die feinen Strümpfe, die unter dem Saum zum Vorschein kamen. Als sie ihm einen kecken Blick zuwarf, wandte er rasch die Augen ab.

«Beginnen wir», sagte die Stenografin. Da klopfte es erneut.

«Hat man denn hier niemals seine Ruhe», klagte der Kommissar. Mit wenigen Schritten war er bei der Tür. Diesmal stand der Assistent des Gerichtsmediziners davor. «Wir sind mitten in der Befragung», sagte Beneken knapp.

Der Kriminalassistent suchte nach Worten. «Das … weiß ich.»

«Warum stören Sie mich dann?»

Der Assistent deutete steif eine Verbeugung an. «Der Herr Pathologe wünscht, Sie möchten den Beschuldigten zur Bertillonage vorstellen, Herr Kommissar.» Die Bitte wurde mit langen Pausen hervorgebracht. Beneken empfand Mitleid mit ihm.

«Richten Sie ihm aus, dass es noch ein paar Minuten dauert.»

«Aber der Herr Pathologe ist streng!», beharrte der Assistent in unbedingter, auf der Kadettenschule geschliffener Loyalität.

Beneken seufzte. Als Benjamin der Abteilung hatte er es unter den Älteren ohnehin schwer. «Nun gut», sagte er. «Gehen wir in die Erkennungsdienstliche Abteilung.» Zufrieden wandte sich der Assistent ab und schritt voraus.

«Herr Lang», erhob der Kommissar die Stimme, «ich bitte Sie, uns zu folgen.»

«Folgen? Wohin?», ließ der Regisseur sich aus dem Gespräch mit der Stenografin reißen.

«Das erfahren Sie auf dem Weg.»

Lang beugte sich über ihren Handrücken und presste einen Kuss darauf.

«Soll ich mitkommen?», fragte die junge Frau irritiert.

«Natürlich sollen Sie das», polterte Beneken. «Gott im Himmel, was ist denn heute los?»

«Machen Sie sich keine Sorgen, Herr Kommissar, es liegt nicht an Ihnen. Wir vom Lichtspiel bringen immer alles durcheinander.»

Die Stenografin kicherte, der Regisseur folgte dem Kommissar mit wippenden Schritten. Der Gerichtsdiener ging voraus, die Stenografin beschloss den Zug.

Bertillonage

«Verraten Sie mir jetzt, wohin es geht?», fragte Lang.

«Zur Bertillonage», antwortete Beneken ungerührt.

«Was ist das?», fragte Lang. Seine Selbstsicherheit war verflogen. Die Schritte hallten durch den langen Flur, den sie gegen einen noch längeren eingetauscht hatten. Allerdings waren auf diesem die Fenster mit Gitterstäben versehen.

«Kommt das in Ihren Krimiheften nicht vor?», fragte Beneken auf gut Glück.

«Ach, die lese ich nicht so sorgfältig. Das ist reiner Zeitvertreib», antwortete Lang frei heraus, und Beneken freute sich über die Offenheit des Regisseurs.

«Nun, dann gebe ich Ihnen auch Auskunft: Wir nehmen Ihre Maße auf», antwortete Beneken.

Das Monokel fiel aus Langs Augenhöhle und baumelte nun an der Kette. «Für die Verbrecherkartei?»

«Für unsere Akten», wiegelte Beneken ab.

«Ich lasse mich nicht vermessen wie ein Gauner. Woher nehmen Sie das Recht?», protestierte Lang.

Beneken hob die Hände und senkte die Stimme, um den Regisseur zu beschwichtigen. «Es ist ein Routinevorgang. Wir müssen das tun.»

«Ich habe mitansehen müssen, wie meine Frau sich umbrachte. Ich habe Menschen – Kameraden – von Maschinengewehren zerstanzen gesehen. Was maßen Sie sich an!»

«Unsere Gesetze behandeln alle gleich – auch Sie.»

Beneken öffnete eine Tür und ließ dem Regisseur den Vortritt. Die Südfront war von großen – allerdings vergitterten – Fensterscheiben erhellt. Tageslicht flutete den Raum. Ein fotografischer Apparat stand auf einem erhöhten Podium. Das Objektiv war auf ein Arrangement ausgerichtet, das Lang vertraut vorkommen musste: ein Stuhl vor einer bescheidenen Kulisse. Bloß dass der Prospekt weder eine Landschaft noch ein Interieur darstellte, sondern ein Netz horizontaler und vertikaler Linien. Am Rand waren Maße notiert. Am ehesten hatte der Aufbau Ähnlichkeit mit einer Vorlage für technische Zeichner, fand Beneken.

Der Gerichtsmediziner stellte sich Lang vor und bat ihn, auf dem Stuhl Platz zu nehmen. Lang musste eine Stufe hinaufsteigen, der Sitz stand auf einer Drehscheibe.

Der Fotograf – Beneken hatte ihn eintreten hören – postierte sich hinter der Kamera, verborgen unter einem schwarzen Tuch, um die Linse und die Blenden einzurichten. Als er wieder hervorkam, nahm er eine Art Galgen in die Hand.

«Auf diese Art bin ich noch nie fotografiert worden», sagte Lang pikiert und nahm auf dem Stuhl Platz. Hände ergriffen seinen Schädel, um ihn in die Vorrichtung zu spannen. Lang entwand sich: «Ich muss doch sehr bitten!» Er strich sich über die Haare, um sie wieder glatt an den Schädel zu legen. Sobald er sich erneut gegen die Klemme lehnte, wurde er – nun etwas vorsichtiger – angefasst und eingespannt. Langs Gesicht versteinerte. Schließlich wurde er in Position gedreht – in rechtem Winkel zur Kamera. Zischend flammte ein Blitz auf, der Fotograf hatte das Magnesiumpulver entzündet. Dann drehte der Diener den Stuhl auf der Scheibe um exakt neunzig Grad. Am unteren Rand der

Drehscheibe waren die Bogenminuten angezeichnet. Lang saß nun im Profil zur Schussrichtung der Linse. Erneut zischte der Galgen, der Blitz erhellte den Raum, Beneken spürte die Wärme der kontrollierten Explosion.

Dann bat der Gerichtsmediziner den Lichtspielregisseur zur Vermessung vor die Wand mit den Skalen und forderte ihn auf, den Arm auszustrecken. Der Gehilfe legte ein Maßband an.

«Ich protestiere!», sagte Lang in erregtem Ton. «Das ist erniedrigend. Ich bin österreichischer Staatsbürger. Ich verbitte mir diese Behandlung. Das wird ein Nachspiel haben!»

Während der Gehilfe Lang mit weiteren Instrumenten traktierte, um Schädelbreite, Nasenlänge und die Distanz zwischen den Schulterblättern zu vermessen, nahm der Gerichtsmediziner mit dem Walrossschnauzbart Beneken beiseite, um ihm interessante Erkenntnisse zu eröffnen: dass man Blutspritzer unter der Kleidung der Toten gefunden habe – sehr, sehr unwahrscheinliche Blutspritzer.

«Was genau verstehen Sie unter *unwahrscheinlich*?», fragte Beneken leise.

«Solche, die unter den angenommenen Bedingungen nicht denkbar sind», erläuterte der Schnauzbart.

«Ich verstehe nicht, was Sie meinen.»

Im Hintergrund hörten sie Lang immer noch poltern. Der Schädelumfang, die Fingerglieder: Er protestierte gegen jede Erhebung. Man musste seine Finger einzeln und mit Gewalt in einen Farbschwamm tauchen, als man ihm die Abdrücke nach Francis Galtons Methode nahm. Nachdem man sie auf eine Karte gepresst hatte, betrachtete Lang die blau gefärbten Kuppen, als gehörten sie nicht zu ihm. Beneken wandte sich wieder dem Pathologen zu. «Haben Sie jemals von einer

Toten gehört, die sich nach ihrer tödlichen Verletzung die Kleidung wieder anstreift?», fragte der Mediziner Beneken mit eindringlichem Blick.

Beneken gab keine Antwort. Wollte der Mann ihn veralbern?

«Anders kann ich mir die Spuren nicht erklären: getrocknetes Blut auf der Haut der Toten – und auf der Innenseite des Stoffes. Auf der Außenseite nurmehr fleckig. Das Gewebe ist kaum durchtränkt, das Blut war schon gestockt, als man sie wieder ankleidete.»

«Man kleidete die Leiche an?» Die Vorgänge, die sich in Benekens Vorstellung allmählich zu einem Ablauf fügten, waren absurd: zwei Personen, die einen leblosen Körper ausgehfertig machten, als wollten sie noch einen Spaziergang mit der Leiche unternehmen.

«Und dies alles, nachdem der Schuss fiel?»

«Richtig. Das scheint mir die einzig sinnvolle Erklärung zu sein. Oder haben Sie eine bessere?»

Auf dem Rückweg in Benekens Büro blieb Lang wortkarg. Die eingefärbten Fingerspitzen spreizte er ab. Es war, als hätte man ihn gegen eine reduzierte Version seiner selbst ausgetauscht.

Der Regisseur Lang erzählt einen Film.

Diesmal schlug Lang die Beine nicht über. Bis die Stenografin ihren Platz eingenommen und ihren Block geöffnet hatte, starrte er vor sich hin. «Herr Kommissar, schauen Sie, ich bin kein Verbrecher!»

«Herr Lang», erhob Beneken die Stimme, «wenn Sie gestern eine Kamera zur Hand gehabt hätten, wenn diese Kamera den Tod Ihrer Gattin fotografiert hätte, was würden wir auf diesem Film sehen?»

Lang nahm einen tiefen Zug aus der Zigarette und begann. Im Sprechen quoll Rauch aus seinem Mund wie aus dem Schlot eines Spreedampfers. «Ein unglücklicher Tod, ein veritables Unglück. Vor allem: ein vollkommen überflüssiger Tod.»

«Was würden die Menschen im Lichtspieltheater *sehen*?», beharrte Beneken.

Lang blickte dem Kriminaler in die Augen, als wolle er seine Vertrauenswürdigkeit prüfen. Dann öffneten sich seine Lippen. Beneken empfand sie als sinnlich, die Zähne waren gepflegt. Eine überaus angenehme Erscheinung, dachte Beneken.

«Ein Liebespaar», begann Lang und nahm einen Zug. Sein Mund gebar eine weitere Wolke. «Es sinkt im Kuss aufs Kanapee. Die Gesichter weiß wie der Mond. Leidenschaft ist darauf gezeichnet, ihr Mund weit geöffnet. Der

Mann reißt sich die Krawatte vom Hals, das Weib öffnet die Knöpfe ihrer Hose.»

«Die Frau trägt eine Hose?»

«Ja. Das ist jetzt modern, fragen Sie mich nicht, warum!»

Beneken schwieg, Langs Äußerung berührte ihn unangenehm. Ohne eine Bemerkung des Kommissars abzuwarten, fuhr Lang fort: «Sie sinken in eine Umarmung. Weitere Kleidungsstücke fliegen durch den Raum. Die Kamera folgt ihrem Flug, bis … eines über dem Objektiv der Kamera hängen bleibt. Das Bild verdunkelt sich, Ende.»

«Moment. So leicht kommen sie mir nicht davon.»

Lang aschte die Zigarettenspitze ab und warf einen Blick auf die Stenografin. Die war ganz auf ihren Block konzentriert. «Schade», sagte er dann.

«Erzählen Sie, was passiert weiter in Ihrem Film?», beharrte Beneken.

Lang seufzte. «Nun gut, hören Sie: Der Regisseur hat die Aufnahme abgebrochen, der Requisiteur das Kleidungsstück vom Objektiv gezogen. Als die Leinwand den Blick wieder freigibt, sehen wir ein Paar auf dem Kanapee, die Gliedmaßen ineinandergeflochten. Leidenschaftliche Küsse. Die Kamera springt nah heran: Mit spitzen Fingernägeln knöpft die Frau das Hemd des Mannes auf. Sie sind rot lackiert, aber das sieht nur der Regisseur, für das Publikum im Saal sind sie am Ende grau wie alles, nur etwas heller als das samtgrüne Kanapee …»

Der Stift der Stenografin eilte über das Papier.

«Kommen Sie zur Sache», mahnte Beneken.

Lang lächelte vieldeutig. «Im Film kosten wir Spannung aus. Stellen Sie sich dramatische Musik vor: Streicher und Bläser, ein sich steigerndes Stakkato. Wir befinden uns im

Lichtspielpalast am Zoo! Das Sinfonieorchester spielt.» Mit der linken Hand dirigierte Lang vor einem unsichtbaren Orchestergraben. «Die Tür schlägt auf», fuhr er fort, «die Ehefrau tritt ein. Ihr Gesicht ist blasser als blass. Riesig auf der Leinwand: Weiß ist ihr Gesicht, weiß ihre Stirn, rot die Lippen. Wissen Sie, Herr Kommissar, die Schauspieler vor den Kameras benutzen viel Puder, damit die Mimik gut zur Geltung kommt. Das Licht ist ein Problem. Die Lampen machen alles so strahlend hell, die Gesichter leuchten wie Gaslaternen. Außerdem sind sie starke Wärmequellen, das heißt die Darsteller schwitzen wie in der Sauna, das Gesicht glänzt wie ein nasser Pferdepopo. Man erkennt nichts mehr. Also brauchen wir Puder, der die Haut trocken hält und das überschüssige Licht frisst. Es ist zum Verzweifeln. Wir haben experimentiert, aber die Lösungen sind bislang allesamt unzureichend …»

«Bitte, bleiben Sie bei Ihrem Film.»

Lang ließ sich unterbrechen und nahm seine Schilderung wieder auf: «Große Kadrierung, ihr Gesicht bildfüllend. Es verändert sich. Empörung und Wut zeichnen sich darauf ab. Schwarze Pupillen auf einer weißen Fläche, ich stelle mir die Dagover in der Hauptrolle vor.»

«Es ist aber Elisabeth Rosenthal. Ihre Ehefrau, Herr Lang.»

«Ja, das sagten Sie bereits!» Lang starrte vor sich hin, als sei es ihm gerade erst bewusst geworden. Nach einer Pause holte er tief Atem, dann fuhr er fort: «Der Rachedurst malt Ränder unter ihre Augen. Die Kuhn macht das ganz wunderbar mit ihrem Stift …»

«Die Kuhn?»

«Meine Lieblingsmaskenbildnerin. Die malt Ihnen eine Rache ins Gesicht, da müssen S' nichts mehr spielen.»

«Bleiben Sie bei Ihrem Film, Herr Lang!»

«Ich bin ganz bei meinem Film.» Er blies eine neue Wolke. «Die Frau liebt ihren Ehemann, sie möchte ihn nicht in den Armen der anderen sehen. Sie rennt zum Möbel an der Wand.»

«Der Sekretär!», kam es der Stenografin über die Lippen. Sie entschuldigte sich sofort, ihre Anspannung war spürbar.

«Sie zieht die Schublade auf», fuhr Lang fort, «und nimmt die Waffe heraus: eine Pistole.»

«Eine Browning 1900, amerikanisches Modell. Ihre Waffe, Herr Lang?»

Sein Blick war nach innen gerichtet. Als habe er die Frage überhört, fuhr Lang fort: «Sie richtet die Mündung auf die Rivalin. Ein Satz im Zwischentitel, etwa von der Art:

‹Eine von uns muss gehen.›

Der Mann wirft sich schützend vor die Geliebte. Sein Körper verdeckt den ihren vollständig; dann: ihr Gesicht meterhoch auf der Leinwand. Der Blick der Bewaffneten nimmt einen anderen Ausdruck an. Es ist der Moment, in dem sie weiß, dass ihr Leben vertan ist, dass sie im nächsten hinübergeht. Die Dagover wäre wirklich ideal für diese Rolle.»

«Es ist immer noch Ihre ...», hob Beneken an.

«Ich weiß!», unterbrach Lang und aschte wieder. Der Regisseur beschirmte seine Augen mit der Hand. Die Stenografin beobachtete ihn mitleidig. Dann hatte er sich wieder gefangen. Nur die Zigarette in seiner Hand zitterte. «Der Lauf der Waffe gerät ins Bild», fuhr er fort. Den Schuss hören wir nicht, natürlich nicht, doch wir können ihn sehen: Die Mündung speit eine Rauchwolke aus, ein dünner Faden steigt auf. Ihre Augen brechen, dramatischer Schlussakkord. Sie kippt aus dem Bild. Die Irisblende zieht ein. Schwarz.» Lang atmete aus.

Beneken ließ der Wirkung seiner Erzählung Raum. «Selbstmord?», fragte er dann.

«Selbstmord», bestätigte Lang.

Beneken nickte. «Gut ausgedacht, Ihr Film. Respekt.»

«Aber so war es.»

«So kann es nicht gewesen sein.»

«Wieso nicht?» Lang schien ernsthaft verblüfft.

«Aus der Browning steigt kein Rauch auf. Die Kammer ist zum Lauf hin abgedichtet.»

Lang lachte auf. Es war kein befreiendes Lachen, es klang gekünstelt. «Im Film würde ich dafür sorgen. Damit das Publikum begreift, dass geschossen wurde. Es hört den Schuss nicht. Wenn wir es nicht zeigten, müssten wir es auf einen Zwischentitel schreiben:

‹Ein Schuss löst sich.›»

«Ein Schuss löst sich?»

«Ja, albern, nicht wahr? Beim Pommer will man lieber eine Erklärung mehr als weniger. Thea und ich, wir versuchen, mit wenigen Titelpappen auszukommen. Das war Theas Idee: So viel Bilderzählung als möglich, so wenig Schrifterklärung wie nötig!»

«Die Bilder erzählen lassen. Habe ich das richtig verstanden?»

«Solange es noch keinen Ton im Film gibt», bestätigte Lang. «Aber das ist nur eine Frage der Zeit. Die Techniker arbeiten daran. Es gibt Experimente mit Schellackplatten, die beim Kurbeln zeitgleich aufgenommen und mit den Filmbildern wieder abgespielt werden. Mein Operateur, der Seeber Guido, ist ein Tausendsassa, ein wahrer Erfinder. Der erfindet jeden Tag etwas Neues. Der arbeitet derzeit an der Synchronisation.»

«Synchronisation? Was ist das wieder?»

«Bild und Ton müssen deckungsgleich abgespielt werden, sonst kommt es zu Verzögerungen: Der Ton hängt dem Bild nach oder umgekehrt. Das akzeptiert das Publikum nicht.»

«Verstehe. Was ich nicht verstehe: Warum sprechen die Darsteller in Ihren stummen Filmen? Sie bewegen die Münder – eigentlich müssten sie das doch nicht?»

Lang lachte. «Da haben Sie recht! Manche sagen, es fällt ihnen leichter zu spielen, wenn sie die Worte aussprechen.»

«Obwohl sie wissen, dass niemand sie hört?»

Lang nickte.

«Ich begreife Ihre Kunst nicht», gestand Beneken.

«Gehen Sie beizeiten ins Lichtspieltheater. Alle tun das.» Lang lächelte versonnen. «Oder, noch besser: Besuchen Sie uns im Atelier!»

«Das würde ich zu gern tun», sagte Beneken – und er spürte zu seiner eigenen Überraschung, dass es die Wahrheit war.

Die Tür schlug auf, der Direktor der Mordbereitschaft platzte herein. «Kommissar Beneken, was fällt Ihnen ein, Herrn Lang bertillonieren zu lassen.»

«Nun», erwiderte Beneken ruhig, «so lautet die Vorschrift.»

Der Direktor buckelte vor Lang. «Bitte verzeihen Sie tausend Mal. Selbstverständlich wird unser Fahrer sie umgehend hinaus nach Babelsberg bringen …»

Lang sprang auf. «Endlich!» Er schüttelte dem Direktor die Hand. «Sie glauben ja nicht, wie dankbar ich Ihnen bin.»

Er kann sein Glück kaum fassen, las Beneken in Langs Miene.

«Beneken!», richtete der Direktor das Wort an seinen Untergebenen. Innerlich straffte sich der Kommissar. Er hatte nicht die Absicht, klein beizugeben. «Der Staatsanwalt unterrichtete mich davon, dass keine Anklageerhebung vorgesehen ist. Im Falle des Todes von Frau Lang handelt es sich eindeutig um einen Selbstmord.»

Beneken, Lang, selbst die Stenografin zogen ein langes Gesicht.

«Was starren Sie so? Herr Lang darf gehen», wiederholte der Direktor, um kein Missverständnis aufkommen zu lassen.

«Entschuldigen Sie», Beneken führte den Direktor am Arm von Lang fort. Dann senkte er die Stimme. «Ich bitte Sie, es gibt dringende Beweise, dass es sich nicht um einen Selbstmord handeln kann. Nehmen Sie vorher Rücksprache mit dem Gerichtsmediziner. Dringend! Alles andere wäre ein fataler Fehler.»

Der Direktor stand einen Moment unschlüssig im Raum. Dann nickte er Beneken zu. «Folgen Sie mir!» Er strebte zur Tür.

«Heißt das, ich darf doch nicht gehen?», rief Lang ihnen hinterher.

«Bitte warten Sie! Wir sind gleich wieder da!» Der Direktor ergriff Beneken am Arm und führte ihn hinaus.

«Was fällt Ihnen ein, sich meinen Anweisungen zu widersetzen? Und denen des Staatsanwaltes!»

Beneken zog den Direktor von der Tür fort und tiefer in den Korridor hinein, damit Lang die Unterhaltung nicht hören konnte. «Der Verdächtige erzählt eine unglaubwürdige Geschichte.»

«Das ist mir egal. Der Mann hat – im Gegensatz zu Ihnen – gedient! Drittes Kaiserliches Infanterieregiment, Beneken!» Das Gesicht des Direktors war von einer ungesunden Rotfärbung.

«Ich bitte Sie, Herr Direktor, sprechen Sie mit dem Pathologen: Es deutet einiges darauf hin, dass hier ein Mord vertuscht werden soll.»

«Das ist doch vollkommen unwahrscheinlich. Der Einfluss von Herrn Lang reicht bis hinauf in die Reichsregierung – und seine Geliebte ist berühmt. Ihre Bücher waren kriegswichtig! Wollen Sie uns Scherereien machen, Beneken? Ich schätze Ihr Talent, aber …»

«Ich bitte Sie nochmals, sprechen Sie mit dem Pathologen! Wenn er im Verdacht steht, ein Mörder zu sein, gehört er nach Moabit. Zumindest bis wir Klarheit erlangt haben.»

«Schon der Gedanke daran ist absurd», schüttelte der Direktor den Kopf.

«Bitte, Herr Direktor! Mein Vater, mein Bruder – sie sind für dieses Land gestorben, für seine Tugenden, seine Gesetze.»

«Das ist die Vergangenheit, Beneken. Diese Leute», er wies mit dem ausgestreckten Arm in die Richtung des Verhörraumes, «diese Leute sind die Zukunft.»

«Dann ist es eine mörderische, eine unmoralische Zukunft.»

Der Direktor ließ den Arm wieder sinken. Er schien ins Wanken zu kommen. «Ich spreche mit dem Pathologen, ich spreche mit dem Staatsanwalt. Bis dahin …» Der Direktor ergriff Beneken bei beiden Armen. «Setzen Sie ihm nicht zu arg zu. Seien Sie freundlich zu ihm. Er kennt Menschen, die in der Lage sind, unser beider Karrieren mit einem Fingerschnippen zu beenden.»

Mit diesen Worten zeigte er Beneken seinen kahlen Hinterkopf und ging den Gang hinunter.

Die Befragung nimmt ihren Lauf.

«Seit wann kennen Sie Frau von Harbou?», führte Beneken die Befragung, nachdem er einmal tief durchgeatmet hatte, so emotionslos wie möglich fort.

Lang starrte vor sich hin. Umständlich zündete er eine neue Zigarette an. «Herr Kommissar, schauen Sie, ich weiß nicht, worauf dieses Missverständnis gründet, aber Sie begehen einen Irrtum.»

«Herr Lang, ich muss Sie bitten, meine Frage zu beantworten.»

«Thea.» Lang atmete tief ein. Seine Augenlider zitterten, dann hatte er sich wieder in der Gewalt. «Ich war eben verheiratet, da betrat sie die Ateliers in Tempelhof. Neubabelsberg war noch nicht in Betrieb.» Versonnen schaute Lang in den Raum. Dann fuhr er fort: «Sie fiel mir auf, weil sie anders war als alle Filmschaffenden. In einer Art und Weise beseelt, von einer Idee getrieben, voller Schaffenskraft – das strahlte sie aus. Lange Zeit wurden wir einander nicht vorgestellt. Unsere Blicke trafen sich, sobald wir in Sichtweite waren, aber …»

«Sie hätten nicht einfach zu ihr hingehen können?»

Lang rümpfte die Nase. «Ich bitt' Sie, Herr Kommissar! Thea ist von altem Adel.»

Mit dieser Kategorie konnte Beneken nichts anfangen. «Wer stellte sie Ihnen vor?»

«May. May mal zwei. Maymay.»

«Bitte, Herr Lang, sprechen Sie nicht in Rätseln.»

«Sicherlich kennen Sie Karl May?», fragte Lang.

«Natürlich», antwortete Beneken. Wie alle Jungen seiner Generation hatte er diese Geschichten verschlungen.

«Schauen Sie: Ich auch. Und Thea liebt ihn ebenfalls.» Raschelnd eilte der Stift der Stenografin über die Blätter.

«Sie meinen, seine Romane?», fragte Beneken zur Sicherheit.

Lang nickte. «Bei unserem ersten Zusammentreffen entdeckten wir eine gemeinsame Leidenschaft: Wir lieben Winnetou. Den Häuptling der Apachen. Wir waren uns denkbar unsympathisch, allein diese Leidenschaft verband uns.»

«Und warum: May mal zwei?»

«Joe May. Der Produzent. Er wusste gleich: Das passt mit uns.» Lang lächelte versonnen.

«Was war der Anlass?»

Lang klopfte Asche von der Zigarettenspitze. «Ich hatte Filmmanuskripte für ihn geschrieben. Eine Folge für seine Joe-Deebs-Reihe. Nun wollte er, dass wir einen ganzen Film für ihn schreiben.»

«Ein Filmmanuskript?»

«Eine Kurbelvorlage, ja.»

«May wollte, dass die Harbou als Filmautorin für Sie arbeitet?»

Langs glimmende Zigarette zeigte auf Beneken. Lang tippte sie an, der Aschekegel fiel herunter. Lang wischte das Häuflein mit einer energischen Bewegung von der Tischplatte. «Zunächst sollten wir lediglich gemeinsam schreiben.»

«Dann wurden Sie ein Paar, und Ihre Ehefrau stand plötzlich im Weg.»

Lang stockte. Er schien ernsthaft erschüttert. «Wie kommen Sie denn darauf?»

«Der Schuss, der Elisabeth Lang tötete, kam aus Ihrer Browning.»

«Natürlich. Weil sie wusste, wo sie sie finden konnte.»

«Ja, richtig. Wo lag sie doch gleich? In der Schublade des Sekretärs?»

Lang starrte gegen die Wand. «Im Schlafzimmer. In der Nachttischschublade.»

«Aber Sie sagten doch …»

«Das war die Filmversion. Im Film würde ich das Kanapee wählen, das im Raum steht. Das spart Kulisse.»

«Sie erzählen mir Geschichten voller Widersprüche», sagte Beneken sanft, wie zur Entschuldigung.

«Sie selbst verlangten doch den Film», wich Lang aus.

«Würden Sie mir freundlicherweise», bat der Kommissar, «in einem sinnvollen Zusammenhang schildern, was passiert ist? Nicht in Ihrem Film, sondern am gestrigen Abend in Ihrer Wohnung? Diese Schilderung sollte im Übrigen auch eine Erklärung dafür enthalten, warum Lisa Lang, geborene Rosenthal, allem Anschein nach nackt starb – aber bekleidet von uns aufgefunden wurde.»

Mit heftigen Bewegungen drückte Lang die zur Hälfte gerauchte Zigarette aus. «Ich sage nichts mehr. Sie glauben mir ohnehin nicht.»

Beneken hob teilnahmslos die Schultern. «Vor Gericht wird man Sie einen Eid schwören lassen. Da müssen Sie bekennen, nach bestem Wissen und Gewissen.»

Lang nahm das Monokel aus seiner Westentasche und putzte es mit einem Tuch. «Sie glauben, der Fall kommt vor Gericht?»

Mit gerunzelter Stirn polierte Lang sein Monokel. Währenddessen summte er eine Melodie: *Marleneken mit die scheene Beneken.* Dann sah er vom Polieren auf. «Haben Sie schöne Beine, Walter?»

Beneken versteinerte. Er mochte das Lied nicht. «Das tut hier nichts zur Sache.»

Lang steckte das Tuch zurück in die Westentasche, klemmte das Monokel in die linke Augenhöhle und beugte sich vor. «Glauben Sie mir, Herr Kommissar, was wir hier besprechen, ist nicht von Bedeutung. Es wird keinen Prozess geben.»

«Die Wette halte ich», sagte Beneken.

Lang stieß Rauch zwischen den Lippen hervor. «Um eine Kiste Champagner.»

Beneken war sich nicht sicher, ob er sich das leisten konnte. «Im Gegenzug erzählen Sie mir die Wahrheit! Wenn es ohnehin keinen Prozess geben wird …»

«Die Wahrheit?» Lang stieß Luft aus. «Sie machen sich keine Vorstellungen.»

«Beginnen wir da, wo Elisabeth Rosenthal den Raum betritt und das Paar auf dem Kanapee liegt – entkleidet. Kann man das so sagen?», fragte Beneken.

«Allerdings. Doch war es nicht das Kanapee. Das wäre dann der Film.»

«Ach? Und in der Wirklichkeit?»

«War es das Bett.»

Beneken atmete tief ein. Nun waren sie auf dem Weg zur Wahrheit. Eine Wahrheit, die sich auch in den Indizien widerspiegelte. «Gut», sagte der Kommissar. «Fahren Sie fort!»

Die Stenografin zog die Augenbraue hoch und schlug eine

Seite ihres Blockes um. Leise schmiegte sich das Papier über ihr Knie.

«Die beiden zogen sich also zurück. Die Haubitze ist in Stellung gebracht, wenn Sie verstehen, was ich meine, Beneken. Aber Sie haben ja nicht gedient.» Lang grinste ihn an.

«Lisa Lang, geborene Rosenthal, betritt also den Raum, sieht Sie und Ihre Geliebte über das Ehebett gestreckt … und beginnt, sich zu entkleiden?», begann Beneken zweifelnd.

«Da trug Lisa die Waffe schon in der Hand.»

«Und woher hatten Sie die?», fragte Beneken.

«Aus dem Nachtschrank. Sagte ich das nicht?»

«Woher hatten Sie, Herr Lang, diese Waffe?»

«Ein Berliner Kriminalkommissar fragt mich, wie man zu einer Pistole kommt? Die liegen auf der Straße. Kennen Sie die neue Hochbahnhaltestelle am Bernauer Tor? Da lungern mehr Versehrte herum als vor Cambrai.»

Beneken bestand auf einer präzisen Antwort. «Nicht man, Sie. Wie sind Sie, ganz persönlich, an diese Pistole gekommen?»

«Ich nahm sie einem englischen Soldaten ab.» Er strich den Stoff seines Hosenbeins glatt.

«Also doch nicht vom Schwarzmarkt?»

«Herr Kommissar, wahrheitsgemäß: Ich nahm sie einem Mann, den ich zuvor mit meiner Waffe niederschoss, ab. Mit einer Luger 08, wenn Sie es genau wissen wollen. Nennen wir die Browning also ein Beutestück.»

«Sie nahmen sie einem toten Soldaten?»

«Herrgott, verschonen Sie mich mit Ihrer Zivilistenmoral! Das war kurz nach meiner ersten Verwundung, Wenn Sie dem Tod von der Schippe gesprungen sind, wird Gerechtigkeit zu einer Luxuskategorie.»

Beneken schwieg. Lang drückte den Glutrest einer weiteren Zigarette im Aschenbecher aus. «Meine Luger musste ich bei der Demobilisierung abgeben. Sie gehört dem Deutschen Reich. Diese Browning Null-Null passt in jede Hosentasche. Außerdem liegt sie gut in der Hand. Durch den kurzen, niedrig montierten Lauf liegt der Schwerpunkt tiefer. Man kann sie leichter führen. Ideale Waffe für eine Frau.»

«Frau Lang stürmte also ins Schlafzimmer, nahm die Waffe aus dem Nachttisch – und dann?»

«Thea schrie. Sie griff nach meinem Hemd, um sich zu bedecken. Wir hatten Lisa so bald nicht zurückerwartet.»

«Auf wen richtete Frau Lang die Waffe?»

Lang dachte nach. «Sie fuchtelte in unsere Richtung. Ganz leicht hätte sie uns treffen können. Aber sie zielte nicht, sie drohte nur. Sie war außer sich. So hatte ich sie noch nie erlebt.»

«Nachvollziehbar, nicht wahr? Eben hatte sie ihren Ehemann in flagranti erwischt», versuchte Beneken Gefühle ins Spiel zu bringen.

Lang öffnete das goldene Etui, es war leer. Verärgert warf er es auf den Tisch. Es schlitterte darüber und fiel scheppernd auf der anderen Seite zu Boden. «Sie stehlen meine Zeit. In Babelsberg wartet eine Hundertschaft auf mich, Beneken. In der Kulisse eines türkischen Bades. Der Bau des Springbrunnens allein hat zehn Kommissarmonatsgehälter verschlungen. Die Szene muss heute abgekurbelt werden. Die Ateliers werden tageweise gemietet, da versteht der Pommer keinen Spaß!»

«Und was geschah dann?», forderte der Kommissar den Abschluss der Erzählung.

Fritz Lang senkte den Kopf. Als er ihn wieder hob, war seine Miene wie eingefroren. «Theas Schreien wollte kein Ende nehmen. Lisa zitterte am ganzen Körper. Sie hatte keine Kraft abzudrücken, das sah ich sofort. Also stieg ich aus dem Bett.»

«Nackt?»

«Warum fragen Sie?», stellte Lang die Gegenfrage.

«Ich muss mir ein Bild machen», antwortete Beneken, bemerkte dann die Zweideutigkeit der Auskunft, präzisierte: «Also ein Bild der Fakten, nicht ein Bild um des Bildes wegen ...»

Lang schmunzelte, bevor er antwortete: «Nein, nicht nackt.» Lang schloss die Lider, wohl um seine Erinnerung zu schärfen. Indem er sie erneut öffnete, verzog sich sein Gesicht. Dann lachte er heraus: «Ich glaube, ich trug Socken. Und den Sockenhalter.»

«Und dann?»

«Lisa begann, auf mich einzuschreien: Bleib, wo du bist, keinen Schritt näher. Ich erschieße dich. So etwas. Ich weiß nicht mehr. Alles sehr trivial.»

Beneken wartete ab, bis der Stift der Stenografin zur Ruhe gekommen war. Sie setzte einen Punkt und hob den Kopf. Ihr Gesicht glänzte, die Wangen waren gerötet.

«Und weiter?», trieb Beneken an.

«Dann trat ich einen Schritt auf sie zu. Sie nahm die Waffe an ihren Kopf, richtete den Lauf gegen ihre Schläfe ... ich dachte, es sei nur eine leere Drohung.»

Alle hielten den Atem an. Der Stift der Stenografin verharrte über dem Block.

«Plötzlich war sie ganz entschlossen. Ihr Blick wurde starr ...»

Wieder machte Lang eine Pause, er sah auf seine Hände, sah sie zittern und krallte die Finger ineinander. Stille. Doch in den Köpfen der Anwesenden gellte bereits der Schuss. Die Stenografin ertrug die Spannung nicht länger, sie atmete hörbar aus.

«… dann schoss sie», keuchte Lang. Die Stimme versagte ihm.

Lang betrachtete seine Finger. Er wagte noch nicht, sie zu entkrallen. Beneken blieb eine Weile stumm; dann fragte er ruhig: «In die rechte oder die linke Schläfe?»

«Die rechte.»

«Sind Sie sicher?»

Lang bestätigte umgehend: «Lisa war Rechtshänderin. Aber warum fragen Sie?»

«Weil es meine Aufgabe ist.»

Lang zuckte mit den Schultern. «Der Schädel ist zerstört. Da ist nichts mehr zu erkennen.»

«In die rechte Schläfe?», wiederholte Beneken.

«Ja, Herrschaftszeiten.»

«Haben Sie das?», fragte er die Stenografin.

Die Stenografin nickte.

«Was geschah dann?», wandte er sich wieder Lang zu.

«Wir werden Lisa zu Grabe tragen.» Lang ignorierte die Frage. Er hob die Hand und bedeckte die Augen. Trauer. Beneken hielt sie für gut geschauspielert.

«Das können Sie tun. Sobald die Leiche freigegeben ist.»

«Was heißt das?»

«Der Obduktionsbericht steht noch aus.»

Lang verstummte. «Warum dieser ganze Firlefanz? Es liegt doch alles offen zutage! Ein Selbstmord! Ein tragisches Zusammentreffen!»

«Sie müssen nicht beunruhigt sein, Herr Lang, das ist reine Routine», beschwichtigte Beneken.

«Ich bin nicht beunruhigt.»

«Wer benachrichtigte eigentlich die Polizei, nachdem der Schuss gefallen war? Sie? Oder Frau von Harbou?»

«Thea lag auf dem Bett. Alles war voller Blut. Sie konnte rein gar nichts tun.» Langs Blick war leer.

«Also, wer?», fragte Beneken, obwohl er die Antwort wusste.

«Wir. Allerdings verging eine gewisse Zeit …»

«Stunden?»

«Mag sein.»

«Was taten Sie in dieser Zeit?»

«Herr Kommissar, es mag merkwürdig klingen, aber: nichts. Wir waren zu erschüttert, um irgendetwas zu tun. Wir zitterten am ganzen Leib. Wir weinten. Wir säuberten uns. Der Abend brach herein, bis wir wieder denken konnten. Dann gingen wir zur Polizei. Wären wir zur Polizei gegangen, wenn wir Mörder wären?» Langs Stimme war belegt.

«Hätten Sie uns gleich gerufen, wäre es um ein Vielfaches leichter gewesen, den Selbstmord sicher zu beweisen.»

«Mag sein.» Langs Stimme klang zweifelnd. Er erhob sich von seinem Stuhl und suchte nach dem Zigarettenetui. «Es tut mir furchtbar leid, Herr Kommissar. Ich muss jetzt an meine Arbeit.» Er fand das Etui, bückte sich danach und steckte es in seine Gesäßtasche.

Dann nahm er seinen Mantel von der Stuhllehne und verließ den Raum. Er ging einfach hinaus. Niemand hinderte ihn daran. Mit vor Erstaunen offenem Mund verfolgte die Stenografin seinen Weg zur Tür. Mit einem Seitenblick versicherte sie sich bei Beneken, ob sie ihn einfach gehen lassen oder doch einen Schupo rufen sollte? Beneken bedeutete ihr, dass es in Ordnung war. Er wusste, wo der Regisseur zu finden war.

Die Königin von Babelsberg

Thea von Harbou trug das Haar kurz. Eine Locke war mit einer Spange über der Stirn festgesteckt. Ein weites Kleid aus schlichtem Stoff, Leinen vermutete Beneken, lehmfarben. Wie eine Glocke fiel es über ihren Leib, es war nicht tailliert. An ihrer Seite baumelte eine etwas zu große Handtasche. Ihre Züge waren nordisch, das Gesicht flächig, mit kräftiger Nase und ausgeprägten Kieferknochen. Aus verschatteten Augenhöhlen bohrte sich ein intensiver Blick ins Gegenüber.

«Stört es Sie, wenn ich stricke?» Schon zog die Filmschriftstellerin Wollknäuel und mächtige Nadeln aus der Tasche und breitete alles über den Tisch. Beneken spürte Milde in seinem Herzen.

«Ich bin sehr erfreut, Sie kennenzulernen, gnädige Frau.» Er streckte ihr die Hand entgegen.

Die Schriftstellerin übersah die Geste, weil sie mit Nadeln und Knäueln beschäftigt war. Sie schien die Ruhe selbst zu sein.

Beneken räusperte sich. «Meine Mutter ist eine große Bewunderin Ihrer Kunst.»

Als Antwort gewährte ihm die Harbou ein Lächeln, während sie weiter die Handarbeit ordnete.

«Bitte, nehmen Sie doch Platz!»

Die Harbou stellte die überdimensionierte Tasche ans

Tischbein. Indem sie sich niederließ, ergriff sie die Kanten des Stuhles und rückte ihn mit geradem Rücken näher an den Tisch. Dann nahm sie ihr Gegenüber in den Blick. «Herr Kommissar», sagte sie, «lassen Sie Herrn Lang frei! Er ist unschuldig.»

«Herrn Lang?»

Die Harbou nickte.

«So nennen Sie Ihren Geliebten?»

«Fritz, Herrn Lang, warum nicht? Ist es falsch?»

Das Strickzeug ruhte auf ihrem Schoß. Ihre Augen waren ungewöhnlich hell. Beneken wusste nicht, warum, aber sein Herz flog ihr zu.

Die Schriftstellerin musterte die Stenografin über ihre Schulter hinweg, die in einer Ecke des Raumes saß, der Tür zugewandt. Knie übergeschlagen, Schenkel an Schenkel. «Sind wir Gefangene?»

«Herr Lang ist auf dem Weg in die Filmateliers», gab Beneken Auskunft. «Er ist ein freier Mann, so wie sie eine freie Frau sind.»

Die Harbou schenkte ihm ein Lächeln. Dann legte sie die Stricknadeln in den Schoß und schaute Beneken erwartungsvoll entgegen.

«Wie würden Sie Ihr Verhältnis zu Herrn Lang bezeichnen?», begann Beneken den offiziellen Teil der Befragung, indem er der Stenografin ein leises Nicken sandte.

«Vor allem arbeiten wir zusammen.» Die Antwort kam ohne Zögern.

«Wie darf ich mir das vorstellen?»

«Nun, wir sitzen im selben Raum – einer an der Schreibmaschine, das bin meistens ich, denn ich schreibe sehr schnell auf Tasten. Einer frei im Zimmer umherschreitend, damit die Gedanken schweifen können. Das ist meistens er.»

Beneken wartete ab, bis der Stift der Stenografin zur Ruhe gekommen war.

«Kennen Sie sich aus im Filmgeschäft?» Die Harbou hob den Kopf und sah ihm geradewegs in die Augen.

Beneken musste schmunzeln. Dieselbe Frage hatte Lang ihm gestellt. Die ehrliche Antwort war: Vom Geflimmer im Dunkeln wurde ihm schwindelig. Schon die beliebten Kurzfilme zu Beginn der Vorstellung setzten ihm zu. Schwarzweiße Gestalten ruckelten über eine Fläche groß wie eine Hauswand. Dazu das Rattern des Projektors, ins Absurde überhöhte Emotionen, große Gesten. Nein, Beneken war kein Freund des Lichtspiels. «Ich verstehe, dass es eine Art Vorlage braucht, um Filme herstellen zu können», sagte er tastend. «Und dass Sie, Frau von Harbou, eine der begehrtesten Produzentinnen dieser Vorlagen sind. Wenn ich mich nicht täusche, nennt man sie Filmskripte.»

«Sie wissen mehr als die meisten», schmeichelte die Harbou.

«Kam es im Laufe der gemeinsamen Arbeiten an den Drehbüchern häufiger zu dieser Art ...», Beneken suchte nach Worten, «Abschweifung?»

Die Harbou blickte ihm prüfend ins Gesicht. Sicherlich bemerkte sie seine Unsicherheit. Dann wandte sie sich wieder ihrem Pullover oder Schal oder was auch immer zu. Die Nadeln klapperten fort.

«Wissen Sie, junger Mann», begann die Harbou, und Beneken hörte eine gewisse Herablassung heraus, obwohl sie kaum zehn Jahre älter war als er, «wenn man schreibt, öffnet man den Zugang zu seinem Herzen.»

«Wie meinen Sie das?»

«Man muss Gefühle zulassen, um Papierfiguren zum Leben zu erwecken.»

«Die eigenen Gefühle?»

«Verfügen Sie denn über andere?»

«Wenn Sie über die Liebe schreiben, beginnen Sie zu lieben? Ist es das, was Sie mir sagen wollen?» Unwillkürlich zog Beneken die Oberlippe kraus, wie er es bei der Stenografin beobachtet hatte.

Die Harbou lächelte ihn über das Strickzeug hinweg an. «In der Art, ja.»

Beneken schwieg.

Offenbar fühlte sie sich aufgefordert, anschaulicher zu werden. «Das gemeinsame Arbeiten öffnet einen Raum des Vertrauens. Die Gedanken fließen einander zu, der innere Kompass nordet sich ein auf den anderen.» Sie ließ die Nadeln sinken. Ihr Blick schweifte in die Ferne. «Von da aus ist es nur noch ein winziger Schritt ...»

«So willigten Sie in die Affäre ein, die Lang Ihnen anbot?»

Die Harbou schaute nicht auf ihr Strickzeug. Als seien sie in ihren Fingern lebendig geworden und verfolgten nun eigene Pläne, tanzten die Nadeln umeinander. «Das war keine Frage des Willens, das war Schicksal.»

Beneken seufzte. «Was genau geschah in Herrn Langs Wohnung, bevor seine Frau starb?»

Thea von Harbou zögerte. Sie sah durch Beneken hindurch. «Wir schrieben schon eine Weile. Wie schon erwähnt: ich an der Schreibmaschine, er im Raum wandelnd. Lisa hatte die Wohnung verlassen ...»

«Sie nennen Frau Lang beim Vornamen?»

Thea stutzte. «Warum nicht? Wir kannten uns. Ich möchte sogar sagen: gut. Eigentlich mochten wir uns.»

Beneken versuchte, ihren Blick einzufangen, doch sie ließ es nicht zu. Sie widmete sich dem Strickzeug und zählte die Maschen. Etwas hatte sie durcheinandergebracht.

«Wie lange kannten Sie sich?»

«Mehrere Monate.»

Mit raschen Bewegungen breitete Beneken die Zeitungsausschnitte um die Wollknäuel herum auf dem Tisch aus und kehrte zu seiner ursprünglichen Frage zurück: «Aus welchem Grund verließ Lisa Lang die Wohnung?»

«Das hat sie uns nicht verraten. Sie ging ohne ein Wort, als wir zu arbeiten begannen.»

Beneken registrierte ein Zögern. «Es war Ihnen beiden bewusst, dass Frau Lang außer Haus war?»

«Wir hörten die Tür ins Schloss schlagen», sagte die Harbou ohne aufzusehen. Die Spitzen der Stricknadeln klackten, der Stift der Stenografin raschelte übers Papier. Beneken war dankbar für jedes Geräusch. Es verwahrte ihn im Jetzt. Warum flog seine Sympathie dieser Frau zu? Er mochte ihre rechtschaffene Verschrobenheit, die gemessene, unaufgeregte Erzählung. Die Mutter hätte genauso dagesessen, mitsamt ihrem Strickzeug – allerdings nicht in dieser geraden, stolzen Haltung.

«Wie lange sie fortbleiben würde, konnten Sie nicht wissen?»

Die Harbou überlegte einen Moment. «Ich wusste es jedenfalls nicht. Ob Fritz es wusste, kann ich nicht sagen.»

«Haben Sie sich nicht darüber unterhalten? Nachher?»

Die Harbou sah ihn an. Für den Moment kamen die Nadeln zur Ruhe. «Wie meinen Sie das?»

«Seit den Geschehnissen ist ein Tag vergangen. Sicherlich hatten Sie seitdem Gelegenheit, miteinander zu reden?»

Die Harbou wischte den Gedanken zur Seite. «Darf ich in der Chronologie bleiben?»

Die Emotion war gewichen. Für den Moment legte sich Schweigen zwischen sie. Die Harbou nahm es als Einverständnis und fuhr nach einer Weile fort: «Lisa hatte die Wohnung verlassen. Mit einem Mal spürte ich ihn hinter mir. Er berührte mich.»

Die Art der Berührung verschwieg sie. Doch Beneken entging nicht, dass sie, während sie darüber sprach, ihre Hand lasziv über ihr Schlüsselbein streichen ließ und dann hinunter auf den Ansatz ihrer Brust. Die unbewusste Berührung faszinierte ihn, und unwillkürlich legte er die Hand an sein Brustbein. Auch die Stenografin hatte aufgesehen.

«Und dann?», fragte der Kommissar.

«Dann drehte ich mich um, legte den Kopf in den Nacken, und wir küssten uns. Eines ergab das andere.»

Die Harbou sah auf und starrte ins Leere. «Wir bewegten uns hinüber ins Schlafzimmer. Herr Lang begann mich zu entkleiden. Oben herum. Ich trug einen Rock, damit musste er sich nicht groß aufhalten.»

«Einen Rock?», fragte Beneken nach. «Keine Hose?»

«Nein, ganz sicher nicht. Einen Rock. Er schlug ihn einfach hoch.»

Beneken wartete einen Moment ab, ob sie sich nicht doch noch korrigierte. Als es unterblieb, fragte er die Harbou: «Sie liebten sich im Ehebett? Gibt es nicht ein Kanapee im Arbeitszimmer?»

«Das gibt es. Aber es ist kurz und unbequem. Das Schlafzimmer befindet sich direkt nebenan … und das Bett ist groß.»

«Ich kenne die Örtlichkeiten», nickte Beneken. «Wann betrat das Opfer die Szenerie?», drängte er.

«Bald darauf», wich die Harbou aus.

«Geht es genauer?»

«Die Uhrzeit war nicht mein Hauptinteresse.» Starr konzentrierte sie sich auf die Stricknadeln.

«Warum kehrte Frau Lang zurück?»

Die Harbou zuckte mit den Schultern. «Das weiß ich nicht.»

«Haben Sie eine Vermutung?»

«Womöglich hatte sie etwas vergessen? Oder einen Verdacht geschöpft? Auf jeden Fall stand sie mit einem Mal wieder im Zimmer.»

«Wusste sie von Ihrer Affäre mit Herrn Lang?»

«Ach, Wissen – das braucht es nicht immer. Frauen verfügen über Intuition.»

«Was geschah», fragte Beneken, «nachdem Frau Lang den Raum betreten und Sie beide – in ihrem Ehebett – gefunden hatte?»

«Lisa schrie und zeterte. Beschimpfte uns. Plötzlich hielt sie eine Waffe in der Hand. Woher sie die hatte? Ich weiß es nicht. Ich weiß, dass Lang eine besaß, aber wo, das wusste ich nicht. Ich glaube, sie war bereits mit der Pistole ins Schlafzimmer getreten. Lisa machte uns Vorwürfe, beschimpfte uns, wurde immer hysterischer. Lang versuchte, sie zu beschwichtigten, aber es fruchtete nicht.»

«Unternahm Herr Lang Anstalten, seiner Frau die Pistole zu entwinden?»

Die Harbou überlegte lange. «Ich glaube nicht. Er schien wie gelähmt. Obwohl er ihr körperlich überlegen war. Ich denke, ihr Wüten beeindruckte ihn, ihre Haltlosigkeit, die entfesselten Gefühle. Wissen Sie, Lisa ist eigentlich eine sanfte, zarte Frau …»

Ein samtener Ton in ihrer Stimme ließ ihn aufhorchen.

Die Harbou hing ihren Erinnerungen nach. Da war ein sentimentaler Zug in ihrer Miene, der Beneken erstaunte – nach allem, was passiert war.

«In dem Moment war sie sicherlich wütend. Sie hatte ihren Mann mit einer anderen erwischt», brachte Beneken die Umstände in Erinnerung.

Die Harbou war seltsam abwesend. «Ja», antwortete sie tonlos. «Sie stieß sogar eine Vase vom Podest. Aber es war kein Wasser darin.»

«Was hätte das geändert?», fragte Beneken.

Die Harbou zuckte mit den Schultern und behielt die Antwort für sich. «Die halbe Wohnung verwüstete sie», erklärte sie stattdessen mit Blick auf ihr Strickzeug.

Die Aussage irritierte Beneken. An Anzeichen für eine derartige Verwüstung konnte er sich nicht erinnern. «Was geschah dann?»

Die Harbou senkte den Kopf. «Dann hielt sie sich die Null-Null an die Schläfe und drückte ab.»

«Sie kennen sich aus mit Waffen?»

Heftig schüttelte die Harbou den Kopf.

«Und doch kennen sie das Fabrikat.»

«So hat Lang sie genannt. Er sagte *die Browning*. Oder auch *meine Browning*. Oder auch: die *Null-Null*. Ich glaube, er hatte Gefühle für diese Waffe. Manchmal trug er sie heimlich bei sich, im Alltag.»

«Und Sie? Haben Sie Gefühle für Waffen?»

Wieder dieser stechende Blick, bevor sie scharf Luft einzog. Dann antwortete sie: «Waffen verleihen Macht.» Beneken meinte, einen Unterton zu hören.

«Wie fühlt es sich an, so eine Pistole in den Händen zu halten?»

Die Harbou war auf der Hut. «Die Browning habe ich nie in den Händen gehalten. Lang bot sie mir nicht an.»

«Warum, glauben Sie, pflegte er diese besondere Beziehung gerade zu dieser Waffe?»

«Ich meine mich zu erinnern, im Krieg habe sie ihm einmal das Leben gerettet.»

Beneken wartete ab, bis der Stift der Stenografin verstummt war. Nur das leise Knistern ihrer Strümpfe, während sie das Bein wechselte, erfüllte den Raum.

Scheinbar ohne jede Regung saß die Harbou auf ihrem Stuhl und folgte ihrer Handarbeit. Beneken erhob sich vom Tisch, ging hinüber zur Stenografin, nahm ihr den Schreibblock aus der Hand und blätterte durch die Seiten. Ohne jedes Anzeichen von Nervosität wartete Thea von Harbou ab.

Dann gab er der Stenografin den Block zurück und nahm die Beschuldigte in den Blick. «Haben Sie schon einmal eine Waffe in der Hand gehalten, Frau von Harbou?»

«Ich sagte doch bereits …»

«Ich meine nicht die Browning. Irgendeine Waffe.»

Die Harbou überlegte. «Ja. Doch. Im Atelier. Ein Requisiteur drückte mir einmal eine in die Hand. Das war sogar eine echte Armeewaffe. Sie war günstiger zu beschaffen als eine Doublette.»

«Wie fühlte sich das an?»

Die Harbou überlegte nicht lange. «Schwer.»

Wieder wartete Beneken ab, ob sie noch etwas hinzufügen wollte. Der Stift der Stenografin verstummte und schwebte eine Handbreit über dem Block.

«Welche Seite?», fragte Beneken dann.

«Wie bitte?», fragte die Harbou zurück.

«Auf welcher Seite ihres Kopfes setzte Lisa Lang den Lauf der Waffe an?»

«Herrgott, woher soll ich das wissen? Ich erinnere mich nicht mehr, da waren nur noch», sie suchte nach einem Wort, «Fetzen.»

«Vorher! Konzentrieren Sie sich, es ist wichtig!»

Die Harbou schloss die Augen. «Auf der rechten, rechts oben an der Schläfe.» Sie sah Beneken ins Gesicht, während sie das sagte. War das ein Zittern ihrer Lider?

«Sind Sie sicher?», fragte Beneken. Erneut das Zittern. Dann widerrief sie: «Ach nein, es war die linke. Vom Opfer aus gesehen. Von mir aus gesehen rechts, ja, rechts.»

Beneken sah die Gestalt der Leiche vor seinem inneren Auge. Einer Erklärung des Gerichtsmediziners bedurfte es nicht, Beneken hatte es mit den eigenen Augen verstanden: Der Schuss war von unten in den Unterkiefer ein- und aus der vorderen Schädeldecke wieder ausgetreten. Das Blut und alles, was mit dem Blut ausgetreten war, war vor allem an der Kopfseite des Bettes verteilt, nicht an den Flanken. Die Harbou log. Oder sie erinnerte sich falsch. Fritz Lang log. Oder er erinnerte sich falsch. Niemals aber erinnerten sich zwei Zeugen in der gleichen Weise falsch. Zweifellos hatten sie sich abgesprochen. Auf eine Version geeinigt, lückenhaft. Nun fiel Unsicherheit in die Lücken: Füllmaterial, Variation, Improvisation. Unser Gedächtnis ist nicht präzise genug, dachte Beneken, die Bilder beginnen zu ruckeln.

Beneken seufzte, als er sie wieder in den Blick nahm. «Frau von Harbou, Sie wissen, dass Sie vor Gericht vereidigt werden?»

«Sie denken, dass es zu einem Prozess kommen wird?»

«Gnädige Frau, mit Verlaub: Ein Mensch ist gewaltsam gestorben!»

Die Harbou beugte sich vor, das Strickzeug im Schoß, und umklammerte die Tischkante. «Herr Kommissar, Lang ist kein Mörder!»

«Ich dachte, das Opfer hätte Suizid verübt?»

«Ja. Hat sie. Natürlich hat sie das. Es war ihre Entscheidung. Mein Mann ist unschuldig.» Entmutigt sank die Harbou gegen die Lehne.

«Ihr Mann?» Beneken räusperte sich. «Frau von Harbou, darf ich Sie darauf aufmerksam machen: Herr Lang ist Witwer. Und Ihr rechtmäßiger Gatte ist der Schauspieler Rudolf Klein-Rogge aus Düsseldorf.»

Die Harbou starrte zu Boden. «Ach, hören Sie auf. Der ist es längst nicht mehr.»

«Für die Behörden gelten Sie als verheiratet.»

Die Harbou stieß Luft durch die Nase.

«Frau von Harbou, können Sie mir Lisa Langs Mädchennamen verraten?»

«Natürlich kann ich das», erklärte die Harbou. Erwartungsvoll schwebte der Stift der Stenografin über dem Papier.

«Wären Sie so freundlich?», wiederholte Beneken seine Bitte.

«Rosenthal.» Thea von Harbous Stimme war ein Flüstern, kaum hörbar. Dann wiederholte sie den Namen etwas deutlicher: «Elisabeth Rosenthal.»

Beneken nickte zufrieden und fuhr fort: «Frau von Harbou, wussten Sie, dass das Opfer jüdischen Glaubens war?»

«Natürlich. Was tut das zur Sache?»

Beneken ging nicht auf die Frage ein. «Lisa Rosenthal führte also Herrn Langs Browning an die – rechte?» Der

Inspektor hielt den gestreckten Zeigefinger an die entsprechende Stelle seines eigenen Schädels, etwa in Höhe der Schläfe «… die rechte Seite ihres Kopfes und drückte ab.»

Die Harbou starrte ihn wortlos an. Er ließ den symbolischen Lauf sinken.

«Dann traten also Blut und Hirn an der linken Seite aus?», fuhr Beneken fort.

«Ich weiß es nicht. Ich kann mich nicht erinnern. Da war Blut überall.» Die Harbou schlug ihre Hände vors Gesicht und weinte.

Beneken kämpfte den Moment von Schwäche in seinem Herzen nieder, dann setzte er erneut an: «Sie sagten, Sie saßen an Herrn Langs Schreibtisch und schrieben am Filmbuch. Saßen Sie noch dort, als Lisa Rosenthal den Revolver aus der Lade zog?»

Die Harbou überlegte nicht lange. «Natürlich nicht. Da lag ich auf dem Bett.»

«Frau Lang kam also ins Zimmer, sah Sie auf dem Bett oder auf dem Kanapee in Umarmung mit Herrn Lang, begriff die Situation, nahm die Browning und schoss sich in die Schläfe? So hat es sich zugetragen?»

Die Harbou nickte zögerlich.

«Und Herr Lang? Lag der die ganze Zeit neben Ihnen auf dem Kanapee?»

«Nicht auf dem Kanapee, auf dem Bett.»

«Er sprang nicht auf, um seine Gattin daran zu hindern, sich umzubringen?», fragte er nach.

«Nein», die Harbou starrte ins Leere, als müsste ihre Erinnerung einen weiten Weg zurücklegen, «sprang er nicht.»

«Und Lisa Rosenthal trat ins Zimmer, erfasste die Situation mit einem Blick, zog den Revolver aus dem Schubfach, hielt ihn sich an die Schläfe und drückte ab?»

Die Harbou bejahte zunächst, dann stutzte sie und widerrief. «Nein, warten Sie, sie kam mit der Waffe in den Raum.»

«Sie kam mit der Waffe in der Hand und richtete sich selbst? Ohne ein Wort zu sagen?»

«Ja. Sie schwieg.»

«Kein Wort, kein Vorwurf? Kein Kampf? Keine Tränen?»

Die Harbou bestätigte erneut. «Wozu kämpfen? Wir waren wie gelähmt.»

«Aus welchem Schubfach zog sie die Browning? Aus dem des Sekretärs, an dem Sie eben noch saßen?»

Ihre Blicke warfen Blitze. «Ich sagte doch bereits: Sie brachte die Waffe mit in den Raum.»

«Stimmt das?» Beneken hatte die Frage an die Stenografin gerichtet.

Die blätterte in ihrem Block zurück. «Ja. Hier: *Nein, warten Sie, sie kam mit der Waffe in den Raum.*»

Beneken dankte der Stenografin und wandte sich wieder der Filmautorin zu: «Ihre Erinnerung ist ziemlich unpräzise, Frau von Harbou. Diese Szene muss sich doch eingebrannt haben in Ihr Gedächtnis.»

«Es ging so rasch. Ich mag Details übersehen haben …»

Beneken nickte verständnisvoll. Mit sanfter Stimme fuhr er fort: «Hatte Lisa Rosenthal Schwierigkeiten, die Waffe zu halten?»

«Nein. Ich denke nicht. Wieso?»

«Weil die Browning 1900 ein Pfund wiegt.»

«Ich erinnere mich nicht», sagte die Harbou unbestimmt. «Es war entsetzlich, wissen Sie!»

«Denken Sie nach! Frau Rosenthal presste die Waffe gegen

ihre Schläfe, Sie, Frau von Harbou, konnten sogar die Seite angeben: die rechte, sagten Sie.»

«Ja, sie presste, sie presste», beeilte sich die Beschuldigte zu versichern. «Sie hatte keinerlei Probleme mit dem Gewicht.»

«Ungefähr so?» Beneken benutzte Zeige- und Mittelfinger seiner rechten Hand, um die Waffe zu simulieren. Den Ellenbogen winkelte er in Schulterhöhe ab. In dieser Position wäre es für eine zarte und schmächtige Person besonders schwierig, die Waffe zu halten.

«Sie stand so und ihre Hand, ihr Arm zitterten nicht einmal?»

«Nein!»

«Konnte Frau Lang solch eine Waffe entsichern?»

Die Harbou starrte Beneken an. «Woher soll ich das wissen?»

«Könnten Sie solch eine Waffe entsichern?»

«Nein, nein, könnte ich nicht. Ich habe keine Ahnung!»

«Frau von Harbou, bitte zeigen Sie mir an Ihrem eigenen Kopf, wo sich die Stelle befand.»

«Welche Stelle?»

«Auf die Lisa Rosenthal den Lauf richtete. Sicherlich musste sie ihn aufsetzen. Die Waffe ist schwer. Etwa so.» Erneut hob er den Zeige- und Mittelfinger der rechten Hand und drückte die gestreckten Finger an seinem Kopf.

«Nein, nein. So sah es nicht aus!», antwortete die Schriftstellerin mit entsetzter Miene.

«Wie sah es aus? Benutzen Sie Ihren Zeigefinger!»

Die Schriftstellerin folgte Benekens Wunsch. Sie tippte mit der Spitze ihres Fingers gegen die rechte Schläfe. Kraftlos. Dann ließ sie die Hand fallen, als gehörte sie nicht zu ihr.

«Haben Sie das?», fragte Beneken die Stenografin. «Die rechte Hand.»

Die Stenografin notierte in Windeseile und nickte. Thea von Harbous Blick taumelte zu Boden.

Beneken erhob sich. «Gut. Dann lassen Sie uns gemeinsam in den Keller gehen.»

«In den Keller? Was wollen wir da?», fragte die Harbou.

«Nachschauen, ob Sie recht haben.»

Auf dem Weg in die Katakomben

Beneken führte die Harbou am Ellenbogen. Die Stenografin folgte, ihre Absätze klapperten über die Treppenstufen. Auf dem Weg hinunter hatte einer der Kriminalsekretäre dem Kommissar einen Zettel zugesteckt. Ungelesen steckte Beneken ihn in die Tasche. Er wollte die Harbou nicht aus den Augen lassen. Wortlos erreichten sie das Souterrain.

Die Leiche der Elisabeth Lang, geborene Rosenthal, lag auf einer metallenen Pritsche. Das Licht einer einzelnen elektrischen Birne fiel auf ihren nackten Körper. Über ihrem Brustkorb klaffte eine Wundnaht. Die Schnitte waren grob wieder verschlossen, die Hautlappen unsauber vernäht, die Wundränder wölbten sich auf. Der Kriminalassistent wischte die letzten Spuren fort, mit einem feuchten Schwamm, beinahe zärtlich. Die Einheit des Körpers war nur pro forma wiederhergestellt, heilen konnte hier nichts mehr.

Der zerschossene Kopf wurde von einem Tuch bedeckt. Sonst war der Leib unversehrt. Der Staatsanwalt hatte offenbar auf eine vollständige Sektion verzichtet. Die Ursache des Todes war offenbar, unklar nur der Weg, wie es dazu gekommen war. Beneken ahnte, dass es Mühe kosten würde, diesen Weg zu rekonstruieren – falls es überhaupt möglich war. Und die einzigen Zeugen gaben der Verwirrung den Vorzug vor der Erklärung.

An der Seite der Filmautorin trat Beneken neben die Pritsche. Die Stenografin postierte sich am Fußende. Beneken hörte die Harbou heftig atmen, ihre Hand lag auf ihrer Brust.

«Treten Sie doch näher!», forderte der Kommissar, indem er langsam das Tuch vom zerschmetterten Kopf hob. Sie folgte seinem Befehl mit Widerwillen. Ihr Atem flog nun.

Die Lampe baumelte beinahe senkrecht über dem eingefallenen Bauch der Ermordeten. Der Haarflaum reflektierte das Licht in einem diffusen Schimmern. Eine schöne Leiche. Ohne Gesicht.

«Fällt Ihnen etwas auf?»

Die Harbou starrte den Körper an, ohne ihn zu sehen. Dann verloren ihre Beine die Kraft, und sie kauerte sich auf den Boden. Sie hatte zu weinen begonnen, ihr Gesicht war schmerzverzerrt. Beneken kämpfte den Impuls nieder, ihr aufzuhelfen. «Frau von Harbou», fragte er sanft, «wollen Sie eine Aussage machen?»

Die Verdächtige schüttelte den Kopf.

«Warum nicht?», fragte Beneken. «Ich sehe doch, wie es sie quält.»

Sie schwieg.

«Der Zustand dieses Kopfes», hob Beneken nach einer Weile erneut an, «stimmt nicht mit Ihrer bisherigen Aussage über …»

«Ich will es nicht!», fiel sie ihm mit erhobener Stimme ins Wort.

Er schwieg für einen Moment. Dann sagte er, zur Stenografin gewandt: «Verdächtige verweigert die Aussage. Danke, Frau von Harbou.»

Die Harbou stemmte sich ohne Hilfe vom Kachelboden hoch und warf dem Kommissar einen vernichtenden Blick zu. Dann verließ sie den Raum.

Ins Freie!

Beneken und die Stenografin standen im Lichthof des Schöneberger Kommissariats. Man musste sich unbehaglich fühlen an diesem Ort, denn aus den vergitterten Fensterhöhlen loderten Blicke voller Neid und Hass: Neid auf die Freiheit, und Hass gegen jeden Kriminaler, der sich hier zeigte.

Die Stenografin bot Beneken eine Pharao an. «Um den schlechten Geruch aus der Nase zu treiben», sagte sie. Das traf es. Die Pharaos waren starkes Kraut. Beneken griff zu. Die Stenografin gab ihm Feuer aus einem Sturmfeuerzeug. Neugierig betrachtete er es. Wie war sie in den Besitz dieses Geräts gelangt? Von einem Geliebten? Oder war sie eine Witwe – auch sie –, die das Rauchzeug eines gefallenen Ehemanns fortpflegte? Sie ging einem Beruf nach. Musste sie das? Hatte sie eine Wahl? Wie wenig wusste er über sie. Was wusste er über die Frauen im Allgemeinen? Beneken spürte ein Echo in seinem Inneren, wenn sie ihn ansah. Doch auch über dieses Echo wusste er nichts. Es verwunderte ihn nur.

Während sie rauchten, warf die Stenografin Beneken immer wieder Blicke zu. Er versuchte, sie zu ignorieren. Schließlich fragte sie: «Was bringt einen Kerl wie Sie zur Polizei? Wie alt sind Sie eigentlich?»

Beneken schwieg. Die Stenografin sah ihn von der Seite an, während sie den Rauch der Zigarette inhalierte.

«Es sind die Abgründe, die mich faszinieren», bekannte er

schließlich. «Das, was man nicht sieht.» Beneken hatte darauf spekuliert, sie abzustoßen. Doch sie lächelte, als nähme sie seine Worte nicht ernst. «Im Gesicht sehen Sie jedenfalls aus wie ein Kind.» Sie musterte ihn von oben bis unten. «Aber das täuscht», fuhr die Stenografin fort. «Darunter sind Sie einer von den Harten, nicht wahr?»

Beneken folgte ihrem Blick und sah an sich hinunter. Die Mutter mästete ihn über die Maßen, der Bauch wölbte sich schon ein wenig vor. Er blies Rauch in die Luft. «Meinen Sie?»

Mit Zeigefinger und Daumen pflückte er eine Tabakfaser von der Zunge und schnipste sie auf den Boden. Indem er ihr folgte, fiel sein Blick auf das feine Gewebe ihrer Strümpfe. Eine Szene drängte sich in sein Gedächtnis, er war halbwüchsig, der Bruder war noch da, etwas älter als er selbst, fast ein Mann. Sie tollten herum, während die Mutter mit spitzen Zehen in den Badezuber stieg. Beneken hatte ihre Strümpfe über der Stuhllehne hängen sehen, die Mutter hatte sie beim Entkleiden abgelegt. Fasziniert blieb er stehen. Seine Blicke fuhren über das feine Gewebe. Wie eine Feenhaut lag der Stoff über der hölzernen Strebe. Walter konnte nicht anders: Er musste ihn berühren. Schon streckte er die Hand danach aus.

«Was tust du da, Walter?», fragte die Mutter, während sie sich einseifte. Wasser schwappte über den Rand des Zubers und ergoss sich über die Dielenbretter. Floss zwischen Ritzen und verschwand im Gebälk.

Erschrocken zog Walter die Hand zurück. «Nichts», sagte er da und rannte aus der Küche.

Plötzlich fühlte Walter eine Berührung auf seiner Armbeuge. Er blickte erst auf die Hand, dann in das Gesicht der Stenografin. «Da sind Sie ja wieder.» Sie lächelte.

Beneken entzog ihr den Ellenbogen. Dennoch trat sie näher, um ihm eine Frage zu stellen: «Warum ist Ihnen die Seite so wichtig?», flüsterte sie.

«Welche Seite?»

«Die Schläfe … Sie wissen schon.»

Beneken lächelte. Seine Gedanken wanderten in die Ferne. Dann sah er die junge Frau geradewegs an. «Wissen Sie, warum Frau von Harbou zusammenbrach?»

«Sagen Sie es mir!»

Benekens Züge waren ganz entspannt, als er antwortete: «Weil bislang kaum etwas von dem, was sie uns erzählte, stimmt.»

«Sie halten sie also für schuldig?»

Beneken musterte sie wortlos. Aus irgendeinem Grund glänzten ihre Augen. Er zuckte mit den Schultern.

Als sie die Zigarette wieder sinken ließ, streiften die Spitzen ihrer Finger seine Hand.

Auf dem Rückweg in den Befragungsraum trat ihnen der Direktor des Kommissariats in den Weg, an seiner Seite Thea von Harbou. Er strafte Beneken mit Missachtung und richtete seine Worte an die Schriftstellerin. «Frau von Harbou, auf der Straße wartet ein Wagen auf Sie.»

«Wohin bringen Sie mich?», fragte die Angesprochene bang.

Der Direktor erging sich in einer angedeuteten Verbeugung. «Nicht *wir* bringen Sie – die Decla-Bioskop hat einen Wagen geschickt. Mitsamt Fahrer.»

Die Harbou schien um ein weniges in die Höhe zu wachsen. «Wer schickt ihn?», fragte sie.

Der Direktor zuckte die Schultern. «Herr Pommer wahrscheinlich, ich weiß es doch auch nicht. Das Auto wartet jedenfalls.»

Beneken hatte den Anweisungen des Vorgesetzten nichts zu entgegnen. Die Harbou wandte sich zum Gehen. Beneken reagierte geistesgegenwärtig. «Darf ich Sie begleiten, Frau von Harbou?»

Sie hielt inne. Beneken spürte, wie sie wankte.

«Was sollte ich dagegen haben?», antwortete sie dann mit einem Augenaufschlag. Ihr Gesicht war eine Maske. Was sie wirklich dachte, war nicht zu ergründen.

«Ich danke Ihnen.»

Seite an Seite traten sie aus dem Kommissariat. Die Sonne schien, der September ging in Hitze zu Ende. Das Fahrzeug – eine Mercedes-Limousine – wartete mit laufendem Motor am Fuße der Treppe. Mit der Grandezza eines Filmstars schritt die Harbou die Stufen hinunter. Wie von Geisterhand wurde die rückwärtige Tür aufgestoßen. Die Filmschriftstellerin zog den Kopf ein und kletterte in den Wagen. Beneken folgte ihr auf dem Fuße, als fürchtete er immer noch, sie könnte ihm entkommen. Er wollte die Wagentür schließen, da kam ein Kriminalsekretär die Treppe herunter. Im Laufen schwenkte er die geräumige Tasche der Harbou, die noch im Verhörraum gelegen haben musste. Die Wollknäuel lagen oben auf, wie die Stacheln eines Tieres ragten die Nadeln heraus. Die Stenografin war nirgends zu sehen. Leise fluchte Beneken vor sich hin.

Die ledernen Polster waren unglaublich weich. Beneken konnte es nicht lassen darüberzustreichen. Der Fahrer saß hinter einer Glasscheibe und trug eine Mütze mit Schirm, wie ein englischer Offizier. Sicherlich hatte er gedient, obschon sein Körper keine sichtbaren Schäden aufwies. Als Kraftfahrer musste man tauglich sein wie fürs Schlachtfeld. Kaum hatten sie Platz genommen, gab er Gas.

Die Atmosphäre war unwirklich, als befänden sie sich bereits in einem Film.

«Das sind mächtige Männer, Herr Kommissar, mit denen Sie sich da anlegen.» Die Harbou sah ihm direkt ins Gesicht.

«Ich lege mich an? Wie meinen Sie das?»

«Diese impertinente Vermessung, diese Beschuldigung, Sie behandeln Fritz wie einen Kriminellen …»

«Ist er das nicht?»

«Nein, das ist er gewiss nicht.»

«Warum lügt er dann? Und warum stiftet er sie zur Lüge an?»

Die Harbou schlug die Augen nieder. «Weil die Wahrheit kompliziert ist.»

«Ich habe nichts gegen Kompliziertheit, wenn sie wahr ist.»

Die Harbou vermaß ihn mit den Augen. Beneken überlegte, was sie sehen mochte: einen Mann, der wie ein Primaner wirkte mit seinem weichen Gesicht ohne Bartschatten.

«Wer hat Lisa Lang erschossen?», fragte Beneken frei heraus.

Sie wich seinem Blick aus. «Das ist doch gar nicht die Frage.» Sie wandte sich ab und sah aus dem Fenster. Beneken hatte den Eindruck, als schluckte sie. «Ich beschwöre Sie, Herr Kommissar», fuhr sie mit brüchiger Stimme fort, «lassen Sie uns unseren Frieden! Sonst …» Ihre hellen, klaren Augen waren nun auf ihn gerichtet.

«Sonst?»

«Sonst sprechen Sie das Urteil über Ihr eigenes Leben», sagte sie, um Härte bemüht.

«Ist das eine Drohung?»

«Ich drohe nicht. Ich mache lediglich auf eine Bedrohung

aufmerksam, Herr Kommissar. Sie geht nicht von mir aus. Ich hoffe, dieser Unterschied ist Ihnen bewusst.»

Der Wagen ließ die Stadt hinter sich, die geschlossenen Straßenzüge wurden durch lockere Bebauung abgelöst, und schließlich rollten sie über Sandboden durch Kiefernwäldchen. Seltsam harte Sonnenstrahlen irrlichterten durch den Wald. Sie kamen nicht direkt von der Sonne, sondern wurden von riesigen Fensterflächen gespiegelt: die Treibhäuser, so nannte die Berliner Schnauze die Filmateliers, so stand es in den Gazetten vom *Vorwärts* bis in die *Hugenbergblätter*. Ihre Seiten waren vollständig aus Glas, ebenso wie das Dach. Zum ersten Mal erblickte Beneken sie mit eigenen Augen. Das war wohl die Lichtkunst, von der Lang gesprochen hatte.

«Wunderschön», kam es ihm unwillkürlich über die Lippen. Die Harbou lächelte.

Im Schritttempo, beinahe geräuschlos rollte der Wagen an die Gebäude heran. Mit einem Mal war der lichte Wald bevölkert. Menschen in Blaumännern, aber auch in Türkentracht mit Turban und Krummsäbeln liefen herum, sogar Kamele kreuzten den Fahrweg des Wagens, die man sicherlich aus dem Zoologischen Garten entliehen hatte. Im Schritttempo lenkte der Fahrer den Mercedes durch das dichter werdende Gewimmel. Teile einer Dekoration wurden durch die Kiefern getragen, orientalische Spitzbögen, ein Brunnenbecken, eine Sitzbank aus Mosaiken, allesamt zerlegt in handliche Teile.

Als die Bühnenarbeiter die Frau im Wagen erkannten, setzten sie ihre Lasten ab, schwenkten speckige Mützen, begannen zu jubeln. «Sie sind nicht nur berühmt, Sie sind auch beliebt, Frau von Harbou», stellte Beneken verblüfft fest.

«Ich sorge dafür, dass diese Menschen und ihre Familien

etwas zu essen haben. Meine *Arbeit* sorgt dafür», betonte die Harbou.

«Wozu benötigen Sie diese vielen?», fragte Beneken.

«Die Lichtspiele bewegen die Massen. Wie ein Feldherr befehligt Fritz die Statisten über die Leinwand – so wie Max Reinhard es auf dem Theater tut.» Von Max Reinhard hatte Beneken noch nicht gehört, aber er entschied sich, nicht weiter nachzufragen.

Endlich wuchsen die gläsernen Häuser vor ihnen empor. Das Auto kam zum Stillstand und war augenblicklich von Neugierigen umringt. Die Arbeiter zogen respektvoll ihre Mützen, sogar Kinder mit braun geschminkten Gesichtern, in Saffianpantoffeln mit gebogenen Spitzen drängten heran. Scheinbar jeder wollte der Filmschriftstellerin in irgendeiner Weise nahe sein. Für Beneken, ihren Begleiter, hatten sie allenfalls grimmige Mienen übrig. Ihre Schimpfwörter erreichten ihn, auch ohne dass die Menschen die Lippen öffneten – Beneken las sie aus ihren Gesichtern ab. Offenbar waren diese Leute informiert. Oder sah man ihm einfach überall auf der Welt den Kriminaler an?

Die Harbou stand in der Tür des Automobils und hielt den Rahmen in der Hand. Als Beneken näher zum Ausgang rückte, trat sie ihm entgegen. «Am besten, Sie lassen sich in die Stadt zurückfahren. Bevor das Automobil anderweitig benötigt wird. Der Weg ist weit.»

«Ich bin neugierig. Zeigen Sie mir, wo Sie arbeiten», bat Beneken.

«Ich kann nicht für Ihre Sicherheit garantieren. Die Stimmung ist gereizt.»

«Man wird doch einen Polizisten nicht angreifen», entgegnete Beneken.

Statt eine Antwort zu geben, hakte die Harbou ihn seufzend unter. Er fühlte ihren Schutz. In ihrer engen Gegenwart wurden selbst Blicke, die ihm feindlich zugedacht waren, milder. Gemeinsam betraten sie das Atelier. Drinnen wehte kein Windhauch, die Luft stand, und das Rattern der Motoren dröhnte – wie in einer Fabrikhalle. Beneken musste die Stimme erheben, um die Geräusche zu übertönen. «Warum ist es hier so laut?»

Auch die Harbou erhob ihre Stimme. «Das sind die Kameras. In jedem dieser Apparate arbeitet ein Motor.»

«Wozu? Sie steht doch am Fleck?» Alle standen starr auf ihrem Stativ. Sie sahen nicht viel anders aus als die gewöhnlichen Fotokameras, auf drei Beine montiert. Nur die Kästen obenauf waren etwas größer.

Der Harbou entfuhr ein helles Lachen. «Die Motoren bewegen den Film in der Kamera fort, nicht die Kamera selbst. Um etwa sechzehn Bilder pro Sekunde erzeugen zu können, muss der unbelichtete Film sechzehn Mal pro Sekunde weitertransportiert werden. Gleichzeitig mit dem Transport der Filmrolle rotierten zwei Drittel einer Scheibe zwischen Objektiv und unbelichtetem Film. Sie verdunkelt den Lichteinfall für den Zeitraum, in dem der Film weitertransportiert wird. Dann öffnet das letzte Drittel der Scheibe die Lücke zum Objektiv, das Licht fällt ein, das Bild wird in der Fotoschicht festgehalten. Erst wenn der Filmstreifen um ein Bild weitergerückt ist, wird die Belichtung wieder für kurze Zeit zugelassen. Das erfordert ein präzises Zusammenspiel von Transporthebeln und -hemmern. Das ist das metallische Klackern und Surren, das Sie hören. Das hellere Summen sind allerdings die großen Lampen. Sie benötigen jede Menge Elektrizität, die wir hier vor Ort erzeugen. Die Generatoren stehen – Gott sei Dank! – draußen.

Sie gelangten an einen Filmschauplatz. Die Treppe eines Schlosses war aus Holz gebaut und mit einer Marmorzeichnung versehen. Sie sah echt aus und war lebensgroß. Allerdings endete sie im Nichts. Dunkle Stoffbahnen beschirmten das Ende. Auf der Treppe bewegten sich zwei wie Junker gekleidete Männer in durchbrochenen Pluderhosen. Sie trugen Kurzschwerter und kämpften mit verlangsamten Bewegungen wie unter Wasser.

«Diese beiden», erkundigte sich Beneken, «kämpfen die so langsam, damit das Kamerabild nicht verwischt?»

Wieder lachte die Harbou und schüttelte den Kopf. «Wir kurbeln noch nicht. Oder sehen Sie eine Kamera? Sie üben sorgfältig jede Bewegung und jeden Hieb, damit sie sich bei der Aufnahme nicht verletzen. Denn die Schwerter sind echt.»

Fasziniert beobachtete Beneken die Kämpfer. Die Bewegungen waren präzise und konzentriert, nur unendlich langsam. Der helle, klirrende Aufprall der Klingen klang kaum zu ihnen durch.

«Ah, da bist du ja! Endlich!» Lang begrüßte Thea mit geöffneten Armen und küsste sie auf die Wange. Thea ließ sich umfangen und herzen. Beneken befreite seinen Arm und rückte von ihr ab.

Dann wandte Lang sich dem Kommissar zu. «Beneken, mein Junge, wir müssen arbeiten. Ich muss Sie bitten, das Atelier zu verlassen. Wir werden Ihnen morgen wieder zur Verfügung stehen.»

Das war nicht der verunsicherte Lang, der ihm im Kommissariat Geschichten auftischte. Das war der König von

Babelsberg. Hier schwang er sein Zepter und sprach den Bannfluch über den Eindringling. Beneken spürte, dass es Zeit war, sich zurückzuziehen. Er setzte seinen Hut auf. «Bitte versäumen Sie morgen nicht die Zeit!»

Als er die Ateliers verließ, war er froh über jeden Windhauch zwischen den Kiefer- und Birkenstämmen. Er nahm den Hut noch einmal ab, damit der Wind seine Stirn trocknete, und fächerte sich Luft zu. Er stützte sich gegen einen der Birkenstämme. Diese Welt war ihm fremd – und sie schien nach völlig anderen Regeln zu funktionieren. Welche Rolle spielten hier die Gesetze der Staatsanwaltschaft? War dieser Fall überhaupt lösbar?

Am Ende des ersten Tages …

Nach der Rückkehr ins Schöneberger Kommissariat wurde Beneken noch einmal zum Direktor gerufen. Der empfing ihn jovial, ergriff seinen Kommissar am Unterarm, führte ihn zu einem ledernen Sessel in der Ecke. «Mein lieber Beneken», schmeichelte der Vorgesetzte, «wie lassen sich Ihre Erkenntnisse im Fall Lang-Harbou an?»

Beneken nahm auf dem ihm zugewiesenen Lehnstuhl Platz. «Die beiden geben sich Mühe, die Sache zu vertuschen. Präsentieren unterschiedliche Versionen, die schlecht oder überhaupt nicht abgesprochen sind. Behaupten ernsthaft, die Rosenthal habe sich selbst entleibt. Aber Selbstmord kommt – nach meiner und auch der Überzeugung des Gerichtsmediziners – nicht infrage.»

Der Direktor des Kommissariats rieb sein Kinn zwischen Zeigefinger und Daumen. «Warum nicht?»

«Vieles spricht dagegen, vor allem der Schusskanal …»

Beneken brach die Rede ab. Der Vorgesetzte schien nicht an den Einzelheiten interessiert. Stattdessen hatte er sich abgewandt, um ein Schubfach zu öffnen. Er griff hinein und holte eine Flasche ohne Etikett heraus. Eine honigbraune Flüssigkeit schwappte darin. Wie ein Zauberer auf der Jahrmarktbühne hielt er plötzlich zwei Gläser in der Hand. Die Glasflasche wurde entkorkt, süßlich-alkoholischer Geruch lag im Raum. Beneken identifizierte Kognak. Die Form der Flasche deutete auf eine geläufige französische Marke hin: Schwarzmarktware. Beneken hatte einen Blick dafür, wie jeder in Berlin, der sehen musste, wo er blieb. Als der Direktor Benekens skeptischen Blick bemerkte, zuckte er mit den Schultern: «Für irgendetwas müssen diese ständigen Beschlagnahmungen doch nützlich sein.»

Mit großer Geste schenkte der Direktor ein. Beneken wollte ablehnen, doch er brachte es nicht über sich. Er war kein Trinker und wollte es auch nicht werden. Die Gefahr war groß in seinem Beruf. Die Gefahr war groß in dieser Zeit.

Das Erste, was der Vater im Fronturlaub unternommen hatte, war, eine Stiege Bier zu kaufen. Beneken verabscheute allein den Geruch. Schon als Junge hatte er sich abgewandt, wenn er dieses Aroma im Atem des Vaters wahrnahm. Es war immer der Beginn des Elends. Ihm strich er noch zärtlich über den Kopf, aber die Mutter brachte er später am Abend erst zum Keifen, dann zum Weinen … Nein, Beneken hasste den Alkohol. Und er hasste Männer, die sich dem Suff überließen …

Der Direktor reichte ihm das Glas. Das Aroma stieg ihm in die Nase und brachte seinen Magen in Unruhe.

«Ich denke, ich werde dem Staatsanwalt Indizien überreichen, die ihn die Anklage erheben lassen», sagte Beneken ruhig. «Bald schon. Ich bin noch nicht am Ende meiner Ermittlungen, aber ich müsste mich schon schwer täuschen, wenn Fritz Lang und Thea von Harbou nicht mindestens schuldhaft verwickelt wären in den Tod der Elisabeth Rosenthal.»

«Mein Freund», begann der Direktor und beobachtete den öligen Kognakrand in seinem Glas, «wissen Sie überhaupt, mit wem wir es hier zu tun haben?»

Beneken schüttelte den Kopf, das Glas lag unangetastet in seinen Händen.

«Frau von Harbou ist berühmt wegen ihrer Bücher, Herr Lang ist befreundet mit dem Produzenten Pommer. Und der wiederum ist ein guter Freund von Alfred Hugenberg. Dieser Name sagt Ihnen doch gewiss etwas, nicht wahr?»

Beneken zuckte mit den Schultern. Der Hauptkommissar beugte sich zu ihm herunter. «Ich biete Ihnen einen neuen Namen für diese Personen an. Nennen wir sie einfach das Bermuda-Dreieck. Denn für Sie, mein Freund, könnte es das werden. Es verschlingt nicht nur Ihre Laufbahn, es verschlingt Sie selbst.» Der Abteilungsdirektor hob das Glas in Benekens Richtung.

«Wohlsein!»

Damit führte der Direktor sein Glas an die Lippen. Als er es wieder herabnahm, glänzten sie feucht. Er senkte die Stimme und wurde noch zudringlicher: «Kommissar Beneken, wir wollen doch diese Aushängeschilder unserer jungen Republik nicht beschädigen. Lisa Rosenthal ist tot, warum also nicht ihr das Verschulden an ihrem Tode zuschreiben?» Er spitzte die Lippen und formte ein Geräusch der Zufriedenheit.

«Sie favorisieren den Selbstmord?», fragte Beneken.

Statt eine Antwort zu geben, schwenkte der Direktor in stillem Schmunzeln das Kognakglas.

«Niemand wird dieser These Glauben schenken», sagte Beneken. «Der Schusskanal ist abwegig, die Aussagen sind unstimmig. Ein Mord aus Eifersucht ist mindestens ebenso wahrscheinlich. Außerdem findet sich ein Kissen mit Durchschuss bei den Asservaten. Warum sollte sich die Rosenthal durch ein Kissen hindurch erschossen haben? Von schräg unterhalb ihres Kinns? Ganz ohne Schmauchspuren an der Eintrittsstelle? So lang kann ihr Arm nicht sein. Und das sind nur drei gute Gründe. Der Obduktionsbericht ist voll davon.»

«Herr Lang ist Weltkriegsveteran, mehrmals Lazarett, Träger des Verwundetenabzeichens in Gold», führte der Direktor ins Feld. Dann wünschte er seinem Untergebenen, der bis dahin nicht am Glas genippt hatte, nochmals Wohlsein. Der Nachdruck war unüberhörbar. Beneken erwiderte knapp, näherte seine Nase und roch an der Flüssigkeit. Einen Schluck zu nehmen, brachte er nicht über sich.

«Die Suizidbehauptung hält einer gründlichen Überprüfung nicht stand», presste Beneken hervor. «Was, wenn dies gefordert wird?»

«Wer sollte das fordern?», fragte der Direktor.

«Die Verwandten des Opfers etwa?», fragte Beneken zurück.

«Kommissar Beneken», sagte der Vorgesetzte gönnerhaft, «Sie wollen doch das Ansehen dieser ehrenhaften Leute nicht zugunsten von Juden beschädigen?»

Beneken verstummte. Seine Aufgabe war es nicht, Menschen zu beschädigen, sondern Taten aufzuklären. Ohne Ansehen der Person, des Geschlechts, der Religion, der politischen Orientierung. So wollte es das Gesetz.

«Ich wäre untröstlich, zusehen zu müssen, wie Sie Ihre Karriere ruinierten, indem Sie Menschen vor Gericht zerrten, die dort nicht hingehören. Lang und seine Geliebte», der Direktor seufzte, «sind unschuldig.»

«Der Beweisstand, den ich kenne, spricht nicht unbedingt dafür.»

«Dann finden Sie gefälligst entlastende Beweise!» In einem Zug trank der Kriminaldirektor den restlichen Kognak aus und ließ das Glas auf den Tisch knallen. Beneken zuckte zusammen. Er stellte seines unangerührt daneben. Spöttisch verzog der Direktor das Gesicht.

«Was sind Sie nur für ein Mann, Beneken?»

«Sie nannten mich einst Ihren besten …», erinnerte Beneken. Doch der Direktor wollte nicht erinnert werden.

«Kommen Sie auf den Boden der Tatsachen! In Berlin gibt es nicht nur eine Front, es gibt hunderte. Wer, wenn nicht wir, sollte für Frieden sorgen? Die Freikorps? Die Politiker? Niemals. Wir als zivile Polizei sind die einzige Hoffnung der Bürger. Enttäuschen Sie die Menschen nicht! Sorgen Sie für Ruhe, nicht für Unruhe!»

«Welchen *Boden der Tatsachen* meinen Sie?»

«Stellen Sie doch nicht solche Fragen! Die nehme ich Ihnen nicht ab. Dafür sind Sie zu klug.»

Beneken merkte, wie dem Gegenüber der Weinbrand zu Kopf stieg. «Die Ergebnisse einer kriminalpolizeilichen Ermittlung zu verfälschen, soll den Bürgern Vertrauen und Hoffnung in ihre neue Republik geben?»

Der Direktor schob das leere Glas zur Seite und stemmte seine Arme auf die Tischplatte. «Einige Mächtige der aufstrebenden Filmindustrie wären unendlich dankbar, wenn Fritz Lang auf freiem Fuße bliebe. Sein Name bedeutet Geld. Kintopp ist ein Geschäft, und Lang weiß, wie man die Menschen in die Lichtspieltheater zieht. Nicht einzelne Menschen, sondern Massen: Hunderte. Tausende.»

«Ein des Mordes Verdächtiger soll frei herumlaufen? Verstehen Sie das unter *Beruhigung*?»

«Da draußen», der Direktor wies zum Fenster hinaus, «laufen ungezählte Mörder herum, sogar Bestien. Kanaillen, Beneken, sind wir allesamt!»

Seine Zunge war schwer. Da nahm der Vorgesetzte Benekens volles Glas an sich, trank es ebenfalls leer und platzierte es wieder auf dem Schreibtisch. «Junger Mann, stellen Sie sich nicht quer! Wer sich querstellt, wird überrollt. Sie wissen doch, wie es an der Front zugeht.»

«Im Prinzip schon», wagte Beneken einzuschränken.

Der Direktor nahm das als Zustimmung. «Und an einer solchen befinden wir uns hier.»

Der Direktor seufzte. Besorgte, glasige Blicke ruhten auf seinem Kommissar. Der Direktor erhob sich aus dem Stuhl, trat näher und klopfte ihm – mit weit ausgestrecktem Arm – auf die Schulter. «Sie werden schon eine Lösung finden!»

Germaniasäle, Spandau

Die Aktentasche unterm Arm, betrat Beneken das Foyer. Lärm schlug ihm entgegen. Nicht der Lärm der Filmateliers. Kein Rattern oder elektrisches Summen, sondern menschliche Stimmen, Stühlepoltern und Bierhumpenknallen. Beneken bemerkte einen Unterschied zwischen dem Babelsberger Lärm und dem hiesigen: Dieser hier war echt. In den Filmstudios war alles künstlich, ein unstimmiges, übertriebenes Abbild der Vorlage. Die Darsteller wie wandelnde Geister mit ihren fahlweißen Gesichtern. Dieses hier war Leben, hier gab es echten Schmerz. Schrill und bunt, so wie Beneken es bevorzugte. Vor allem nach einem Dienst am grauen Schreibtisch.

Anders als an beinahe jedem anderen Ort der Stadt waren hier nur wenige Frauen zu sehen; die Gäste dieser Hallen waren vornehmlich Männer. Ihre Haare waren zumeist mit Brillantine auf den Hinterkopf gepappt. Eins fünfzig zahlte man für den Stehplatz, zehn Mark für die Loge. Dafür konnte man auf der Oranienburger Bordsteinschwalben anheuern. Die Garderobiere wollte ihm die Tasche abschwatzen – für einen Groschen. Wenn man so leichtgläubig war, Bargeld darin zu lassen, fehlte es bei der Rückgabe. So war das bei ihnen in Berlin: *det Hemd näher als die Jacke*.

Beneken zog die Tasche enger unter den Arm. Mit der anderen Hand klaubte er seine Polizeimarke aus der Hose.

«Die Tasche enthält wichtige Beweisstücke. Ich darf sie nicht ablegen.»

Im Angesicht der Marke schreckte die Garderobiere zurück. Sicherlich vermutete sie, der Kriminaler sei hier, weil einer der Boxer etwas ausgefressen hatte. Irgendjemand hatte immer etwas ausgefressen. Es war schon vorgekommen, dass Kämpfer aus dem Ring weg verhaftet wurden. Die Boxkämpfe waren zwar legal – doch nicht alles, was in ihrem Schatten passierte. Die Wetten, auch die Anbahnung der Prostitution im Hinterland der Garderoben waren es nicht. Nicht nur gewöhnlicher Prostitution, auch das, was man nach dem Strafrechtsparagrafen einhundertfünfundsiebzig Sodomie nannte.

Kaum hatte Beneken sich dem Saal zugewandt, wurde er von einem aufgedunsenen Ordner angesprochen. «Die Knarre bleibt schön in der Tasche! Sonst jibtet Ärjer, Kommissärchen. Könn' Se sich ja denken. Seit wann wer'n die Kriminalkadetten eigentlich von der Oberschule weg rekrutiert?» Der Speckige grinste breit.

Beneken klemmte die Tasche enger unter den Arm. Der Dicke löste sich von seiner Seite.

Der Geruch von Alkohol und Zigaretten schlug ihm entgegen, als er den größten der Festsäle, den Hohenzollernsaal, betrat. Durch den blauen Dunst waren die Malereien der Stuckdecke kaum noch erkennbar. Die Kronleuchter unter den gewölbten Decken hingen dicht über den Köpfen der halb nackten Boxer. Kein Schutz, nur die Handschuhe über den Fäusten. Es war ein Anblick, der Beneken in seinem Innersten berührte: der Mensch reduziert auf seine körperliche Verletzlichkeit. Dafür musste er kein Schlachtfeld gesehen haben. Dafür reichten ihm die Säle.

Alles war zum Schauen eingerichtet. Die Kampfringe waren leicht erhaben. Die Planken auf Kniehöhe, so standen die Zuschauer dicht an dicht und beinahe Auge in Auge mit den Kämpfern.

Die teuersten Logen des Saales befanden sich auf der Bühne, weit genug von den Kampfringen entfernt. Dort konnte man sich über den Köpfen der Masse an Champagner vom Schwarzmarkt laben und Kaviar löffeln, während die Kämpfer im Parkett aufeinander eindroschen. Die Kampfrichter in den Sälen waren für ihre laxe Auslegung der Regeln bekannt, das war der Pfeffer dieser Veranstaltung. Die offen zur Schau gestellte Männlichkeit faszinierte Beneken; die Gewalt hingegen stieß ihn ab.

In drei Boxringen schlugen sich Paarungen aller Gewichtsklassen. Manche Zuschauer hatten sich so postiert, dass sie die Kämpfe in mehreren Ringen zugleich verfolgen konnten. Die Augen groß, die Gesichter erhitzt, die Blicke wanderten und hefteten sich an Muskelpakete und geplatzte Augenbrauen. An einer Tafel vor der Empore waren die aktuellen Namen der Kämpfer in Kreide notiert. Einer war Osmane, das glaubte Beneken am Namen zu erkennen. Oder man gab ihn dafür aus. Die Türken waren beliebt in den Sälen. Sie waren zähe Kämpfer – und Kriegsverbündete. Auf diese Weise zogen sie Wetten auf sich, das bedeutete hohe Umsätze für die Buchmacher.

Die Schultern des Kämpfers waren schwarz vor Körperbehaarung, wie beinahe der gesamte Rücken. Beneken fuhr sich über sein glatt rasiertes Kinn. Die Morgenrasur hatte er eben beim Barbier nachgeholt. Der zitronige Geruch von Rasierseife drang in seine Nase und überlagerte für einen Moment den Zigaretten- und Schweißgestank.

Beneken bevorzugte nicht die Kampfmaschinen, sondern die filigranen Taktierer. Die waren hasenflink auf den Beinen, schlugen Haken und duckten sich unter den Fäusten der Gegner hindurch. Sie entschieden den Kampf durch Geschicklichkeit, nicht durch Wucht. Nur im Notfall warfen sie ihre Leiber gegeneinander, Schweiß mischte sich mit Schweiß. Blut mit Blut. Der Boden der Säle war mit Papierstreifen ausgelegt, um die Tropfen aufzufangen. Dennoch wurden die Dielen nach den Kampftagen geschrubbt. Irgendwo hörte man eine Stimme gellen: «Gas! Gas!» Doch Beneken roch nur Tabakrauch. Bald verstummten die Schreie, die Ordner hatten den Frontsoldaten, der noch nicht in den Frieden zurückgefunden hatte, an Händen und Füßen hinausexpediert.

Kaum hatte Beneken eine Position unweit des Ringes gefunden, wurde er von einem Mann mit Hut angesprochen. Die Krempe war weit ins Gesicht gezogen, sein Mantel zugeknöpft. Zwischen den Zähnen hielt er eine Zigarre. Beim Reden quoll Rauch aus den Mundwinkeln. «Wat treibt Se her, Kommissärchen!» Das war nicht als Frage formuliert. Lauthals feuerte das Publikum die Kämpfer an. Wochenlöhne standen auf dem Spiel.

Beneken beugte sich in die Richtung des Fragenden. «Ich vergnüge mich», sagte er. «Darf ich nicht?»

«Selbstverständlich dürfen Se, Kommissärchen. Und ick muss mir keene Sorgen um die Jungs machen?» Mit einem Nicken deutete er auf die Kämpfer im Ring. «Wär' doch zu traurig, wenn am Ende ihrer Vergnügung eener mit 'm Handgelenkschmuck den Saal verlässt.»

«Keine Sorge, ich genieße meinen Feierabend. Außerdem ...»

Der Mann mit dem Schlapphut grinste, als Beneken zögerte. «Wat denn, Kommissärchen?»

«… hätte ich eine Hundertschaft mitgebracht, wenn ich mit Absichten hergekommen wäre.»

«Ditt is mal ’n Punkt, Kommissärchen, ein Mann von Ehre!» Der Buchhalter nahm die Zigarre in die Hand. Immer noch sickerte Rauch aus seinem Mund.

Benekens Blicke ließen sich von einem Kampf in der Schlussphase einfangen. Die Boxer lauerten nicht mehr, überlegten nicht mehr. Jede Taktik war fallen gelassen. Sie hatten die Köpfe gesenkt, die Oberkörper nach vorne gebeugt und bestrichen einander mit Hieben wie von Dampframmen. Schweißbedeckte Körper gingen in den Clinch, Haut an Haut, wie in einem taumelnden Tanz, lösten sich, hämmerten wieder aufeinander ein. Beneken konnte beinahe körperlich spüren, wie Haut auf Haut klatschte, wie jeder Schlag trommelte, das Blut zum Stocken brachte. Der menschliche Körper war zum Schlachtfeld geworden. Es ekelte ihn. Und dennoch musste er hinsehen.

Es war nicht das namenlose Hinsterben auf dem Schlachtfeld, dies hier war Kampf in seiner ursprünglichen Form, Mann gegen Mann. Die Unerbittlichkeit der Schlussphase erlaubte wenig Variation. Das Ballett der tänzelnden Kontrahenten zu Beginn gefiel ihm besser.

«Wenn Se wetten wollen, Kommissärchen, wissen Se, wo ick zu finden bin.» Er grinste ihn an. Niemals hatte Beneken hier gewettet, und dabei blieb es.

Der Krempenhut überließ Beneken dem Kampf. Die Muskeln der Kämpfer beulten glänzende Haut. Von den Kollegen der Sitte wusste Beneken, dass einige von ihnen ihren Körper ein paar Stunden später zum zweiten Mal verkaufen würden: auf dem Schwulenstrich am Hackeschen Markt. Die Wunden und Flecken aus dem Kampf hoben den Preis.

Beneken hielt inne. Von den Muskeln der Kämpfer wanderten seine Gedanken fort in den Keller des Schöneberger Kommissariats. Da lag die Leiche, mit ihrer glatten, weißen Haut. Beneken schob den Hut in den Nacken und kratzte sich an der Stirn. Dort lauerte ein Gedanke, der ihm jetzt erst ins Bewusstsein schoss: Lisas Leichnam wies keinerlei Kampfspuren auf. Kein Kratzer, kein Hämatom, nicht das kleinste Blutgerinnsel. Wenn der Schuss nicht willentlich und in selbstmörderischer Absicht von Lisa selbst abgegeben worden war, wenn man gerungen hatte um die Waffe, dann musste es Spuren dieses Kampfes an ihrem Körper geben. Ebenso am Ort des Geschehens. Es gab aber nichts als das durchschossene Kissen. Eine umgestürzte Vase. Und ein unter Asche verstecktes Paar Pantoffeln. Das war immerhin etwas. Doch was immer vor Lisa Langs Tod passiert war, die Hinweise auf einen Kampf der Körper waren spärlich.

In dem Moment, da der Kampfrichter die Faust des Mannes mit den behaarten Schultern nach oben riss, riss auch Beneken die Arme hoch, obwohl er nicht auf den Osmanen gesetzt hatte. Das Jubeln der Masse steckte an, die Schreie aus vielen Hundert Kehlen, die Euphorie des Sieges, sie pflanzte sich fort. Es war, als ob er nicht aus eigenem Antrieb schrie, sondern einem fremden Willen folgte. Dieses sich Hingeben in die anonyme Masse, sich von ihrer Energie durchströmen zu lassen – Beneken genoss es. Vielleicht, so vermutete er, war dies überhaupt die Ursache seines Vergnügens an diesem Ort.

Ein Hinterhaus im Wedding, nach Mitternacht

«Du stinkst nach Rauch, Walterchen», sagte die Mutter, als Beneken sich in sein Bett legte, der Mutter gegenüber, nur der schmale Dielengang zwischen ihnen. Seit der Vater im Krieg geblieben war, übernachteten sie in demselben Zimmer. Im Winter in der warmen Küche, im Sommer im dafür vorgesehenen Schlafzimmer. Die Mutter bestand auf Walters Gesellschaft, und Walter erfüllte ihr den Wunsch gern. Sie bekam Albträume, wenn sie allein war.

«Ja, Mutter, ich war in den Sälen. Dort wird man geräuchert, man kann es nicht verhindern.»

«Haste die Jacke auf 'n Bügel und den Bügel in den Hausflur gehängt? Sonst mieft am Ende die ganze Bude.»

«Ja, natürlich. Ich hoffe, dort hängt sie morgen noch. Der George von oben macht lange Finger. Wär' nicht das erste Mal.»

Die Mutter schwieg. «So dumm, einen Kriminaler zu berauben, wird er doch nicht sein!»

Der Zettel!, fuhr es ihm da in den Sinn. Den ihm der Pathologe auf dem Weg in die Katakomben zugesteckt hatte: Ungelesen steckte er in der Tasche seines Jacketts. Jetzt, wo er wieder in sein Bewusstsein gedrungen war, würde er nicht schlafen können, ohne ihn gelesen zu haben.

Walter schlüpfte aus dem Bett. Der Saum seines Nachthemdes wedelte um seine Knöchel.

«Wohin gehst du?», fragte die Mutter.

«Den Anzug holen.»

«Braver Junge», sagte die Mutter.

Auf nackten Sohlen huschte Walter über die Dielen, über die Schwelle. Der Anzug hing an einem Haken im Treppenaufgang. Er war nicht der Einzige, der seine Kleidung im Hausflur lüftete. Die Wohnungen im Hinterhaus waren im Sommer stickig, der Dunst in den Höfen unerträglich. Nachts schien sich der Gestank zu vervielfachen, vielleicht weil die Sinne in der Dunkelheit geschärft waren.

Walter streifte das Sakko vom Bügel und ließ die Hand in die rechte Tasche fahren. Da war der Zettel. Gefaltet und unversehrt.

Er brachte den Anzug in die Küche und hängte ihn über den Herd. Ging dann hinüber zur Lampe und drehte den Docht aus der Fassung, bis die Flamme im Glas emporzüngelte. Als sich der Lichtschimmer im Raum ausbreitete, entfaltete Walter das Papier. Das Licht enthüllte die Botschaft: *Fingerabdrücke auf der Waffe: Lang, Rosenthal, v. Harbou.*

«Die Säle», flüsterte die Mutter, als Walter wieder ins Bett schlüpfte, «sind kein Ort für dich!» Er hatte gehofft, sie schlafe schon. Oft war es so, dass sie abwartete, bis er zurückgekehrt war. Sie musste ihn in Sicherheit wissen, dachte Walter. Ihr jüngster Sohn war ihr letzter Halt in dieser Welt. Er spürte ihre Erwartungen: dass er den Vater und den Bruder ersetzte; dass er fleißig war für drei; dass er für die Mutter da war. Dass er dem Frieden diente, damit Vater und Bruder nicht umsonst gestorben waren. Dass er ihr Enkel schenkte, bald, damit sie es noch erlebte.

Die wenigsten ihrer Erwartungen, das spürte Walter, konnte er erfüllen. Vollkommen unzulänglich empfand er sich, zu klein im Angesicht der Größe ihrer Wünsche. Zu weich im Angesicht ihrer Erwartungen an den Vater und den Bruder. Wie sehr er diesen Blick liebte, wenn sie ihn ansah, sobald er sie in den Arm nahm und über ihre beinahe weißen Locken strich. Wie schlecht, dachte er, bestand er vor diesem Blick.

Kurz darauf – wie beinahe jede Nacht – träumte die Mutter. Panisch rief sie den Namen des Vaters. So laut, dass Walter erwachte und lange nicht wieder einschlafen konnte. In der Wohnung über ihnen hieb eine Faust den Besenstiel auf die Dielen. Wie Schüsse knallte Holz auf Holz, bei jedem Stoß schreckte Walter zusammen. Die Schüsse, die Panik der Mutter, Walter stand der Schweiß auf der Stirn.

Später, als sie mit langen, gleichmäßigen Zügen schnarchte, wollten Walters Gedanken nicht zur Ruhe kommen: von Harbou, Lang, Rosenthal. Ein Geheimnis verband diese Menschen. Alle hatten sie die Waffe in den Händen gehalten. Am selben Tag? Oder jeder bei einer anderen Gelegenheit? Eine genaue Analyse würde Überlagerungen berücksichtigen, Vermutungen über den Zeitpunkt ermöglichen. Diese drei waren in keiner Verbrecherdatei zu finden. Diese drei waren keine Verbrecher. Das Verbrechen war zu ihnen gekommen, weil ihnen die Gefühle einen Streich gespielt hatten. Das Verbrechen hatte sie heimgesucht. Beneken hasste diesen Fall, schon jetzt. Es war keine Logik darin – und schon gar keine Vernunft.

Als Walter die Unruhe nicht mehr ertrug, sprang er erneut aus den Federn. Setzte beide Füße auf die Dielen. Die Sohlen ertasteten das blanke Holz. Das Leinenhemd hing ihm bis auf die Knöchel. Er trug es, seit der Vater in belgischer Erde lag. Der Vater war einen Kopf größer gewesen. Langbeinig. Meldeläufer, flink wie ein Hase. Haken konnte er schlagen. Hatte es ihm genützt?

Doch Walter war schon immer anders als sein Vater gewesen, anders auch als Herrmann, der Bruder. Walter war mehr wie seine Mutter. Zarter. Biegsamer. Zärtlicher, auch das. Der Vater hatte den Bart nach Kaiserart getragen, bis zum Schluss. Mit der Abdankung des Kaisers und seinem Gang ins Exil hatte Walter sich diesen Bart abrasiert. Bei ihm war es ohnehin mehr ein Flaum gewesen.

Von der Waffenpflicht befreit worden war Walter – und doch in den Krieg gezogen. In den täglichen Krieg gegen Gewalt und Unrecht. Gegen sinnloses Töten. Gegen Mord. Wenn es nur genügend wie ihn gab, musste es doch endlich Frieden geben. Oder etwa nicht?

Die Waffe der Harbou war ihre Sprache.

Mit nackten Fußsohlen tappte Walter über die Dielen erneut bis in die Stube. Dort war es wärmer als im Rest der Wohnung: Küche und Wohnraum gingen ineinander über, der Ofen brannte bei Tag und glomm bei Nacht. Irgendeine Speise wurde immer zubereitet und jeden Morgen das neue Feuer aus der alten Glut entfacht. Ein ewiger Kreislauf der Zuversicht, keinen Ort auf dieser Welt liebte Walter mehr.

Auf einem Bord oberhalb des Sofas standen Bücher. Man konnte sie an zwei Händen abzählen. Keiner von ihnen hatte noch Zeit zum Lesen. Suchend fuhr seine Hand über die Buchrücken. Mit Ehrfurcht zog er den Leinenband zwischen Pappdeckeln hervor. Er betrachtete die Vorderseite. Der Name der Schriftstellerin, der Titel darunter waren in das Emblem einer Girlande gewoben. Darüber prangte eine vierzackige Krone. *Der Krieg und die Frauen* war eines der bekanntesten Bücher der *Königin von Babelsberg*. Einige der

Filmzeitungen nannten sie *Lady Kitschener* – weil es in den Geschichten der Harbou immer so herzschmerzig zuging. Das war es, was ihre Leserinnen liebten.

War es denn überhaupt denkbar, dass eine zivilisierte, gebildete Frau ein Ehebett in Blut tränkte?

Beneken blätterte in ihrem Buch. Las hier ein Wort, erfasste dort grob den Sinn. Obwohl er nicht weit entfernt stand, reichte die Abstrahlung des Ofens nicht aus, den Dielenboden zu erwärmen.

Beneken ignorierte die Kälte, die in seine Fußsohlen kroch. Er war auf der Suche nach einer Geschichte, die ihn bereits beim ersten Lesen getroffen hatte. Vergeblich blätterte er durch die Seiten. Dann aber entdeckte er eine bekannte Szenerie und fand die Passage. Es war Hitze darin, fremde Sprachen, Geister und Totems. Sie führte ihn in das Deutsche Kolonialreich. Er legte sich auf das abgewetzte Sofa, das einzige Küchenmöbel, das nicht mit der Zubereitung oder dem Verspeisen von Essen zusammenhing; schob die Füße unter ein Kissen, und schon war die Illusion von Wärme perfekt.

Plötzlich war Beneken wie elektrisiert. Mit leichter Hand ließ die Harbou das deutschkoloniale Afrika wiederaufleben – als wäre sie selbst dort gewesen. Die Hitze der Tropen, das Flirren der Savanne, die Knechtschaft der Einheimischen, das herrschaftliche Auftreten der Eroberer. Beneken erinnerte sich, dass er als Knabe ein Album mit sehr festen, pappartigen Blättern besessen hatte. Auf dem Titelblatt waren Elefanten mit weißen Stoßzähnen neben nachtschwarzen Führern zu sehen gewesen. Sie trugen Stöcke, die in Stahlhaken endeten, und Turbane. Sie liefen barfuß und hatten krause Locken. Es gab Bilder von Palmen, von Missionsstationen mitten im Dschungel, aus weiß getünchtem

Holz mit Schindeldach, von Wüsten und Weiten, von Meeresbrandung und Malariahospitälern. Die Zigarettenbilder hatte der Bruder von der Front mitgebracht. Selbst dort hatte er sie gesammelt, aus Gewohnheit, für seinen *Dreikäsehoch*, wie Herrmann den jüngeren Bruder stets nannte – auch dann noch, als Walter schon ein Mann geworden war.

Walter sah auf, das Buch der Harbou lag auf seinen Knien. Es war, als habe jemand diese Zigarettenbilder in eine Erzählung verwandelt. Erneut las er, Wort für Wort. Und da, im Handeln einer ihrer Figuren, im Auftreten einer jungen Deutschen in der Konfrontation mit dem Fremden, Unverstandenen dieses Kontinents, trat ihm plötzlich eine ganz andere Thea von Harbou entgegen. War etwa die zartfühlende Lady Kitschener nur eine Maskerade?

Der zweite Tag

Wandernde Bilder

Die Stenografin wartete im Vernehmungsraum. Als Walter die Tür öffnete, schlug sie die Beine übereinander. Die Strümpfe waren heller als am Vortag, beinahe weiß. Das Knistern des Netzgewebes, während sie die Waden aneinanderschmiegte, irritierte Walter. Er ertappte sich bei dem Gedanken, wie sich das feine Material wohl auf der Haut anfühlen mochte. Schnell sah er weg.

«Die Herrschaften scheinen sich zu verspäten …», vermutete die Stenografin. Sie versuchte, seinen Blick wieder einzufangen, anscheinend war sie genauso irritiert. Doch Walter wich aus, zog die Uhr aus der Westentasche. Tatsächlich war die Schriftstellerin seit zehn Minuten überfällig.

Walter bat die Stenografin, am Ort zu warten. Als er auf den Korridor trat, um das Büro des Direktors aufzusuchen, kam ein Kriminalassistent den Gang herunter, direkt auf ihn zu: «Telegramm für Kommissar Beneken!»

Beneken winkte ihn heran, der Kriminalassistent erkannte ihn. «Von Herrn Lang», gab er Auskunft. Beneken entfaltete den Zettel: *kurbelarbeiten --- unabkömmlich --- bedauern*

Er ließ die Notiz sinken. Für einen kurzen Moment spürte er Erschöpfung und Resignation. Dann wuchs neue Zuversicht: So leicht würden sie ihm nicht entkommen.

«Packen Sie Ihren Block und Stift, wir fahren hinaus!»

«In die Ateliers?»

«In die Ateliers», bestätigte Beneken. «Falls wir einen Wagen bekommen.»

Die Stenografin ordnete ihre Frisur, als wäre sie zum Vorsprechen geladen.

«Machen Sie sich keine Hoffnungen», empfahl Walter im Scherz.

«Welche Hoffnungen?»

«Dass Herr Lang Sie für den Kintopp entdeckt.»

«Ach», seufzte die Stenografin, «das hätte er doch gestern schon tun können.»

Während sie ihre Utensilien und den Mantel zusammensuchte, erwirkte Beneken die Erlaubnis des Direktors. Ein Wagen war verfügbar.

Der Fahrer der Mordbereitschaft ließ den Wagen ebenso sachte über den Sandboden rollen wie der Fahrer der Decla-Bioskop. Es schien ein besonderer Ausdruck von Ehrfurcht vor diesem Ort zu sein. Vielleicht war es aber auch nur Vorsicht, die Kiefer- und Birkenstämme standen eng in dieser jüngsten Kolonie des Filmgeschäfts. Erst allmählich schuf man durch großflächige Rodungen Raum für die entstehende Filmstadt.

Die Tempelhofer Studios lagen innerhalb der Stadt und besser erreichbar, doch waren sie, das wusste Beneken aus der Pflichtlektüre der Filmzeitschriften, nicht eigens für den Film gebaut.

Als Beneken nach Lang und Harbou fragte, erhielt er die Auskunft, sie seien «im Schnitt». Offenbar befand er sich in einem eigenen Universum mit neuen Wörtern und Gepflogenheiten. Selbst die Menschen schienen andere zu sein. Sie wirkten wie über ihre Körpergröße hinausgewachsen. Indem der Film sie überlebensgroß auf Leinwände bannte, verlieh er ihnen anscheinend eine Aura. Das Stichwort «Schnitt» war ausreichend, um sich durchzufragen. Die Statisten vom Vortag mit ihren Krummsäbeln waren durch solche mit römischen Kurzschwertern ersetzt. Blechplatten und Lederwämser verbargen Muskeln oder Hungerbäuche. Es mochten etwa vier Kohorten sein, die sich zwischen den Bäumen belagerten, als sei hier die Schlacht im Teutoburger Wald. Beinahe fühlte Beneken sich in der deutschen Geschichte um zwei Jahrtausende zurückversetzt. Was bislang auswendig gelernte Daten waren, wurde mit einem Mal erschreckend lebendig.

Seite an Seite schritten die Stenografin und Beneken durch das lichte Wäldchen. Die junge Frau fluchte. Sie trug offene Schuhe mit hohen Absätzen und blieb im Sand stecken. Bis sie die Sandalen einfach abstreifte, die Strümpfe über die Fußspitzen hinweg abrollte und barfuß weiterging. Beneken beobachtete – gleichermaßen verschämt wie entzückt – ihre zarten nackten Füße. Bei den Legionären der dritten Kohorte erkundigten sie sich nach den Schnitträumen, bis sie sie in einem flachen, eher unscheinbaren Gebäude nahe den Treibhäusern tatsächlich entdeckten. Dort fanden sie auch endlich das Paar.

An das Dunkel musste Beneken sich erst gewöhnen. Ein rotes Notlicht – kaum verdiente es diesen Namen – färbte den Raum, ohne ihn zu beleuchten. Einzig die großen Rahmen, offenbar mit Leuchtstoffröhren darin, gläserne Lichtkästen, auf denen Schnipsel und Bahnen der fotografierten und entwickelten Filme lagen, sorgten für etwas Helligkeit.

Als Lang Beneken erkannte, trat er jovial auf ihn zu. «Herr Kommissar, was für eine Überraschung, dass Sie uns hier aufsuchen! Hat mein Telegramm Sie erreicht?» Auf Langs

Stirn war eine Lupe geschoben, ein straffer Lederriemen, der die Kopfhaut einschnitt, hielt es an seinem Platz.

«Hat es», bestätigte Beneken.

«Gut. Dann wissen Sie ja, wie schwer wir beschäftigt sind. Eben schneiden wir *Das wandernde Bild* zurecht, ein Film wie ein Volksmärchen, zugleich eine verzwickte Liebesgeschichte, die erst durch ein Wunder zurechtgerückt werden muss. Die Lichtspieltheater warten schon darauf, hundert Kopien sind bestellt, allein in Deutschland, Dänemark und Österreich. Wenn wir heute den Filmschnitt beenden, geht er morgen ins Kopierwerk.»

«Ihre Arbeit in allen Ehren, Herr Lang, tun Sie sie! Doch muss ich auch meine tun.» Benekens Augen hatten sich endlich an die Lichtverhältnisse gewöhnt. Er erkannte Thea von Harbou an einem der Pulte. An Wäscheleinen, die quer durch den Raum gespannt waren, hingen einzelne Filmschnipsel von einem halben bis zu zweieinhalb Metern Länge, schätzte Beneken. Längere Bildsequenzen waren in Schlaufen über die Leine gehängt.

«Aber wir sind mitten …», wollte Thea protestieren, doch Beneken setzte den Satz fort: «… in einem Mordfall.»

«Sie meinen Selbstmord», verbesserte Lang.

«Ich meine Mord.»

Lang schien ernüchtert, alle Jovialität war verflogen.

«Ich muss Sie bitten, mir noch einige Fragen zu beantworten. Wir können auch gern mit Frau von Harbou beginnen, wenn Sie hier unabkömmlich sind», beharrte Beneken auf seiner Forderung.

«Sie scheinen nicht zu verstehen», Lang hatte seine Stimme erhoben, «wir sind *beide* unabkömmlich.» Lang musterte Beneken eindringlich. Sie maßen sich mit Blicken. In ihren

Gesichtern spiegelte sich das Licht aus den Kästen, der Rest versank im Dunkel. Beneken war sich bewusst, dass dies hier Langs Terrain war. Diesen Machtkampf konnte Beneken nicht gewinnen …

Die Harbou trat näher und legte ihre Hand auf Langs Arm. «Lass doch, Fritz, ich kann mit den Herrschaften reden.»

Der Regisseur vergrummelte seinen Unmut und widmete sich wieder den Filmstreifen auf den Leuchtkästen.

Blinzelnd traten sie hinaus in den Babelsberger Herbst. Nach der Dunkelheit im Schneideraum blendete Beneken das Tageslicht, obwohl es kein ausgesprochener Sommertag war. Die Sonne verbarg sich hinter Wolken, doch immerhin konnte man sie als Lichtball wahrnehmen.

Zu dritt schritten sie zwischen kahlen Baumstämme, die keinen Schatten spendeten, hindurch, bis sie zu einem weiteren hölzernen Flachbau kamen, der sich unter die Wipfel der Kiefern duckte. Dort öffnete die Harbou ganz selbstverständlich mehrere Türen, bis sie einen nüchtern eingerichteten Raum fand, der keinem erkennbaren Zweck diente. Womöglich ein Aufenthaltsraum für die Pausen; oder ein ungenutzter Raum für die Produktionsstäbe während der Kurbelarbeiten: Möbel standen bereit, darunter sogar ein Sofa und eine Schreibmaschine in der Ecke; doch alles wirkte zusammengewürfelt, nichts deutete darauf hin, dass hier gearbeitet wurde.

Jeder der drei fand einen Platz: Beneken auf einem Schreibtischstuhl, die Harbou residierte im Sofa, Beneken gegenüber, die Stenografin auf einem einfachen Holzstuhl im Hintergrund. Nun, bei Tageslicht, sah Beneken, wie blass die Filmautorin war. Nach Art der Schauspielerinnen hatte sie weißen Puder aufgelegt. Die dunklen Schatten unter den Augen schimmerten durch. Diesmal waren sie nicht gemalt.

Beneken öffnete seine Aktentasche, schob die Brotdose aus Blech zur Seite und zog ein Buch heraus: ihr Buch. Ein Lächeln huschte über ihr Gesicht, als sie den marineblauen Leineneinband erkannte.

«Ihr Exemplar?», fragte sie.

Beneken bejahte und erklärte: «Genau genommen gehört es meiner Mutter.»

«Ihre Mutter hat einen ausgezeichneten Lesegeschmack.»

Beneken ließ diese unbescheidene Bemerkung unkommentiert.

«Haben Sie einen Federhalter zur Hand? Dann gebe ich Ihnen ein Autogramm. Würde das Ihre Mutter erfreuen?»

«Sie verehrt Sie, Frau von Harbou.» Erstaunt bemerkte er, dass sich eine Spur des Bedauerns in seinen Tonfall gemischt hatte.

Da Beneken keine Anstalten machte, kramte die Harbou selbst in ihrer Handtasche. Das Strickzeug hatte sie wohl im Schneideraum vergessen. «Ach, so ein Zufall: Ich habe selbst einen. Soll ich das Buch mit einer Widmung versehen?»

«Das wäre zu freundlich», antwortete Walter mechanisch.

«Ihre Mutter heißt …?»

«Frieda», gab Beneken freimütig Auskunft.

Die Harbou schrieb etwas auf eine der leeren Seiten, die dem Text vorangingen. Mit spitzen Lippen blies sie über die Tinte. Als sie den Deckel wieder zuklappte, entdeckte sie das Lesebändchen etwa in der Mitte des Buches.

«Ist das die Stelle, an der Sie gerade lesen, Herr Kommissar?»

Beneken schüttelte den Kopf. «Nicht direkt. Das ist eine Stelle, auf die ich gestern Nacht zufällig gestoßen bin …»

Die Harbou hatte begonnen, die Zeilen zu studieren. Im Lesen legte sie die Stirn in Falten, der Blick verfinsterte sich.

«Würden Sie mir einen Gefallen tun?», fragte Beneken.

Doch die Harbou las so konzentriert, dass sie nicht auf Benekens Anliegen einging. Offenbar hatte der Inhalt sie vollkommen gefangen genommen. Selbst als ein Requisiteur in den Raum trat und entschuldigend ein Möbelstück heraustrug, sah sie nicht auf. Endlich kam sie an ein Ende und hob den Kopf. Beneken schreckte zurück. Ihr Gesichtsausdruck war wie ein Vorwurf, alle Liebenswürdigkeit verflogen. «Was?», fragte sie mit belegter Stimme.

«Wären Sie so freundlich – ab etwa der Hälfte der Seite? Wo die Hauptfigur mit dem Gewehr im Anschlag auf die Veranda tritt. Und der Fremde nach der Flagge greift?»

Die Harbou ließ das Buch sinken. «Das hat nichts mit mir zu tun, das ist reine Erfindung.»

Beneken machte eine besänftigende Geste. Er wartete ab, bis die Stenografin alles notiert hatte und der Stift schwieg.

«Dürfte ich Sie dennoch bitten, es laut vorzulesen?»

«Ich weiß wirklich nicht, wozu das dienen soll.» Der Unterton war voller Widerwillen. Dennoch hob sie mit brüchiger Stimme zu lesen an.

> «Und ehe sie die Stufen erreicht hatte und im Übermaß einer jähen Schwäche darauf niedersank, da stand ihr Feind an ihrem Platze und hob die dunklen Hände nach den Schnüren des Flaggenstocks.»

Die Harbou ließ das Buch sinken. Ihr Blick war starr.

«Den nächsten Absatz noch», bat Beneken.

«Kann ich das Zitat nachher anhand des Buches aufnehmen?», fragte die Stenografin flüsternd, um den intensiven Moment nicht zu zerstören. Beneken schenkte ihr ein ungeduldiges Nicken. Die Harbou fuhr, jetzt mit festerer Stimme, fort:

> «Sie riss sich hoch – riss das Gewehr in Anschlag. ‹Weg von der Fahne – oder du bist des Todes!› Er fuhr herum, starrte … Das weiße und das braune Gesicht maßen sich mit Blicken, in denen Hass gegen Hass ansprang. Er schrie etwas, irgendein wildes, rasendes Wort, das halb ein Fluch war und halb eine Warnung. Sie sah die Augen, die funkelnden Augen der Bestie, sah das Sichducken des Raubtiers, das angreifen will, und das Messer in der geballten Faust.»

Sie ließ das Buch sinken. Ihre Miene schloss aus, jemals weiterzulesen.

«Ein paar Zeilen noch», bat Beneken.

Widerwillig hob sie es wieder an. Die Augen folgten den Zeilen, ihre Lippen bewegten sich mechanisch. Der Ausdruck war vollständig aus ihrer Stimme verschwunden, sie las wie ein Automat:

> «‹Jetzt›, sagte sie hart und klar und zog ruhig durch. Ein Laut um nicht viel stärker als ein Peitschenschlag. Die kleine, leere Patronenhülse sprang über die Stufen, lag mattglänzend im weißen Sande.»

Das Schweigen dehnte sich, als gäbe es keine Zeit mehr. Schließlich ergriff Beneken das Wort. «Verstehe ich richtig, dass Ihre Hauptfigur hier einen Menschen erschießt?»

Die Harbou erhob sich, den Zeigefinger zwischen die Seiten ihres Buches geklemmt. Sie trat einen Schritt hinüber zur Stenografin und reichte ihr das Buch. Sie wirkte heilfroh, es los zu sein.

Bevor sie an ihren Platz zurückkehrte, harrte sie vor Beneken aus. Sie atmete rasch, doch sonst hatte sie sich in der Gewalt. «Es ist eine Erzählung», erklärte sie stockend, «eine erfundene Geschichte.»

Beneken hielt ihrem Blick stand. «Sie wollen mir sagen, dies alles hat nichts mit Ihnen zu tun?»

Die Harbou maß Beneken stumm. Dann formten ihre Lippen eine Antwort. «Nicht so, wie Sie denken.»

«Erklären Sie es mir!»

«Es hat damit zu tun, wie Geschichten entstehen. Es hat damit zu tun, wie die Kunst sich zum Leben verhält. Das ist kompliziert.»

«Ich habe Zeit.» Benekens Schweigen sollte ihr Raum geben. Doch die Harbou zögerte, das Wort zu ergreifen. Dann erklärte sie mit leiser Stimme: «Shakespeare ist auch nicht an den Galgen gegangen, obwohl er Dutzende von Morden in seinen Stücken zu verantworten hat.»

«Sie waren in Afrika, Frau von Harbou?», fragte Beneken, um nicht auf ihre Argumentation eingehen zu müssen.

«Ich war in den Kolonien. Deutsch-Ostafrika, mein Vater hat mich mitgenommen. Um die kleine Welt eines kleinen Mädchens größer zu machen. Ja, das ist durchaus wahres Leben, Herr Kommissar. Es mischt sich in die Literatur; aber anders, als Sie es sich vorstellen.»

«Frau von Harbou, Sie sagten aus, Sie hätten noch niemals in Ihrem Leben eine Waffe in der Hand gehabt.»

«Tatsächlich?»

Beneken nickte der Stenografin zu, sie schlug zwei oder drei Seiten ihres Ringblockes zurück, dann las sie vor: «Kommissar: ‹Könnten Sie solch eine Waffe entsichern?› Verdächtige: ‹Nein, nein, könnte ich nicht. Ich habe keine Ahnung!›»

Die Stenografin schlug die Blätter wieder vor, strich sie glatt und sah die Schriftstellerin erwartungsvoll an. Die Harbou starrte teilnahmslos in die Ferne.

Beneken senkte die Stimme. «Frau von Harbou, wir fanden Ihre Fingerabdrücke auf der Waffe, die mutmaßlich den Tod Lisa Rosenthals herbeigeführt hat.»

Die Stenografin wagte nicht, diese Bemerkung aufzuschreiben, aus Furcht, die Antwort zu verpassen.

Die Harbou sah beiseite. Ihre Gesichtshaut hatte die Farbe gewechselt. Mit einem Mal wirkte sie zerbrechlich. «Stehe ich also im Verdacht? Bin ich eine Verdächtige?»

Beneken senkte den Kopf. «Das befürchte ich.»

Unverhohlen, aus glasklaren Augen sah sie ihn an. «Herr Kommissar, meine Familie besaß Güter; mein Vater ging, seitdem ich denken kann, in unseren Wäldern und Ländereien zur Jagd: im Vogtland, in der Lößnitz, wohin immer wir zogen. Ich begleitete ihn, stieg ins krachende Unterholz, als Kind schon. Ein Mädchen in Hosen, mit zerschundenen Knien, so kannte man mich. Die Umstände allerdings wurden immer schlechter. Mein Vater war vollkommen glücklos in den Belangen der Ökonomie.» Die Stimme brach, die Augen der Harbou füllten sich mit Tränen. Zwei liefen über ihr Gesicht, sie trocknete sie mit einem Tuch. Dann hatte sie sich wieder in der Gewalt. «Herr Kommissar, ich möchte mich berichtigen: Ich weiß, wie ein Schuss klingt.» Sie seufzte. «Ich weiß es seit meiner Kindheit. Doch Langs Browning», sie stockte, «habe ich niemals abgeschossen.»

«Nichtsdestotrotz fanden sich Ihre Fingerabdrücke auf der Waffe.»

«Das mag sein. In der Hand gehalten habe ich sie. Aber abgeschossen habe ich sie nie.»

«Wirklich? Warum sollten Sie sie halten, ohne abzuschießen?»

«Aus Neugier?», antwortete die Harbou sehr rasch.

Beneken wollte die Befragung schon beenden, schob seine Unterlagen zusammen, da ergriff die Harbou erneut das Wort.

«Herr Kommissar, Sie laufen Gefahr, falschen Gedanken zu erliegen.» Er hob den Kopf und wandte sich ihr zu. Sie sah ihm direkt in die Augen. Wieder dieser Blick.

«Durften Sie gelegentlich auch selbst schießen, wenn Sie Ihren Vater auf die Jagd begleiteten?», fragte er sie, um die Macht des Blickes zu brechen.

«Natürlich hat er mich Schießen gelehrt. Ich war sein Liebling. Er suchte und fand den Knaben in mir – lange bevor ich selbst ihn fand. Alles Knabenhafte unterstützte er, alles, was ihn in seinen Augen störte, unterdrückte er. Ich weiß nicht, warum er nicht gut auf das Mädchen in mir zu sprechen war. Aber ich habe es gespürt, jedes Mal, wenn er mich anblickte. Er sah mich in Hosen, mit kurzen Haaren, keine Schleifen im Haar, sondern Narben am Kinn. Das war der Spiegel, den er mir vorhielt.»

«Ich danke Ihnen.» Beneken räusperte sich, um seine Betroffenheit zu verbergen. Etwas in ihrer Rede hatte ihn außergewöhnlich stark berührt. Er musste sich sammeln, bevor er weitere Fragen stellen konnte.

«Warum aber diese falschen Behauptungen am Anfang?»

Die Harbou zuckte mit den Schultern und blieb die Antwort schuldig. Sie faltete die Hände über dem Strickzeug, das immer noch in ihrer Tasche lag.

«Frau von Harbou, glauben Sie – hypothetisch gesprochen –, dass Sie in der Lage wären, einen Menschen zu töten?»

Die Harbou sah ihm in die Augen. Stolz kehrte zurück und ließ ihre Lippen erbeben. «Es ist ein Unterschied, ob man ein Tier erlegt oder einen Menschen», sagte sie endlich. Dann fügte sie rasch hinzu: «Wenn der Hass groß genug ist, natürlich. Jedoch …», sie schlug die Augen nieder, «hatte ich keinerlei Veranlassung, Lisa Rosenthal zu hassen. Im Gegenteil … wir verstanden uns gut. Sehr gut. Ich würde sogar sagen …» Sie beschirmte ihre Augen mit der Hand.

«Was würden Sie sagen?», beharrte Beneken.

«Wir … waren Freundinnen.»

Beneken war verunsichert. «Sie war die Ehefrau Ihres Geliebten. Sie hatten eine Affäre mit ihm», half er ihrer Erinnerung auf die Sprünge.

Sie zog die Tasche so heftig heran, dass das Strickzeug zu Boden fiel. «Aber niemals hat irgendjemand daran gedacht, sie umzubringen», schrie sie. «Niemals! Es war ein Unglück! Schicksal, Herr Kommissar, in der ganzen Bedeutungsschwere dieses Wortes. Niemand leidet mehr als ich!» Ihre Stimme gellte durch den schmucklosen Raum. «Außer vielleicht», fügte sie nach einer Weile leise hinzu, «Fritz.»

«Diese Behauptung vom Selbstmord ist vollkommen unsinnig, Frau von Harbou. Die Indizien bieten ein völlig anderes Bild.»

«Was wissen Sie denn schon», seufzte die Harbou resigniert.

«Ich weiß, dass eine Tote sich keine Kleider mehr überstreift. Das müssen Sie getan haben, gnädige Frau, Sie und Herr Lang. Aber warum?»

Der Harbou kam ein Geräusch über die Lippen, das nicht zu deuten war. Die Stille danach war schwer zu ertragen. Endlich sprang die Harbou auf und floh hinaus. Beneken hielt sie nicht zurück.

Nachdem die Filmautorin durch die Tür entschwunden war, notierte die Stenografin noch rasch die letzten Sätze, die gesprochen worden waren, auf das Blatt. Dann hob sie ihren Blick und suchte Beneken, der immer noch auf seinem Platz saß, unfähig, sich zu bewegen.

«Eine schöne Freundin ist das, die der anderen den Mann ausspannt», urteilte die Stenografin ungefragt.

Beneken enthielt sich eines Kommentars. Er wusste, dass die Lage zu kompliziert war für diesen einfachen Gedanken.

«Trauen Sie ihr zu, geschossen zu haben?», fragte die Stenografin neugierig.

«Konzentrieren Sie sich bitte auf das Aufschreiben», empfahl Beneken.

Die Stenografin zog die Nase kraus. «Die Flurpost hat recht: Das Gesicht eines Kindes, aber hart wie ein Fels.»

«Das erzählt man über mich?»

Die Stenografin nickte. Walter winkte sie heran, sie beugte sich zu ihm herunter. Leise, ohne eine Gefühlsregung preiszugeben, sagte er: «Niemand im Kommissariat kennt mich.»

Seine Vertraulichkeit schien sie ihrerseits zu ermutigen, denn ihre Antwort lautete: «Ich würde Sie gern kennenlernen.» Dabei tippte sie den Stift gegen ihre Unterlippe.

Wie eine Flammenwand stand dieser Satz im Raum. Ohne ihr noch einen Blick zu schenken, erhob sich Beneken und ging hinaus. «Kommen Sie, suchen wir Lang!»

Schnittmuster

Endlich erreichten sie die niedrige, unter die Bäume geduckte Baracke und den Schneideraum. Beneken wagte kaum einzutreten. Im Hintergrund sah er den Schemen eines Mannes Filmschnipsel auf einem der Lichttische sichten. «Darf ich vorstellen», Lang löste sich von der Harbou und trat Beneken entgegen, «mein Kamera-Operateur Guido Seeber.» Der Angesprochene tippte sich an den Schirm seiner Schlägerkappe. Die saß weit hinten im Nacken, vorn sprang eine hohe, mächtige Stirn hervor. Auf den ersten Blick sah er aus wie ein Bühnenarbeiter, dachte Beneken. Vermutlich brauchte man Muskeln und zupackende Hände für dieses Handwerk. In einem Gestell hingen riesige Filmrollen. Am Boden stand eine Trommel, in die weitere Filme eingespannt zu sein schienen. «Trockentrommeln für die eben entwickelten Filme», erläuterte der Operateur ungefragt. Sein Dialekt klang fremd. «Guido stammt aus Chemnitz», erklärte Lang. «Er hat diese Studios mitentwickelt. Und schon mit Asta Nielsen und Henny Porten gekurbelt», fügte der Regisseur hinzu.

Seeber winkte bescheiden ab. Beneken sagten all diese Namen nichts. Stattdessen fragte er: «Wie lang wird der fertige Film sein?»

«Das wandernde Bild?», fragte Seeber zurück. «Zwei Kilometer. Vielleicht mehr.»

Nun begriff Beneken die Größe der Filmspulen. Er hörte Stühlerücken. Die Stenografin hatte sich in der Dunkelheit des Raumes einen Platz gesucht. Beneken bezweifelte, dass sie bei diesen Lichtverhältnissen würde schreiben können.

An einem der Lichttische stand eine Apparatur, in die Rollen unterschiedlicher Größe eingelegt werden konnten. Voller Stolz erklärte Seeber: «Das Ende des Filmstreifens führte direkt auf den beleuchteten Tisch. Dort befindet sich», Seebers Finger vollzog den Weg, um es Beneken zu verdeutlichen, «eine kleine Rahmung, an deren Ende eine Art Hebel mit Schneide die einzelnen Bilder voneinander trennen kann.»

Es war die kleine Ausgabe einer Papierschneidemaschine, dachte Beneken. «Und wie kleben sie die Filmschnipsel wieder zusammen?»

Seeber deutete auf eine Flasche Gummierflüssigkeit. «Damit. Gummi arabicum. Das Trägermaterial ist eine Art beschichtetes Papier. Es enthält Zellulose. Deshalb ist Rauchen in diesen Räumen streng verboten!»

Der Kommissar trat neben Seeber und betrachtete die fotografischen Filme.

«Schauen Sie sich ruhig um», sagte Lang.

Auf den kurzen und längeren Streifen waren die Darsteller mit den typischen weißen Gesichtern zu sehen – vor Bergpanoramen. *Das wandernde Bild* spielte in den Alpen. Auf den ersten Blick waren die einzelnen Bilder identisch. Erst als Beneken genau hinsah, unterschieden sie sich durch winzige Sprünge im Bewegungsablauf. An einem ankommenden Automobil im Bild war dies besonders deutlich zu sehen: Immer weiter schob es von Fotografie zu Fotografie die Motorschnauze in den Bildausschnitt hinein, Millimeter für Millimeter.

Der Regisseur überließ Beneken seiner stillen Musterung der Filmschnipsel. Allmählich drang der Kommissar in das Geheimnis der bewegten Bilder ein: Licht und Bewegung, welch magische Mischung! Während Beneken die seriellen Fotografien musterte, sonderte sich Lang mit der Harbou ab. Beneken hörte sie flüstern. Dann löste die Schriftstellerin sich von Lang und verließ den Schneideraum. Lang bat Seeber, es ihr gleichzutun. Dann waren Beneken und die Stenografin allein mit dem Regisseur. Lang klemmte das Monokel in die Augenhöhle, seine Miene war im Halbdunkel kaum zu erkennen.

«Herr Kommissar, so dürfen S' eine Frau nicht behandeln!» Aus seiner Miene sprach ernsthafte Empörung. «Und schon gar nicht», fügte er mit schmalen Lippen hinzu, «meine Frau.»

«Ihre Frau?»

«Ganz recht. Ich werde Thea von Harbou heiraten. Sobald sie von Herrn Klein-Rogge geschieden ist.»

Beneken bemühte sich, die Gefühlswogen zu glätten: «Ich behandle Frau von Harbou – und auch Sie, Herr Lang –, wie ich jeden Menschen behandle, der in ein Tötungsdelikt verwickelt ist. Es gibt keine Ausnahmen. Der Tod ist demokratisch, und das Recht ist es auch: jedem das Gleiche.»

«Ich bitte Sie, Herr Kommissar, halten Sie Frau von Harbou ernsthaft für eine Mörderin?»

«Ich halte Frau von Harbou für eine Frau, deren Anteil am Tod Lisa Rosenthals nach allen mir bekannten Informationen nicht eindeutig bestimmt werden kann. Es lässt sich aber doch keinesfalls leugnen, dass ohne sie und ihre – wie soll ich es nennen: Mitwirkung? – vermutlich keine Tote zu beklagen wäre.»

«Sie sind ein Unmensch, Herr Kommissar», klagte Lang, «wir sind in Trauer, verstehen Sie?» Beneken versuchte, die Miene des Regisseurs zu ergründen. Der Schimmer der Lichtpulte schärfte die Konturen seines spitzen Gesichts.

«Die Trauer scheint Sie nicht von der Arbeit abzuhalten», merkte Beneken an.

«Man kann sich auch durch Arbeit betäuben», erwiderte Lang.

«Ich wäre dann so weit», sagte die Stenografin. Sie hatte einen Sitzplatz im Schneideraum gefunden und sich mit ihrem Block bewaffnet. Irgendjemand – Seeber vielleicht – hatte ihr eine kleine Lichtquelle beschafft, die ihren Notizblock beleuchtete. In gewohnter Weise hatte sie die Beine übergeschlagen.

Lang tat geschäftig und sortierte Filmstreifen auf dem Pult. «Sicherlich haben Sie nichts dagegen, wenn ich währenddessen weiterarbeite. Der Film muss fertig werden.»

Beneken gesellte sich neben ihn und betrachtete die Bilder. «Der Film heißt *Das wandernde Bild*? Wie passend. In meinen Augen wandern alle diese Filme, denn die Bilder laufen.»

«In der Tat, das tun sie. Etwas schneller als in der Natur.»

«Ja, das stimmt. Die Darsteller wirken zappelig.»

«Weil wir durch eine etwas höhere Abspielgeschwindigkeit der Projektoren das Ruckeln vermindern wollen. Wir nehmen sechzehn bis achtzehn Bilder pro Sekunde auf und spielen den Film dann mit 28 Bildern pro Sekunde wieder ab. Um das Auge noch besser auszutricksen.»

Beneken deutete auf die Filmstreifen, die allesamt Teile ein und desselben Vorgangs im Film darstellten, aber immer auf andere Weise. «Diese Fotos kann man also», nahm der Kommissar den Faden auf, «nach Belieben kombinieren und erhält jeweils eine völlig andere Geschichte?»

Lang beugte sich über den Tisch. Er fand einige passende Bildsequenzen und legte sie lose nebeneinander. «Schauen Sie, ich kann Dinge und Mensch verschwinden lassen, einfach so.» Lang zeigte Beneken auf dem Leuchttisch die Passage eines Films, in der sich eine Frau zu einem Mann auf eine Parkbank gesellte. Nach kurzem Aufenthalt erhob sie sich, und der Mann war wieder allein. Dann schnipste Lang mit dem Finger. «Wenn ich nun zum Beispiel dieses Stück und jenes entferne ...» Mithilfe des kleinen Messerhebels schnitt Lang einen Streifen aus der Filmrolle heraus und verband die beiden Filmschnipsel mit dem Klebemittel. Erneut beugte sich Beneken über den Leuchttisch: Wieder sah er den Mann auf der Parkbank sitzen, doch dieses Mal blieb er allein. Die Frau war verschwunden. Deren Fotografien – wie sie sich annäherte, neben dem Mann Platz nahm, wieder erhob – schob Lang an den Rand der anderen Seite des Tisches. Sicherlich würde er sie später wieder hinzufügen.

«Jetzt ist sie raus», erklärte Lang.

Beneken starrte auf den Film. «Als wäre sie niemals da gewesen.»

«Als wäre sie niemals da gewesen», wiederholte Lang.

«Auf diese Weise kann man alles Überflüssige aus einem Film herausschneiden?», fragte Beneken fasziniert.

«Auf diese Weise entsteht erst der eigentliche Film – aus einem Überfluss an Material.» Lang wies auf die Dutzenden Rollen, die noch im Gestell hingen, einige lagen noch in der Trockentrommel.

«Die Geschichte entsteht erst im Weglassen?»

«Richtig. Man muss auf die Anschlüsse achten, aber ansonsten sind wir ziemlich frei, ja …»

«Die Anschlüsse?»

«Wenn die Darstellerin in der ersten Einstellung zum Beispiel eine Zigarette in der rechten Hand hält, sollte sie in der nächsten noch genau da sein. Und nicht», Lang wechselte eine unangezündete Zigarette von der Rechten in die Linke, «plötzlich in der anderen.»

«Im Film könnte also die Zigarette von einem Moment zum nächsten in die andere Hand springen? Oder auch ganz verschwinden?», fragte Beneken.

«Natürlich», sagte Lang. «Die laufenden Bilder sprechen ihre eigene Sprache. Und da diese Sprache vollkommen neu ist, sind wir diejenigen, die sie mit jedem Film erfinden und wachsen lassen.»

Beneken ließ sich nicht von seinem Gedanken abbringen. «Nur einmal angenommen: Im Bild liegt eine Leiche. Könnten Sie sie verschwinden lassen, von einem Bild aufs nächste?»

Lang öffnete die Faust und legte die Zigarette auf den Lichttisch.

«Selbstverständlich. Wenn die Geschichte es erfordert.» Lang ließ Beneken nicht aus den Augen.

«Was ich mich die ganze Zeit frage», formulierte Beneken mit Bedacht: «Warum kehrte Ihre Frau, Herr Lang, nach kurzer Zeit wieder in die Wohnung zurück? Sie verschwand nicht einfach so. Sie hatte ihre Gründe, vermutlich.»

«Ich glaube, sie hatte den Schlüssel vergessen», antwortete Lang etwas zu schnell.

«Und sie war hinausgegangen, um was zu tun?»

Lang zuckte mit den Schultern. «Thea und ich, wir waren

ganz von unserer Arbeit absorbiert. Wenn wir schreiben, gehen wir in unseren Figuren und Erzählungen auf. Unsere Gedanken kreisen allein um das Manuskript. Plötzlich hörten wir, wie sich die Tür schloss. Da wussten wir, dass wir allein waren.»

«Sie sahen sich verwundert an?»

«Wir küssten uns.»

«Kaum dass Ihre Frau hinaus war?»

«Schon im nächsten Augenblick.»

Beneken musterte Lang schweigend. Dann fragte er: «Sie wissen also nicht, welches Schuhwerk Frau Lang trug, als sie das Haus verließ?»

Lang lächelte irritiert. «Doch. Selbstverständlich: Die Schuhe, die man an der Leiche fand. Was fragen Sie? Die sind doch sicherlich bei den Asservaten.»

«Ja», bestätigte Beneken, «das sind sie in der Tat. Danke für den Hinweis.»

Benekens Ironie schien Lang zu verunsichern. «Wo waren wir?», fragte er den Kommissar.

«Ihre Frau kehrte zurück, um … was zu tun?», half ihm der Kriminalkommissar auf die Sprünge.

Wie ein Schauspieler presste Lang seine Finger gegen die Stirn, um sich zu erinnern. Mit hohem Druck massierte er die Schläfen. «Sie kehrte zurück, um – ja, vermutlich, genau kann ich es nicht sagen – um ihren Schlüssel zu holen. Den vergaß sie häufig …»

«Also klingelte sie, um die Wohnung zu betreten?»

Lang zögerte. «Nein. Das tat sie nicht. Das hätte uns sicher gewarnt …»

« … und die Umarmung gestört.» Beneken nickt vor sich hin. Nun wirkte er nicht mehr naiv.

«Also», betonte Beneken genüsslich, «hatte sie doch einen Schlüssel?»

Lang beobachtete ihn schweigend, beinahe feindselig.

«So viel scheint sicher, Herr Lang: Hätte sie klingeln müssen, hätte sie Sie doch nicht überraschen können. Oder sehen Sie das anders?»

Lang schwieg beharrlich. Das Blut war aus seinen Lippen gewichen. Im Schimmer des Lichttisches glänzte sein Gesicht so flächig weiß wie das der Darsteller in den Filmen.

«Herr Lang, es regnete seit dem frühen Morgen. Und Ihre Frau Lisa entschloss sich für offene Schuhe?»

«Warum?»

«Das frage ich Sie!»

«Sie kennen die Antwort», sagte Lang. «Sie wissen doch längst, worauf Sie hinauswollen. Erzählen Sie es mir!»

Beneken ließ sich nicht zweimal bitten: «Frau Lang trug offene Schuhe. Mit Riemenverschluss. Ich kann sie Ihnen zeigen, wenn Sie mögen ...»

«Donnerkeil!», platzte es aus Lang heraus. «Was weiß denn ich, was im Kopf dieser Frau vor sich ging!»

Beneken überhörte die Bemerkung. «In der Tat müssen Sie im Zustand größter Verwirrung gewesen sein.»

«Ich? Wieso?», fragte Lang zurück.

«Sie haben ihr die offenen Sandalen übergestreift, weil Sie ihr nicht die blutbespritzten Pantoffeln überstreifen konnten. Denn die lagen ja im Ascheimer.»

«Was sagen Sie da? Das ist eine haltlose Behauptung!», redete sich Lang in Rage.

«Unter einer Schicht Asche», ergänzte Beneken.

Lang versteinerte. Selbst die Stenografin wagte nicht weiterzuschreiben.

«Sie wissen nicht zufällig, wie die Hausschuhe Ihrer Frau in den Ascheimer gekommen sind? Und die offenen Schuhe an ihre Füße – nachdem sie bereits gestorben war?»

Lang stützte sich auf das Lichtpult. Sein Gesicht reflektierte das Licht. Beneken bemerkte die Furchen auf seiner Stirn, das Licht verwandelte sie in tiefe Gräben. Lang sah nicht aus, als wolle er jemals wieder reden. Der Stift der Stenografin flog über den Block. Mit einem harten Pochen setzte sie schließlich einen Punkt an das Ende des Satzes. Sie hob den Kopf und sah zu Beneken herüber. Stolz lag in ihrem Blick, mindestens Hochachtung. Und wieder tippte sie das Ende ihres Stiftes gegen die Unterlippe. Die Geste irritierte den Kommissar.

Da die Zeit schon weit gegen den Mittag fortgeschritten war, entschied Beneken, ins Kommissariat zurückzukehren. Sicherlich hatte der Gerichtsmediziner seine Untersuchung abgeschlossen und einen eigenen Bericht geschrieben. Nun musste der Kommissar die Akte dem Staatsanwalt vorlegen, damit der über eine Anklageerhebung entschied. Nach Benekens Dafürhalten hatte er genügend Verdachtsmomente beisammen, die eine weitere, tiefer gehende Untersuchung rechtfertigten. Nun musste er die Filmstreifen in seinem Kopf nur noch richtig zusammenschneiden, dann wäre der Tathergang sicherlich bald vollständig.

Auf dem Weg durch den Kiefernwald bediente sich Beneken eines möglichst belanglosen Tonfalls, um sich zu erkundigen, in welchem Geschäft die Stenografin ihre Strümpfe erwerbe. Sie nannte ihm eine Adresse auf der Friedrichstraße, nicht weit entfernt vom Schöneberger Kommissariat.

Es dauerte eine halbe Ewigkeit bis die Tram Bereiche

Berlins erreichte, die einer Stadt ähnelten. Die Unterhaltung war zäh. Über den Fall wollte Beneken nicht mit der Stenografin sprechen, und über die Strümpfe hinaus fand er kein Thema. Ihr Interesse am Gespräch war deutlich größer, doch Beneken ließ die meisten ihrer Fragen unbeantwortet. Der Kommissar wusste einfach nicht, zu welchem Ende diese Art von Gespräch führen sollte. In diesen Dingen, die zwischen Mann und Frau lagen, war er wenig bewandert. Also blieb er die ganze Fahrt über wortkarg. Schließlich gab auch die Stenografin auf und starrte zum Fenster hinaus auf die vorüberziehende Stadt.

Brüsseler Spitze

Als Walter den Laden betrat, schlug sein Herz bis zur Kehle. Er war allein im Verkaufsraum und betrachtete die Auslagen. Den Hut hatte er vom Kopf gezogen. Die freie Hand ließ er über die Strumpfwaren gleiten. Die feinen, engmaschigen Gewebe knisterten unter seinen Fingern.

Endlich erschien eine Verkäuferin aus den hinteren Gefilden des Ladens. Beherzt trat sie in die Schlucht zwischen den Regalen mit Fächern und Schüben – und den Glasvitrinen für die Auslagen. «Sie wünschen?»

«Ich suche ein Geschenk. Für meine … Frau», flunkerte Beneken. Er hoffte, die Verkäuferin hatte das kurze, verräterische Zögern nicht bemerkt. «Spitzenstrümpfe sollen es sein, schwarz. Mit einer Naht auf der Rückseite, entlang der Waden.»

«Hurra! Ein Mann mit Vorstellungen!» Sie berlinerte nicht, sondern artikulierte erstaunlich klares Hochdeutsch.

Beneken presste die Lippen zusammen.

Die Verkäuferin lächelte und bückte sich. Sie zog ein Fach aus der Vitrine, die gleichzeitig der Verkaufstresen war. Die Oberfläche war aus einer holzgefassten Glasplatte. Darunter konnte man die herrlichsten Strümpfe erkennen. Nun legte die Verkäuferin die Lade obenauf und nahm Walter den Blick. «Welche Größe benötigen Sie?»

«Meine Frau ist groß», erläuterte Walter und räusperte sich.

Die Verkäuferin lachte. «Was genau meinen Sie mit *groß*?»

Walter sah auf seine Schuhspitzen hinab, also wolle er die Entfernung schätzen. «Etwa meine Größe.»

Die Verkäuferin nickte nur routiniert und übersah gnädig seine Unsicherheit. Sie zog ein in Schlaufen gelegtes Paar aus der Reihe und entrollte mit einer einzigen Bewegung des Handgelenks das Strumpfbein vor Walters Augen. Dann schob sie die Hand hinein und spannte das Gewebe über ihre Finger. Die Maschen dehnten sich, das Gewebe war makellos. «Das ist echte Brüsseler Spitze, mein Herr.»

«Brüssel?», fragte Beneken irritiert.

«Das liegt in Belgien», erläuterte die Verkäuferin.

Passchendaele flammte es in seinem Herzen auf. Der Ort, an dem der Bruder gefallen war. «Das weiß ich doch», erwiderte Walter so heftig, dass die Verkäuferin zurückwich. «Verzeihen Sie. Es ist nicht leicht für mich.» Er wusste, dass dies eine unzureichende Erklärung war, und versuchte, seinen Herzschlag zu beruhigen. Die Verkäuferin hatte vor Schreck ihre Hand aus dem Strumpf gezogen. Betretene Stille.

Vor seinem inneren Auge sah Walter den Bruder die Straße hinunterrennen und einen eisernen Ring mit einem Stock vor sich hertreiben. In der Erinnerung trug der Bruder keine Schuhe, es musste Sommer sein. Hermann schlug den Reifen so geschickt, gab ihm immer neuen Schwung, ohne dass er ins Trudeln geriet. Mit dem Spielzeug lief er schneller als Beneken ohne jedes Hemmnis. Die Mutter sah zu und bog sich vor Lachen. «Der wird rasch eine Frau finden», hörte er die Mutter damals sagen. Walter war zu jung, um zu verstehen, was sie damit meinte.

«Wollen Sie fühlen?», fragte die Verkäuferin Walter da.

Walter erschrak: Sie hielt ihm die Öffnung eines Strumpfes hin. Walter streckte die Hand aus und schlüpfte hinein.

Unter ihren gestrengen Blicken suchte Walter seine Finger durch die Spitze. Er spreizte sie, wie er es zuvor schon bei der Verkäuferin gesehen hatte, und genoss das Spiel des Gewebes. Das Dehnen und Spannen der Maschen – wie fein dieser Stoff war! Es ließ die Rosen aus Spitze sehr lebendig erscheinen.

«Ein Glück tragen Sie keinen Ehering», seufzte die Verkäuferin.

Walter zog seine Hand augenblicklich zurück.

Rasch fügte sie hinzu: «Normalerweise muss man den Ring ablegen, wenn man in den Stoff schlüpft – damit das feine Gewebe nicht reißt.»

«Wir haben die Ringe einschmelzen lassen, meine Frau und ich. Für Kaiser, Volk und Vaterland. Anno '16.» Hitze schoss Walter ins Genick. Nie zuvor hatte er so dreist geschwindelt.

«Sechzehn haben Sie geheiratet? Sie erscheinen mir viel jünger. Und irgendwie …»

«Ich nehme die Strümpfe», kappte Walter ihre Überlegungen. «Können Sie sie mir neutral einpacken – einfaches Packpapier? Damit meine Frau keinen Verdacht schöpft, wenn ich sie am Abend aus der Aktentasche ziehe?» Wie zur Bekräftigung schlug er zweimal auf die Tasche. Das Geräusch und die Berührung des Leders halfen ihm zurück ins Jetzt.

«Aber selbstverständlich.» Mit geschickten Fingern faltete die Verkäuferin die Strumpfbeine und schlug das entrollte Exemplar wieder in Schlaufen. Dann legte sie die Hand sachte obenauf, wohl um den Stoff zu pressen. Doch der nahm ohnehin kaum Platz ein. Das Paket war hauchdünn. Beneken steckte es in seine Aktentasche.

Leichenbeschau

Zum Abschluss dieses verwirrenden Tages hatte Beneken noch den Bericht des Kriminalpathologen zur Kenntnis zu nehmen. Üblich war eine letzte Beschau der Leiche im Beisein des zuständigen Ermittlers, bevor sie zur Bestattung freigegeben wurde.

Der wortkarge Assistent des Gerichtsmediziners hatte die Wunden mit größtmöglicher Sorgfalt wieder geschlossen. Offenbar war er ein Ästhet und bemüht, die Schönheit des Leichnams zu erhalten. Angesichts der Tatsache, dass er seine chirurgischen Fertigkeiten ausschließlich an der Front erlangt hatte, war das mehr, als man von ihm erwarten konnte.

Beneken atmete durch das Eau de Cologne, das er unter seine Nase gestrichen hatte. Die Gerüche in der Pathologie setzten ihm zu. Das Kölnische Wasser minderte sie, ohne sie ganz auszutilgen.

«Was haben wir also?», fragte Beneken den Pathologen. Der Kriminalassistent stand seitlich hinter ihm. In einer Aluminiumwanne lagen einige blutige Werkzeuge. Der Gerichtsmediziner nahm ein Klemmbrett und überflog den Bericht. Unter dem Walrossbart konnte man die Lippenbewegung glatt übersehen.

«Einen weiblichen Körper von der Größe entsprechendem Normalgewicht in ausgezeichnetem Allgemeinzustand. Die

Todesursache ist eindeutig zu bestimmen: eine Kugel des Kalibers 7,65 Millimeter. Dies entspricht exakt dem der FN Browning, Modelltyp 1900. Diese Schusswaffe ist bekannt als im Besitz des Friedrich Anton Lang befindlich. Die Kugel durchdrang den Schädel des Opfers entlang dem präfrontalen Cortex. Der Schusskanal ist ungewöhnlich: Ohne Beschädigung des Knochens drang sie durch den Unterkiefer, die Zunge, den Gaumen, von unten in die Hirnschale, die sie beim Wiederaustritt großflächig mitriss. Die Verletzung führte zum sofortigen Hirntod. Darüber hinaus wurde die Halsschlagader zerfetzt. Die Wucht des Schusses deutet auf eine geringe Entfernung des Schädels zur Waffe …»

«Einen Augenblick bitte», bat Beneken. Der Pathologe unterbrach sich, und Beneken stellte seine Frage: «Heißt das, sie hat den Lauf nicht in den Mund eingeführt?»

«Exakt. Sie hat den Lauf nirgends eingeführt, sondern, falls sie es überhaupt selbst getan hat, was durch die Beweislage nicht eindeutig gestützt wird, unterhalb des Kinns angesetzt. Dort jedenfalls ist die Kugel eingedrungen.»

«Ist das nicht ungewöhnlich?», fragte Beneken.

«In suizidalen Zusammenhängen habe ich das noch nie gesehen», bestätigte der Gerichtsmediziner.

«Dennoch sprechen der Schusskanal und die Verletzungen für eine gewisse Nähe. Allerdings, und das ist rätselhaft …», der Pathologe stockte. Beneken ermunterte ihn fortzufahren. «… es gibt keinerlei Schmauchspuren auf der Haut. Am gesamten unteren Hals nicht. Wäre die Waffe aufgesetzt worden oder sehr nah gewesen, müssten sie zu finden sein.»

«Nicht, wenn etwas dazwischenlag, ein Kissen zum Beispiel.»

«Allerdings, das wäre möglich», bestätigte der Pathologe.

«Das würde auch die zahlreichen Federn oder Partikel von Federn in der Wunde erklären. Haben Sie das Kissen auf Schmauchspuren untersucht?»

Beneken nahm sich vor, dies so rasch wie möglich nachzuholen. «Fahren Sie fort!», forderte der Kommissar. «Gibt es sonst noch etwas Ungewöhnliches?»

«Etwas noch. Aber das ist mehr ein Rätsel als eine Erkenntnis.» Der Pathologe und sein Assistent warfen sich einen Blick zu, den Beneken nicht zu deuten vermochte.

«Ich möchte endlich dieses Haus verlassen.» Beneken machte aus seiner Ungeduld kein Geheimnis.

«Es ist nur», der Pathologe stockte, «wir sind uns über die Schlüsse nicht einig.»

«Wir?»

Der Gerichtsmediziner senkte den Kopf und vermied den Seitenblick auf seinen Assistenten.

«Nun reden Sie schon!»

Der Pathologe nahm die Leiche in den Blick und vermied so, den Kommissar anzuschauen. «Wie Sie wissen, ist es so, dass wir beim Öffnen der Kleidung interessante Spuren gefunden haben.»

«Richtig, das teilten Sie mir bereits mit: Blut auf der Innenseite.»

«Allerdings, es gibt mehr Blut an der Innen- als an der Außenseite. Genauso an den Schuhen, da ist es noch auffälliger, da die Füße weit von der Wunde entfernt sind. Dennoch: verwischte Blutspuren.»

«Es ist also naheliegend, dass diese Frau nach dem Schuss wieder angekleidet wurde. Ein falscher Eindruck sollte erweckt werden, Vertuschung.»

Der Pathologe bestätige Benekens Schlussfolgerung.

«Dies bedeutet aber doch – da sind zumindest wir uns einig –, dass das Opfer sich freiwillig entkleidet hat. Darauf deutet auch die Abwesenheit anderer Verletzungen hin.»

«Ja, selbstverständlich. Also?», fragte Beneken.

«Also: Sie hat sich eigenhändig entkleidet, scheinbar ohne Zwang. Es wurden keinerlei zerrissene Kleidungsstücke entdeckt. Die Pantoffeln wurden in aller Seelenruhe abgestellt.»

«Kommen Sie zum Punkt!»

«Das Rätsel ist doch weniger, warum diese Frau nach ihrem Tod wieder angekleidet wurde, als vielmehr, warum sie überhaupt nackt war. Finden Sie nicht?»

Beneken holte tief Luft. Der Gehilfe nickte bedeutsam, obwohl auch seine Miene Ratlosigkeit ausdrückte. Der Pathologe schwieg. Niemand wollte die Antwort geben.

«Wunderbar, das ist genau das, was ich brauche.» Beneken war schon auf dem Weg hinaus. Über die Schulter rief er dem Pathologen noch zu: «Und geben Sie die Leiche noch nicht frei! Auf keinen Fall! Wir benötigen sie noch.»

Der Pathologe gab eine beruhigende Geste zur Antwort, trat an den Körper heran und verschloss den Leinensack.
«Und was bedeutet das?», fragte der Gehilfe.

Der Pathologe lächelte versonnen.

«Sie wissen es. Bitte, sagen Sie es mir!»

«Schwöre mir, dass du es nicht den Korridoren anvertraust.»

Der Gehilfe hob die Hand zum Schwur. «Ich schwöre es. Kein Wort kommt über meine Lippen.»

Der Pathologe lächelte in sich hinein. «Ich weiß nicht, was der Kommissar daraus macht. Aber für mich hat es den Anschein, als habe diese Frau mitgewirkt an dem, was im Bett geschah.»

Der Gehilfe starrte seinen Chef mit offenem Mund an. Er war schon dazu übergegangen, die Werkzeuge wieder in die Fächer zu sortieren.

«Das sagt dir rein gar nichts, nicht wahr?», grinste der Pathologe.

«Nein», gab der Gehilfe zu.

«Die Wahrheit ist oft komplizierter, als man auf den ersten Blick denkt.»

Beneken eilte hinauf in die oberen Geschosse, zurück an seinen Schreibtisch. Er spannte ein Blatt Papier ein. Ein raues, holziges, wie es seit dem Krieg üblich geworden war. Und sammelte seine Gedanken. Dann führte er alle Punkte auf, die seines Erachtens gegen die Selbstmordtheorie sprachen. In der Folge dieser stichhaltigen Aufzählung kam er nicht umhin, der Staatsanwaltschaft die Eröffnung eines Untersuchungsverfahrens wegen Mordes gegen Friedrich Christian Anton Lang und Thea Gabriele von Harbou zu empfehlen. Auch wenn er sich nicht sicher war, ob es sich nun um eine geplante Tötung oder um eine Handlung im Affekt handelte: Nur auf diese Weise konnte er die Ermittlungen fortführen. Beneken wollte um jeden Preis herausfinden, was an diesem späten Nachmittag passiert war.

Zum Abschluss überflog er die knappe, doch eng beschriebene Seite, steckte sie in einen Umschlag und übergab sie der Poststelle mit dem Hinweis, dass dieses Schriftstück dringend in das Büro des zuständigen Staatsanwaltes überbracht werden sollte. Einen Durchschlag platzierte er höchstselbst in den Posteingangskorb des Kriminaldirektors.

Das Schneckenhaus

«Du gehst noch aus dem Haus, Walter? So spät?», rief ihm die Mutter hinterher.

«Ja, Mutter», rief Walter zurück. Es war unüblich, dass Walter das Haus am Abend noch verließ, ohne dass ein Wagen der Mordbereitschaft vorgefahren war.

Irritiert trat sie in den Flur, um ihn zu verabschieden.

Die Mutter schnüffelte. «Du hast dich schon wieder rasiert! Ist das denn wirklich nötig, Walter?»

«Was geht's dich an, Mutter?»

«Dein Vater hat sich mitunter tagelang nicht rasiert.»

«Ich bin nicht mein Vater», entgegnete Walter mit ruhiger Stimme.

Die Mutter seufzte.

«Warte nicht auf mich, Mutter, mach dir keine Sorgen!»

Sie wollte ihn umarmen, doch er wandte sich ab. Wortlos ging er, Schritt für Schritt, die Treppe hinunter. «Du bist so verschlossen neuerdings», rief sie ihm hinterher.

In einem Park am Hackeschen Markt, nahe der Elektrischen, gab es eine öffentliche Herrentoilette, in der außergewöhnliche Dinge geschahen. Walter wusste dies aus den Berichten der Kollegen von der Sitte. Die Verstöße gegen den Strafrechtsparagrafen 175 in Berlin nahmen zu, die Abteilung wurde ständig vergrößert. Doch Beneken war Mitglied der Mordabteilung. Er hatte keinen Anlass, hier zu ermitteln, und musste sich vorsehen. Er beobachtete die Männer, die hineinströmten. Viele von ihnen waren schlank gebaut, besaßen zarte Gesichtszüge – gerade so wie Beneken selbst. Die Damen, die herausströmten, sahen wiederum den Männern, die hineingingen, erstaunlich ähnlich …

Dieses Pissoir erfüllte die Funktion eines magischen Portals. Männer konnten darin verschwinden und als Frauen zurückkehren, ohne dass sie neugierigen Blicken ausgesetzt waren oder unangenehme Fragen beantworten mussten. Außen klebten Plakate, die für zwielichtige Etablissements abseits der Friedrichstraße warben – nicht für jedermann gedacht. Sie wurden von der Sitte regelmäßig entfernt. Und gleich darauf wieder erneuert.

Beneken trat hinein. Man wich vor ihm zurück, der Kriminaler war ihm anzusehen. Doch da er keine Anstalten unternahm, irgendjemanden zu verhaften, blieb es bei misstrauischen Blicken und Abstand. Beneken gehörte offenbar nicht in diese verschworene Gemeinschaft. Was wollte er überhaupt hier? Sich umsehen? Oder war es mehr?

Drinnen war Geschäftigkeit. Abgeschirmt von ungebetenen Blicken, konnte man Strümpfe an Strumpfhalter klemmen, Bustiers richten, Perücken feststecken. Es gab einen Spiegel, um Puder und Rouge und Lippenfarbe aufzulegen, um Haare zu drapieren und alle Welt Glauben zu machen, dass es echte waren.

Die diensthabenden Schupos dieser Gegend – das war ein offenes Geheimnis auf den Fluren der Kriminalinspektion – bedachte man sporadisch mit kleineren Geldbeträgen, als Belohnung für ihre Verschwiegenheit. Es war nicht recht, was hier geschah. Und dennoch beobachtete Walter die Vorfreude und Ausgelassenheit dieser Männer, die sich mit

Puder und Perücke auf den Weg der Verwandlung begeben hatten. Er spürte die Strumpfhose, die er unter der Hose trug, eng an seinem Bein anliegen.

«Hey, Süßer», hauchte eine Stimme dicht hinter seinem Ohr. Mit empörtem Gesichtsausdruck wandte Walter sich um. Sein Gegenüber war deutlich größer. Die Stimme war die eines Mannes. Und doch hatte er das Aussehen einer Frau. Puder kaschierte den Bartschatten. Der Mund war sinnlich, die Oberlippe mit einem zärtlichen Schwung in der Mitte versehen. Der Hundertfünfundsiebziger spitzte die rot gemalten Lippen, Walter wandte sich ab. Dann hörte er ein Zischen und spürte Feuchtigkeit am Hals. Der Transvestit hatte ihm sein Parfüm auf den Hals gespritzt. Walter wischte es mit dem Handrücken wieder ab. «Damit du gut riechst, Süßer», sagte der Transvestit mit kehligem Lachen. Die Umstehenden fielen mit ein.

Walter wurde heiß in seinem Mantel. Seine Neugier war gestillt. Als er den Ort verlassen wollte, sprach ihn ein älterer Mann an. «Das ist hier kein Museum, mein Herr! Die Männer wollen bei ihrem Treiben nicht angeglotzt werden, verstehen Sie?»

Beneken nickte. Er wagte keine Erwiderung. Der Alte war ein Kriegsversehrter, einer der glücklicheren, mit Krücken unter den Achseln, einer, der noch stehen und aufpassen konnte. Wenn es schnell gehen musste, hatte er seine Straßenjungs. Die pfiff er herbei, damit sie die Verfolgung aufnahmen. Er hatte Schupos, die ihn warnten, wenn eine Razzia bevorstand, und kleine, unauffällige Detektive, die den Besitzer eines Pakets ausfindig machten, falls es im Inneren des Schneckenhauses vergessen worden war. Eines Pakets, das die eigentliche Identität dieser nicht ganz perfekten Frauen enthielt – verschwiegen und unauffällig. Für diesen Dienst, der Wächter einer Scheinexistenz zu sein, vereinnahmte er zwei Groschen beim Hinausgehen. Ein fairer Tausch, dachte Walter: Der Wächter hatte auf diese Weise ein Leben – und die Bewachten gewannen eines hinzu.

«Hier wird nicht geschnüffelt», rief der Versehrte Beneken hinterher, als der sich zum Gehen wandte. Der Wächter mochte so alt wie sein Vater sein – wenn er denn zurückgekehrt wäre. «Wenn du das nächste Mal hier eintrittst, musst du dich entscheiden, ob du ein Verfolger bist – oder ein Verfolgter.»

Beneken schwieg. Er konnte nicht sprechen. Der Alte hatte die alles entscheidende Frage gestellt.

Der größte Film aller Zeiten

Beneken floh die Oranienburger hinunter, da schrie es ihm von einer Fassade entgegen:

Der größte Film aller Zeiten!
Pola Negri und Emil Jannings in …
… «Madame Dubarry»

Beneken klaubte Groschen aus der Manteltasche und wunderte sich, dass die Kassiererin nach seinem Alter fragte. Ihre Erklärung: Der Film sei moralisch fragwürdig und daher mit einem Jugendverbot belegt. Dann reichte sie ihm das Billett. Beneken zeigte den Schnipsel beim Einlasser vor, nannte erneut sein Alter und betrat den Vorführsaal. Anders als in den Germaniasälen war hier, einem geschlossenen Amphitheater gleich, alles auf die Leinwand ausgerichtet. Gewaltige Samtvorhänge, selbst an den Wänden. Das dämpfte die Gemüter und die Unterhaltungen der Zuschauer. Sie wurden halblaut geführt, vereinzelt wurde gelacht. Der Vorfilm hatte begonnen, der Saal war zu drei Vierteln gefüllt. Immer noch drängten Zuschauer herein. Der Sitz neben ihm blieb allerdings frei. Dies beunruhigte Beneken. Er spürte, wie der Stoff seiner Hosenbeine selbst bei der kleinsten Bewegung über die Seide strich. Die Berührung empfand er als angenehm. Beneken klappte die Sitzfläche hinunter, sank in seinen Sessel und schlug die Beine über, wie er es der Stenografin abgeschaut hatte.

Kurz bevor die elektrischen Lichter an den Wänden wie von Zauberhand alle zur gleichen Zeit verloschen, nahm unerwartet noch jemand auf dem Nebensitz Platz. Das Rasierwasser roch herb, der Lack auf den Haaren süßlich. Beneken konnte den Sitznachbarn im Halbdunkel kaum erkennen. Dennoch war er ihm ganz nah. Nun wusste er wieder, warum er sich im Kintopp unwohl fühlte.

Die ersten bewegten Bilder flimmerten über die Leinwand. Der Film warf den Kommissar in eine untergegangene Welt: Reifröcke, getürmte Perücken mit Schleifen, Brunnenweiber, Putzmacher. Die Szenerie spielte im Paris der Zeit Ludwigs XV. Der Größe der Leinwand entsprechend, fanden Unmengen von Menschen darauf Platz – Männer wie Frauen, Alte wie Junge, sogar Tiere. Bald wurde die Negri in einer Tragchaise durch die Gassen transportiert. Die Figuren erschienen Beneken künstlich, und die Gesichter waren weiß mit eingefallenen Augen, als seien sie zeitlebens zum Hungern verurteilt. Doch waren es wie versprochen bewegte Fotografien. Die Negri sprang bald hierhin, bald dorthin, wie von einem Federmechanismus angetrieben. Die Handlung entspann sich: Beinahe jeder Mann, dem sie begegnete, schien von der Dame, die sie verkörperte, so angetan, dass die Schauspielerin im Dutzend Küsse verteilen musste. Bis selbst der König – feist, gierige Augen und mit der gewaltigsten Perücke ausgestattet – ihr verfiel. Während der erste Geliebte der Negri nach einem Duell in Gewahrsam genommen wurde, fesselte etwas anderes Walters Aufmerksamkeit:

Der Mann neben ihm presste – sanft, aber deutlich – sein Knie gegen Walters Bein.

Walter rückte höher und nahm sein Bein außer Reichweite. Was fiel dem Kerl ein? Walter wollte nur diesen Film sehen, nichts weiter. Er schob sich an den Rand seines Sessels und versuchte, sich auf den Film zu konzentrieren.

Pola Negri verkörperte ein Mädchen aus dem Volk, die Tochter eines Hutmachers. Barfuß und wie ein junges Fohlen sprang sie herum. Alle Gefühle wurden heftig ausgedrückt und schamlos ausgelebt. Im alten Paris – das lernte Beneken – schien man sich alle naselang verliebt zu haben, anders als im Nachkriegsberlin, wo man in der Öffentlichkeit die Maske der Gleichgültigkeit trug. Obwohl doch gewiss jeder genug gute Gründe hätte, brach niemand in Tränen aus. Nicht die Legionen Arbeitsloser, nicht die Kompanien Heimkehrer, nicht die namenlosen Armen oder die Hungernden – die Verzweiflung blieb hinter der Maske. Manch einer ertränkte sie in Korn oder Wodka – andere im Kintopp.

Die Bilder zogen Walter in ihren Bann. Wie alle starrte er auf das flackernde Licht, das in einem gewaltigen Strahl über seinen Kopf hinwegzuckte und ruckelnde Gestalten auf die Leinwand warf. Und manchmal ertappte er sich bei dem heimlichen Wunsch, er selbst möge es sein, der angestarrt werde. Die Negri verteilte Küsse wie Zuckerwaren, sprang auf Möbel, setzte sich auf Knie, verteilte Nasenstüber wie ein Kind im Körper einer Frau. Alle verliebten sich in ihr Leinwandbild, niemand konnte den Blick abwenden von diesem quirligen Naturwesen, auch Walter nicht. War dieses Spiel mit dem Licht etwa ein Zaubertrick, der Menschen in sich selbst verliebt machte? Niemals hatte Walter sich selbst so nahe gefühlt.

Und dann geschah etwas Ungeheuerliches: Die Negri und der Jannings, sie liebkosten sich vor den Augen Hunderter Menschen. Walters Stirn glühte: Der Film war zu Recht mit Jugendverbot belegt – so etwas tat man doch nicht in der Öffentlichkeit, empörte sich eine innere Stimme, die nach seiner Mutter klang. Aber trug man denn heimlich eine Strumpfhose in der Öffentlichkeit? Wünschte man sich, ein Mädchen wie die Negri zu sein? Walter krallte sich in die Lehnen, um Halt zu finden.

Gerade sank das Liebespaar wieder in einen Kuss, da spürte der Kommissar den fordernden Griff des Sitznachbarn auf seinem Oberschenkel. Beneken sprang auf und verursachte einigen Aufruhr, indem er sich hinausdrängelte. Man brüllte ihn nieder, einige knufften ihn beim Vorübergehen in die Seite.

Endlich erreichte er den Mittelgang. Er sah nicht, ob der Fremde ihm folgte. So schnell es ihm, ohne zu rennen, möglich war, schritt Beneken die Rampe hinauf, folgte dem Strahl des Projektors. Oben wandte er sich um. Das Publikum versank im Dunkel. Auf der monumentalen Leinwand verlor die Dubarry bereits ihr onduliertes Haupt. Das schmale, zarte Gesicht schmachtete ein letztes Mal in die Kamera. Die eingefallenen Wangen erweckten Mitleid und verliehen Dramatik. Vielleicht war sie tatsächlich die schönste Frau der Welt.

Dann wuchs die Todesmaschine in den Pariser Himmel, dann fiel die Schneide. Der Film war stumm, aber Benekens Kopf ergänzte das dumpfe Geräusch des Messers, das in die Planke fuhr. In Plötzensee stand ein Fallbeil. Zeuge bei Hinrichtungen zu sein, gehörte zu den Dienstpflichten des Kommissars. Danach konnte er tagelang nichts zu sich nehmen.

Auf der Leinwand zog der Henker die Wachsmoulage ihres Kopfes aus dem Korb und schleuderte sie in die Menge.

Die Schauspielerin Pola Negri, die perfekte Verkörperung der Femme fatale, sah es ihm nach. Sie stand ja nicht auf der Bühne des Saals. Und auch das Schafott, errichtet in der Kulisse des Tempelhofer Ateliers, hatte sie längst verlassen. Womöglich lag sie daheim in ihrem Bett in den Armen eines Mannes, während Tausende aus dem Dunkel auf ihr fotografisches Abbild starrten und beobachteten, wie ein Wachskopf in die Menge flog. Niemand wollte ihn auffangen. Und jedes Wollen wäre vergeblich, denn er bestand ja aus Licht und Schatten. Das Abbild rollte auf dem Pflaster aus. Ein Raunen ging durchs Publikum: *Vive la projection!*

Walter lief nach seinem Mantel.

Der Heimweg führte am Landwehrkanal entlang. Das Vergnügen an den Seidenstrümpfen unter seinen Hosenbeinen hatte Walter verloren. Die Lichtensteinbrücke ließ er hinter sich. Links von ihm der Grünstreifen nahe dem Pumpwerk. Dort hatten die Kriminaler die Leiche Rosa Luxemburgs abgelegt. Messerstiche, mehrere davon tödlich, Spuren von Folter. Beneken hatte die Leiche in den Katakomben des Kommissariats begutachtet. Obwohl er frisch von der Ausbildung kam, hatte man ihn hinzugezogen. Und obwohl es weder Rätsel noch Zweifel um diesen Tod gab, hatte sich niemand getraut, die Täter vor Gericht zu stellen. Die – zumindest moralisch – Verantwortlichen saßen weit oben in den neuen Institutionen der Republik.

Ein Strauß roter Nelken lag an dem Ort, wo man sie aus dem Kanal gefischt hatte. Er wurde täglich erneuert. Und täglich von genagelten Stiefeln zertreten.

Was war das für eine Zeit, in der man mitten in einem Teil der Stadt, wo die Schupos Patrouillen gingen, zwei so bedeutende Menschen ermorden konnte? Der brutale Doppelmord hatte Berlin erschüttert. Niemand war mehr sicher. Acht Millionen Kriegsheimkehrer im Reich, verroht, entwürdigt, versehrt bis in die Seele, shell-shocked, der englische Ausdruck hatte sich längst in den deutschen Sprachgebrauch geschlichen. Desillusioniert, immer noch unter Waffen, schlossen sich nicht wenige den zivilen Kampfverbänden an, die überall aus dem Boden schossen, vereint im Hass gegen die Demütigungen von Versailles. Hunderttausende von ihnen waren in der Stadt. Soldaten ohne Gegner. In Ermangelung eines Gegners suchten sie sich Feinde, willkürlich. Berlin erschien Beneken wie ein Magnet der Hoffnungslosen, Fritz Langs Null-Null war nicht die einzige Waffe, die in einer Schublade auf ihren Einsatz gewartet hatte.

Das Wasser schwappte gegen die Kaimauer. Beneken starrte auf die Oberfläche. Wasserleichen waren keine schönen Leichen. Mit dem Gedanken hatte Beneken sofort ihren Geruch in der Nase: süßlich-faulig. Er horchte auf. Da waren Schritte hinter ihm. Sie hallten von der Hauswand wider. Beneken sah einen Schatten. Fort vom Wasser, dachte er. Seine Schritte beschleunigten sich. War denn kein Mensch in der Nähe? Der Schatten des Verfolgers wurde von der Gaslaterne übers Pflaster gespannt. Er hatte den Kommissar beinahe erreicht. Beneken begann zu laufen. Über die Gleise der Elektrischen hinweg, die im Schimmer der Laternen glitzerten. Die Einfahrt zum Hof des Mutterhauses lag nur wenige Meter entfernt. Benekens Schritte fanden ihr Echo in denen des Verfolgers. Sobald er beschleunigte, nahm auch sein Schatten Tempo auf. Beneken rechnete jeden Moment mit einem Schuss. Er wollte seine Dienstwaffe ziehen. Warum hatte er nicht eher daran gedacht? Doch konnte er sie im vollen Lauf aus dem Achselholster ziehen? Niemals.

Da erreichte Beneken die Toreinfahrt. Durchquerte den Hof, betrat den Hauseingang und wusste schon auf dem Absatz, dass er in Sicherheit war. Die Schritte des Verfolgers waren verklungen. Im Schatten der Durchfahrt hatten sie haltgemacht. Ins Licht der Hoflaterne wagte er sich nicht. Beneken sah ein Streichholz aufflammen.

Aus dem Augenwinkel nahm er wahr, dass der Fremde sich an das Mauerwerk der Durchfahrt gelehnt hatte. Er stand da, den Absatz in das Spureisen gehakt, das Bein im spitzen Winkel abgespreizt, als wartete er auf etwas. Aber worauf? Oder wollte er nur zeigen, dass er Beneken im Blick behielt?

Kriminaler hatten Feinde, das wusste Beneken. Dennoch pflanzte diese fremde Gestalt, die ihm ohne erkennbaren Anlass aufgelauert hatte, ein mulmiges Gefühl in die Magengrube.

Mit seinem Nachthemd bekleidet, schlüpfte Walter ins Bett. Er dachte, die Mutter schlafe schon, die Atemzüge schienen ihm vollkommen ruhig. Dann aber, als er sich zur Wand gedreht hatte, richtete sie unvermittelt das Wort an ihn: «Wo warst du, Walterchen?»

Walter schreckte zusammen. «Wo soll ich gewesen sein?», brachte er mit dünner Stimme heraus.

«Ja, wo?», beharrte die Mutter.

«Ich habe einen Spaziergang gemacht.» Walter geriet ins Stammeln. «Am Wasser … Ich meine: am Kanal.»

«Allein?», fragte die Mutter.

«Da war noch jemand», gab Walter zu. Er brach die Schilderung ab, und die Mutter nutzte die Lücke. Aus dem Klang ihrer Stimme hörte Walter ein Lächeln heraus. «Du warst mit einer Frau zusammen!»

Walter schwieg. Das war verdächtiger als jede Antwort. Doch was ihm einfiel, waren nur Fragen: «Wie kommst du darauf?»

«Das Parfüm. Es ist der Duft einer Dame.»

Walter schwieg. Er hatte versucht, es vom Gesicht zu waschen. Doch die Mutter hatte eine feine Nase. Er hörte, wie sie sich aufsetzte und ihm zuwandte.

«Es freut mich so sehr für dich, dass du eine Braut gefunden hast, Walterchen. So gern würde ich einen Enkel in meinen Armen wiegen. Wenn Herrmann noch wäre», sie seufzte. «Er hätte mich längst zur Großmutter gemacht.»

Der Satz versetzte Walter einen Stich. «Du bist jung, Mutter. Wir haben Zeit.» Das *Wir* fühlte sich unpassend an.

Er hörte ihr Lachen. Es war so seltsam, sie lachen zu hören. Sie beherrschte die Technik, wusste noch, wie man die Töne erzeugt. Doch die Wärme fehlte. Es war ein Lachen ohne Herz. Er hatte Sehnsucht nach ihrem alten Lachen, dem Vorkriegslachen.

«Niemand weiß, wann der Herrgott uns zu sich befiehlt, Walter. Die Kraft ist mir abhandengekommen mit den Jahren. In mir herrscht noch Krieg. Und wenn im Winter der Hunger zurückkehrt …»

Stumm starrte Walter gegen die Decke. Die Hände hatte er über dem Bauch gefaltet. Der Krieg war beendet, aber noch nicht vorüber. Die Wahrheit dieser Worte saß jeden Tag auf den Holzbänken der Mordabteilung.

«Wann wirst du sie mir vorstellen, Walterchen?»

War da Sorge in ihrer Stimme? Walter seufzte. «Überstürzen wir es nicht, Mutter.»

Der Satz wurde ihm bitter. Ohne es auszusprechen, ohne auch nur ein Wort zu verdrehen, hatte er in die falsche Vermutung der Mutter eingestimmt. Ihr ungerechtfertigt recht gegeben, Hoffnung eingeflößt, falsche Hoffnung.

Alles wäre besser gewesen: sich den Anschein zu geben, eine Freundin getroffen zu haben, nur eine Freundin, ohne jede Absicht. Um die Mutter vor den abgründigen Dimensionen der Wahrheit zu schützen, hatte er ihren Irrtum beglaubigt – und damit stillschweigend in eine Lüge eingewilligt. Allerdings beförderte diese Lüge – und das ahnte Beneken in diesem Moment bereits – seine tiefste Wahrheit zutage. Die Wahrheit, dass er noch nicht genau wusste, was für eine Art Mann er war.

Der dritte Tag

Die Madonna der Statisten

Am nächsten Morgen erschienen weder Lang noch die Harbou im Schöneberger Kommissariat. Nachdem Beneken eine Stunde vergeblich gewartet hatte, erfragte er die Verfügbarkeit des Wagens der Mordbereitschaft und lud die Stenografin ein. Erneut fuhren sie über die Stahnsdorfer Straße in die Filmkolonie hinaus. Den Weg legten sie schweigend zurück, ein jeder hing seinen Gedanken nach. «Sie sind schon ein merkwürdiger Kerl», konstatierte die Stenografin.

Beneken schwieg. Er spürte Erwartung und Neugierde in sich aufsteigen. Hier zu sein, war etwas anderes als Unter den Linden oder auf der Friedrichstraße. Hier galten andere Regeln. Im Film war alles möglich, das strahlte das Gelände aus. Kaum hatte man die Berliner Stadtgrenze hinter sich gelassen, war man im alten Rom.

Als Beneken den Wagen verließ, wurden sie gleich von einem der Wachleute empfangen und in ein gesichtsloses Büro des Hauptgebäudes gebracht, an der Stirnseite der Treibhäuser. Sie mussten nicht lange warten, bis der Regisseur den Raum betrat, ebenso jovial und verbindlich, wie bei ihrer ersten Begegnung zwei Tage zuvor. Seine Selbstsicherheit hatte er vollständig zurückerlangt. «Verzeihen Sie, dass ich Sie an diesen schmucklosen Ort bringen ließ. Aber hier darf man wenigstens rauchen.» Er zog eine Zigarette aus dem goldenen Etui und entzündete sie.

«Herr Kommissar, bitte entschuldigen Sie, dass ich nicht vor Ort war. Ich dachte, das Verfahren sei eingestellt?» Er blies Rauch aus.

«Davon kann keine Rede sein. Im Gegenteil, ich habe mich dafür eingesetzt, dass Anklage erhoben wird.»

«Anklage?», fragte Lang irritiert zurück. «Gegen wen?»

«Gegen Sie und Frau von Harbou.»

«Aber», Lang zog einen Stuhl heran und setzte sich dem Kommissar gegenüber. «Aus welchem Grund denn? Glauben Sie wirklich, wir hätten Lisa ermordet?»

Langs Gesicht war wie eingefroren. Ernst nahm er Beneken in den Blick. «Herr Kommissar, ich habe meine Ehefrau verehrt. Niemals hätte ich …», er schwieg, um das Brechen seiner Stimme zu verbergen.

«Soll ich mitstenografieren?», mischte sich die Kriminalassistentin ein.

«Natürlich, bitte, mit aller Sorgfalt.»

«Sollte ich mir einen Anwalt bestellen?», erkundigte sich Lang.

«Noch ist keine Anklage erhoben, wir klären Grundsätzliches», beschwichtigte Beneken und war sehr erleichtert, dass Lang sich darauf einließ. Der Regisseur zog eine Uhr aus seiner Westentasche, sah darauf und sagte dann: «Eine halbe Stunde ist schon recht. Dann ist die Szenerie eingeleuchtet. Dann wird gekurbelt, egal, was kommt. Wir müssen das Atelier bis zum Abend räumen.»

Beneken warf der Stenografin einen Blick zu.

Die Stenografin nickte und widmete sich ihrem Block.

Gern wäre Beneken direkt auf sein Ziel zugegangen. Doch er beschloss, dass es besser war, mit harmlosen Fragen zu Langs Werdegang zu beginnen.

«Friedrich Christian Anton Lang, Sie wurden in Wien geboren?»

«Fangen Sie jetzt wieder von vorn an?», fragte Lang. Er sah demonstrativ auf die Uhr.

«Formalitäten, Herr Lang.»

«Zeltgasse», antwortete Lang. «Achter Bezirk. Das ist einer der besseren. Mein Vater war Architekt.»

«Also begannen Sie, Architektur zu studieren. Allerdings …»

«Allerdings?», fragte Lang zurück.

«… nur zum Schein. Was studierten Sie in Wirklichkeit?»

Lang grinste. «Malerei.»

«Sie besuchten die Kunsthochschule.»

«Wenn Sie das bereits wissen, können wir's Gefragsel doch überspringen …»

«Wie reagierte Ihr Vater?»

Lang seufzte. «Er war ahnungslos.»

«War es leicht, ihn zu hintergehen?»

«Er fand es bald heraus.»

«Und wurde er wütend?»

«Natürlich. Er liebte es, Menschen herumzukommandieren. Aber was tut dies alles hier zur Sache?»

«Ein paar letzte Informationen, Herr Lang, für meinen Bericht. Ich bitte Sie!»

Lang klammerte beide Hände um die Sitzfläche des Stuhles. Es fiel ihm sichtlich schwer, sich zusammenzureißen.

«Wie lernten Sie Joe May kennen?»

Lang seufzte. «Ich traf ihn und seine Frau in einem Wiener Kaffee. Das klingt wie ein Film, aber es war so.»

Beneken warf ihm einen Blick zu. «Können Filme überhaupt die Wahrheit erzählen, Herr Lang?»

Lang verzog die Lippen unmerklich. «Warum sollten sie? Die Wahrheit hat – filmisch gesehen – keinen ästhetischen Mehrwert. Jede gut ausgedachte Lüge ist der Wahrheit überlegen.»

«Ich konnte gestern Abend einen Blick auf *Madame Dubarry* werfen», gestand Beneken.

«Ah, Sie waren endlich im Kino! Lubitsch!», lobte Lang.

«Das ist ein Lubitsch-Film?», fragte Beneken. «Nicht Lang?»

«Nein, Lubitsch. Ein Ausnahmetalent», nahm Lang das Wort wieder an sich. «Er wollte Schauspieler werden, wie ich. War aber zu schiech.»

«Schiech?»

«Verzeihen Sie. Bei uns daheim heißt das hässlich. Mit seinem breiten Mund und der krummen Nase.» Lang lachte und beobachtete Beneken. Der zeigte keine Reaktion.

Also fuhr Lang fort: «Ich finde, die Negri spielt die Madame Dubarry sehr überzeugend – ein Nachwuchstalent.»

«Mag sein.» Beneken erinnerte sich an das Knie des Fremden an seinem Bein.

Lang zog das Monokel aus seiner Westentasche und platzierte es in der Augenhöhle. Wie aus dem Nichts fragte er: «Sie haben nicht viel Erfahrung mit Frauen, nicht wahr?»

Das Monokel blitzte auf, als Lang ihn geradeheraus ansah. Beneken hob den Kopf. Schweißperlen standen auf seiner Stirn. Das Gestern stand der Aufgabe von heute im Weg.

Es klopfte an der Tür. Lang rief herein. Ein Mann trat ein, spargeldünn, er hielt zwei Öllampen an Henkeln. «Verzeihen Sie, Herr Lang: Für den Saal des Sultans: Welche von diesen soll es sein?»

Der Requisiteur streckte ihm beide Lampen entgegen, an jeder Hand eine. Lang besah sie sich, ohne sich von seinem Sitz zu erheben. «Die linke», entschied er schließlich. Um sich zu versichern, hob der Requisiteur die betreffende Hand. Lang bestätigte. Mit einer knappen Verbeugung verließ der Requisiteur wieder den Raum.

«Sie sagten, Sie wollten Schauspieler werden?», fragte Beneken nach. Es fiel ihm immer noch schwer, sich zu konzentrieren.

«Joe May wollte, dass ich Schauspieler werde. Er traf mich in diesem Café an, entdeckte mich, im ursprünglichen Wortsinn: In Leutnantsuniform, zwei hübsche Damen wie geladene Colts an meinen Hüften ... Vermutlich hielt er mich für eine Kanaille. Aber er mochte mich. Gleich und Gleich gesellt sich gern.» Wieder lachte Lang. Beneken fiel es schwer, Langs gute Laune zu ertragen. Es war, als wollte er ihn einschüchtern.

«Sie folgten ihm nach Berlin?», fragte der Kommissar.

«Zuerst einmal wurde ich eingezogen.»

«Sie überlebten», sagte Beneken.

«Aber gewiss doch. Stünde ich sonst vor Ihnen?»

Beneken war durcheinander. Warum nur machte er solch überflüssige Kommentare?

Demonstrativ zog Lang die Uhr aus der Tasche. «Herr Kriminalrat, wo haben's heut Ihre Gedanken? Die Hälfte der Zeit ist bereits vorüber!»

Beneken versuchte, die Fassung zu wahren und das lockere Geplänkel über Langs Karriere wieder aufzunehmen: «In welcher Verfassung kehrten Sie zurück?»

«Verwundet. Angeschossen. Doch nicht ernst genug, um mich untauglich zu machen. Ich lag im Dreck bis zuletzt. Der Schlamm der Laufgräben und Unterstände, der wie eine Amöbe in dich hineinkriecht: in die Nase, in den Mund, in die Stiefelschäfte, sogar in die Ritze zwischen deinen Pobacken, wenn du nicht Obacht gibst. Das Elend sickert dir in den Arsch, bis du zu Schlamm wirst! Das war meine Verfassung.»

Der Stift der Stenografin schwieg. Wie Beneken hing sie den Bildern nach, die Lang heraufbeschwor. Darüber vergaß sie das Notieren.

«Gleich nach der Demobilisierung ging ich nach Berlin», fuhr der Regisseur rasch fort.

«Die Browning im Gepäck?»

«Die Browning im Gepäck», bestätigte Lang. «Ich sprach bei May vor. Der betrachtete mich immer noch als Schauspieler. Obwohl ich, anders als Thea, zu dem Zeitpunkt noch niemals auf einer Bühne gestanden hatte. Daran merken Sie, welchen Eindruck ich hinterließ.»

«Sie wollten Regisseur werden?»

Lang schüttelte den Kopf. «Nein. Filmskriptautor. Ich hätte wirklich alles dafür gegeben, Teil dieses Filmbusiness zu werden. Wissen Sie, Herr Kommissar, wir erschaffen hier eine völlig neue Kunstform.»

«Und die Harbou?»

Lang nickte. «Thea ist Schriftstellerin. Das war sie damals schon. Dazu reichte mein Talent nicht aus. Meine Lieblingslektüre waren Groschenhefte: Horrorgeschichten, Kriminalgeschichten, so etwas … Ich liebte das Dunkel. Das liebe ich heute noch …»

«Sie und May wurden sich handelseinig?»

Lang bestätigte auch dies. «Einen Monat später schrieb und inszenierte ich meinen ersten Film für Joe May: *Hochzeit im Exzentric Club.* Da kurbelten wir noch in Tempelhof. Seit Kurzem bin ich auch beim Pommer in Babelsberg.»

«Aber vorher heirateten Sie noch Fräulein Rosenthal?»

«Ja. Das muss … ach, ich weiß es nicht genau. Irgendwann zwischen Kriegsende und heute.»

«Zwischen Kriegsende und vorvorgestern», korrigierte Beneken. «Da endete Frau Rosenthals Leben.»

Lang sann dem Rauch der Zigarette nach. Sein Gesichtsausdruck war rätselhaft.

«Der Tod Ihrer Frau scheint Sie gar nicht aus der Fassung zu bringen, Herr Lang? Sie unterbrechen nicht einmal Ihre Arbeit!»

Lang atmete aus und blies Rauch.

«Herr Kommissar, mit Verlaub, was wissen Sie schon über Lisa und mich!»

«Deshalb frage ich.»

Lang sprach diesmal mit der Zigarette im Mund. Beneken hatte Mühe zu folgen, so vernuschelt war es. «Herr Kommissar. Ich habe viel Blut gesehen in den letzten Jahren. Vermutlich mehr als sie.»

«Herr Lang, ich möchte noch mal auf die Hausschuhe Ihrer Gattin zurückkommen, die wir im Ascheimer gefunden haben», sagte Beneken. Gespannt sah die Stenografin auf.

«Wir haben eine Haushälterin, die wird sie hineingetan haben.»

«Unter die Asche?»

«Und wenn schon. Was hat's zu bedeuten?» Lang erhob sich von seinem Sitz. Seine Hände zitterten. «Ich muss ins Atelier. Verzeihen S', bitte schön. Habe die Ehre.»

«Herr Lang, arbeitet Ihre Haushälterin des Nachts, während Sie schlafen?»

«Warum?»

«Weil sie nur zwischen dem späten Nachmittag und dem frühen Morgen dort hineingelangt sein können.»

Lang trat die halb aufgerauchte Zigarette aus.

«Das wird mir jetzt zu dumm. Bitte entschuldigen Sie mich. Ich darf doch gehen?»

«Warum denn nicht?», fragte Beneken. Er und die Stenografin erhoben sich ebenfalls. Sie starrten ihn an, während seine zitternden Hände über die Taschen klopften, wohl um zu überprüfen, ob er alles bei sich trug.

«Wären Sie so freundlich, uns zu Frau von Harbou zu führen? Sie befindet sich doch auf dem Gelände.»

«Selbstverständlich», sagte Lang und ließ offen, ob er damit die Bitte oder die Frage meinte. Er wankte hinaus. Beneken ging ihm hinterher, die Stenografin folgte.

Die Sonne sandte milde Herbststrahlen. Ein lauer Wind ließ Kiefernnadeln und Birkenblätter flirren. Zwischen den Stämmen, unmittelbar auf dem Sandboden, zogen sich die Tische und Bänke durchs Wäldchen. Genauer gesagt waren es Böcke und Planken, eine improvisierte Tafel ohne Tischtuch, die Bänke ebenfalls auf Holzböcken, wie im Mittelalter. Darauf Stullen und Bouletten, sie wurden mit beiden Händen gegriffen.

Doch hatten sich weder Minnesänger noch Knappen oder gar Ritter an der Tafel versammelt. Römische Legionäre lagerten darum, wenigstens zwei Kohorten. Die Wurfspeere standen gegen die Bäume gelehnt, die Schilde lagen achtlos im Sand verstreut. Einige ließen sich Autogramme von der Schriftstellerin geben.

Lang lächelte, als sie gemeinsam auf sie zuschritten. «Man nennt Thea auch die *Madonna der Statisten*.»

«Da hat sie viel zu tun», bemerkte Beneken.

«Für Massenszenen brauchen wir Massen. Das müssen nicht unbedingt Schauspieler sein. Sie haben doch *Madame Dubarry* gesehen? Die Szenen auf dem Place de la Greve, die Bälle, die Straßenszenen. Dafür benötigen Sie Menschen. Die Produktion sammelt sie morgens von der Straße; am Abend bringen wir sie dorthin zurück. In der Zwischenzeit nimmt Thea sich ihrer an. Ach, was sage ich: Sie adoptiert sie.»

Mit diesen Worten übergab Lang an die Schriftstellerin und verabschiedete sich. Die Harbou bot ihnen Plätze an, und Beneken mitsamt Stenografin schoben sich neben die Laiendarsteller auf die Bank. Grimmige Mienen musterten Beneken und seine Begleiterin. Obwohl sie nur ein zufälliger und vorübergehender Teil des Filmgeschäfts waren, empfand man offenbar die Fremdheit der Gäste. Längst hatte sich anscheinend herumgesprochen, mit welchen Absichten der Kommissar hierhergekommen war.

«Frau von Harbou», begann Beneken, «ich will Sie nicht lange behelligen, nur ein paar Lücken schließen.» Sagte er vorsichtig, um seine Strategie nicht zu enthüllen: Das Paar durch einige banale Fragen in Sicherheit zu wiegen – und dann überraschend zuzuschlagen.

Sie sah zu ihm auf. Diese hellen Augen …, dachte Beneken irritiert. Und spürte Mitleid.

«Beginnen Sie!»

«Sie sind mit dem Schauspieler Rudolf Klein-Rogge aus Düsseldorf verheiratet.»

«Er ist kein schlechter Mann. Aber ich werde mich scheiden lassen.»

«Nachvollziehbar – in Anbetracht der Umstände. Aber

warum trugen Sie niemals dessen Namen? Alle kennen Sie nur unter Ihrem Mädchennamen.»

Die Harbou stieß Luft durch die Nase. «Mein Geburtsname ist gut genug, ihn zu behalten. Mein Vater war Inhaber eines Ritterguts, meine Großmutter mütterlicherseits die Hofmeisterin einer Prinzessin von Sachsen. Außerdem war ich schon berühmt, als wir heirateten.»

«Aufgewachsen sind Sie wo?», fragte der Kommissar.

«Geboren in Tauperlitz bei Hof im Vogtland, drei Tage nach dem Weihnachtsfest im Dreikaiserjahr 1888. Aufgewachsen bin ich aber in Niederlößnitz bei Dresden.»

«Da war Ihr Vater schon auf dem absteigenden Ast?»

«Ja. Was immer der Forstmeister von Harbou auch anfasste, es wurde ein grandioser Misserfolg. Die Rittergüter, die er von dem elterlichen Vermögen erwarb, warfen nicht genug ab. Weder für ihn, noch für seine Familie.»

«Und dann starb er auch noch.»

Die Harbou nickte. Mit leerem Blick starrte sie in den Wald. In einiger Entfernung lernten zwei Darsteller eine Szene. Die Filmskripte hielten sie in der Hand. Immer wieder warfen sie einen Blick in die Vorlagen und versuchten, die gewünschten Gefühle durch Mienen und Gesten heraufzubeschwören. Alles war ins Übergroße verzerrt. Auf der Leinwand schien das akzeptabel, inmitten der Birken- und Kiefernstämme wirkte es unfreiwillig komisch.

Mit ausdruckslosem Blick fuhr die Harbou fort: «Mein Vater schlich sich aus dem Leben, da war ich vierundzwanzig. Und indem ich schon recht erfolgreich Bücher veröffentlicht hatte, konnte ich die Familie ernähren.» Sie zögerte einen Moment und korrigierte sich dann. «Nein, nicht konnte: Ich musste meine Familie ernähren.»

Beneken fühlte eine starke Nähe zu dieser Frau. Auch er war ein junger Mann gewesen, als sein Vater starb. Auch er spürte Verantwortung für die Mutter. Und die Welt. «Seit wann schreiben Sie Bücher?»

«Seit meiner Schulzeit. Ich besuchte das Louisenstift in Niederlößnitz, ein Internat. Ich blieb Tag und Nacht dort. Meine Eltern, meine Großeltern, meine Urgroßeltern – sie alle waren von Hauslehrern und Hofmeistern unterrichtet worden. Ich hingegen musste nicht nur eine Schule *besuchen* – ich *lebte* in der Schule, tagein, tagaus! Selbst am Wochenende. Obwohl ich mein Elternhaus vom Dachfirst aus sehen konnte.»

«Sie meinen: vom Dach des Internats aus?»

«Dorthin kletterte ich, wenn ich Heimweh hatte. Ich hatte oft Heimweh.»

«Aber offenbar keine Angst hinunterzufallen.»

Die Harbou schüttelte energisch den Kopf. «Ich war die Mutigste von allen. Einige der ehrwürdigen Fräulein nannten mich *den Bengel*. Ein Junge unter dreihundert Mädchen. Sie können sich vorstellen, welchen Aufruhr ich verursachte.»

Sie unterbrach sich, um ein Autogramm zu geben. Während Thea schrieb, wandte sich ein Legionär mit wüstem Bart an den Kommissar: «Wenn Sie ein Ehrenmann wären, würden Sie die Dame in Ruhe lassen.»

«Ist gut, Hannes, er tut seine Pflicht», beschwichtigte die Harbou.

«Diese Frau ist eine Heilige, wissen Sie!» Einige Legionäre, die in der Nähe saßen, schlossen sich den Anwürfen an. «Hannes hat recht! Lassen Sie sie in Ruhe!»

Beneken war tief in seinen Mantelkragen gesunken. Auch

die Stenografin wirkte eingeschüchtert, obwohl man sich sicherlich ihrer untergeordneten Stellung bewusst war.

Thea hatte seine Frage nicht vergessen. «Die Bücher, ich komme gleich darauf. Die Schule wurde von strengen Fräuleins betrieben, mit ganz eigenen Ansichten, wie eine junge Frau sich zu verhalten hat. Sie nannten mich zwar einen Bengel, waren aber tatsächlich die Ersten, die mich als Frau behandelten. Daheim war ich immer in kurzen Hosen herumgesprungen – und barfuß.»

Sogleich kam ihm die Negri in den Sinn: wie sie mit nackten Füßen über die Sofas von Versailles sprang. Wie sie dem verdutzten Jannings auf den Schoß kletterte, nicht weit von dem Ort entfernt, an dem sie gerade saßen.

«Die Fräuleins begannen, mich zu kleiden wie eine Puppe», fuhr die Harbou fort. «Doch die Frau in mir sperrten sie ein. Ich glaube, sie hatten Angst vor ihr.» Die Harbou starrte auf ihre Hände.

«Was heißt das?», fragte Beneken. Seine Augen hingen an ihren Lippen. Auch in ihm war etwas eingesperrt, das begriff er nun. Und er spürte, wie es hinausdrängte, ins Offene. Obwohl er noch nicht genau wusste, was es war …

«Das Licht», fuhr die Harbou fort, «wurde um neun Uhr abends gelöscht. Wir lagen auf dem Rücken, die Hände mussten über der Bettdecke verharren. Wer verkehrt herum lag, wurde geweckt. Bei Verfehlungen knieten wir uns vors Bett, dann gab's was auf die Fußsohlen. Der Herr Jesus hatte für unsere Sünden gebüßt, wie konnten wir da ungeschoren davonkommen? Also büßten wir für schlecht gestopfte Socken und ungeschrubbte Fingernägel.»

Mitten in der Babelsberger Kolonie sah Beneken die Szenen lebhaft vor sich: Mädchen in Schlafsälen bürsteten einander die Haare, schlüpften kichernd unter Bettdecken, polierten die Zähne mit Marmorsand, damit sie schöner glänzten. Hemdsäume schliffen über den Boden, als tuschelten sie sich Geheimnisse zu.

«Das war doch gewiss sehr behütet», seufzte Beneken, überwältigt von seiner Fantasie.

«Behütet? Wer sollten denn unsere Hüterinnen sein?»

«Die gläubigen Damen?»

«Manche waren treue Hüterinnen. Doch andere trieben es wie die Gauner.»

«Was meinen Sie damit, Frau von Harbou?» Beneken sah ihr ins Gesicht. Ihre Lippen zitterten. Sie legte die Hand vor ihre Augen, als sei sie von der Sonne geblendet; obwohl die Sonne sich in diesem Moment hinter Wolken verbarg.

«Was meinen Sie damit?», wiederholte Beneken.

«Was haben diese alten Geschichten mit Ihrer Untersuchung zu tun?», fragte die Harbou mit gebrochener Stimme zurück. Sie wandte sich von Beneken ab und hielt ihr Gesicht in den Wind. Er sollte die Tränen trocknen.

«Das kann ich Ihnen erst sagen, wenn Sie Ihre Aussage gemacht haben.»

Die Harbou seufzte tief. «Meine ersten Erfahrungen in der Liebe machte ich mit einer Frau. Sie war dreißig Jahre älter als ich. Dann suchte ich Trost bei einer Mitschülerin, die – wie ich – von der Frau bedrängt wurde.»

Die Stenografin ächzte. Beneken spürte, dass weitere Nachfragen nicht angebracht waren.

«Wie kamen Sie zum Schreiben?»

«Genau auf diese Weise: Ich floh.»

«Wovor?»

«Vor diesen allgegenwärtigen Damen, die so eng aufeinanderhockten, dass sie einander hassen mussten. Ich floh in die Arme eines starken Mannes. Um endlich der Frau in mir zu begegnen.»

«Das war der Schauspieler Klein-Rogge?»

«Nein. Das war Winnetou, der Häuptling der Apachen. Ich sehnte mich nach seiner starken Brust, nach seinem Arm, den er um meine Schultern legte. Ich war verliebt in diesen Mann. Karl May brach mir das Herz, als er ihn sterben ließ. Immer und immer wieder las ich diese fatalen Zeilen. Als ich begriffen hatte, dass es wirklich geschehen war – *wirklich* innerhalb dieser Geschichte –, von diesem Tag an hasste ich May. Ich schrieb andere Geschichten mit seinen Figuren. Ich dachte sie weiter, ließ Winnetou wiederauferstehen, schenkte ihm neue Kraft, neue Abenteuer. Ich erweckte ihn wieder zum Leben, allein für mich.»

«Ihre erste Erfindung war die eines anderen?»

«So gesehen: ja. Alles von Gewicht fiel in diese Zeit: Erste Liebe, erstes Schreiben, erste Enttäuschung. Ich wurde gefeiert in dieser Schule, als meine erste Geschichte in der Zeitung abgedruckt wurde. Aber ich wurde auch beneidet und gehasst.»

Wie auf ein geheimes Kommando waren die Legionäre von der Tafel verschwunden. Die lichtdurchfluteten Ateliers hatten sie allesamt verschluckt. Ein Aufnahmeleiter musste sie gerufen haben, Beneken hatte es nicht bemerkt. Beinahe allein saßen sie im Kiefernwald. Der Wind zauste ihre Haare.

«Hat Lisa Lang Sie gehasst für Ihre Affäre mit Fritz?»

Die Frage überraschte die Harbou, doch verunsichern ließ sie sich nicht. Sie dachte darüber nach. Dann schüttelte sie den Kopf.

«Warum sollte sie?»

«Sie nahmen ihr den Mann!»

Die Harbou lachte auf. «Mit Verlaub, das ist zu einfach gedacht, Herr Kommissar.»

«Ich verstehe Sie nicht.»

«Das glaube ich gern.» Die Harbou lächelte vieldeutig. Ihre wachen Augen musterten ihn amüsiert.

«Nun gut, dann andersherum: Haben Sie die Rivalin gehasst?», fragte Beneken.

Wiederum schüttelte sie den Kopf. «Nein, das habe ich nicht. Wenn Sie ein Geheimnis für sich behalten können, Herr Kommissar: Ich habe Lisa geliebt.» Die Stenografin horchte auf.

Thea schloss die Augen und streckte ihr Gesicht in die Sonne, die eben hinter den Wolken hervorkroch. «Ja, das habe ich.» Dann erhob sie sich. Ihre Hand stützte sich noch auf die Holzbohle. Hilfreiche Geister leerten die Tafel von Bouletten und Stullen.

«Bitte entschuldigen Sie mich», sagte die Harbou dann. Mit geradem Kreuz schritt sie wie eine Königin über den roten Teppich des Babelsberger Sandes davon. Und Beneken ließ sie gehen.

Otto

Otto war nicht leicht zu finden. Sein Büro lag in den Eingeweiden des verbotenen Varietétheaters. Noch hinter dem Bühnenhaus, noch hinter den Garderoben. Von da aus hatte man ihm den Weg gewiesen. «Otto? Ganz hinten!»

Seitdem war ihm niemand mehr begegnet. Beneken war froh darüber, fühlte er sich doch seltsam unwirklich in den Frauenkleidern, mit dem Puder auf den Wangen, der Farbe auf den Lippen. Nach dem Abendessen mit der Mutter hatte Walter sich im Schneckenhaus verwandelt: ein Kleid mit kurzem Saum, die Seidenstrümpfe, sogar ein Bustier. Nur der Hüftschwung wollte noch nicht gelingen. Und die Schuhe scheuerten.

Als Walter das Büro des Impresarios fand, stand die Tür offen. Elektrisches Licht schlug ihm entgegen. Angst hatte Otto also keine. Otto hörte ihn über die Schwelle treten und hob die Augen von den auf dem Schreibtisch ausgebreiteten Unterlagen. Sein Blick weitete sich. Offenbar gefiel ihm, was er sah. Jedenfalls suchte er nach Worten. Walter schöpfte Mut. Die Kleider und Unterkleider zwickten überall, doch ging er mittlerweile sicher auf Absätzen.

Otto erhob sich und trat um den Schreibtisch herum, der ihm unbekannten Dame entgegen. Er sah aus wie einer von denen, die die Boxkämpfe organisierten: Wie ein halb leerer Mehlsack hing der Bauch zwischen den Hosenträgern hindurch über den Bund. Die Berliner bezeichneten so etwas als Wampe. Hände und Gesicht aufgedunsen, fleischige Lippen, eine Zigarre dazwischen. Die wenigen Haare lagen eng am Schädel, ein speckiger Hut mit grauem Band auf dem Schreibtisch.

«Wat biste 'n für eene? Tanzen willste?», fragte er hinter einem Schreibtisch hervor, der unter den Papieren kaum zu entdecken war. Er zog eine Augenbraue in die Stirn.

Walter nickte. Sein Herz schlug bis in die Kehle. Doch er spürte die Kraft der Strumpfnaht an seiner Wade und tastete nach dem Sitz der Perücke.

«Warum?»

«Ich mag es, angeschaut zu werden.»

Otto grunzte. «Wie heißte überhaupt?» Er beachtete Walter nicht, sondern sah auf den Zettel, den man ihm nach Walters Anmeldung im Vorderhaus gebracht hatte.

«Wanda?», las er ab, indem er die Augen zusammenkniff. «Was soll das für ein Name sein?»

«Das ist Englisch. Ich bin in England geboren.»

«So, Englisch?» Otto lachte, dass der Bauch bebte. «Meine Jäste stehn aber uff Französisch.»

Walter klimperte mit den künstlichen Wimpern.

«Bei uns gibt's zwei Arten von Tanzen: nackt oder auf dem Weg zu nackt, verstehste?», höhnte Otto.

Walter nickte.

«Welche davon willste uns ufftischen?»

«Die letztere.»

«Die letztere», äffte Otto nach. Dann kehrte er in seinen eigenen Tonfall zurück. «Biste 'ne Vornehme?»

Walter nickte. «Daheim in England bin ich Lady Wanda!»

«Lady Wanda?» Otto grunzte. «Ditte wird keen Künstlername, Süße. Engländer kann hier keener mehr leiden. Die haben zu viele von uns totjeschossen.»

«Also nein?»

Otto grummelte etwas. «Wat hältste von Marlene? Det is ’n hübscher deutscher Name. Wie ’n Engel. Keener denkt dabei ans Totschießen.»

«Von mir aus», willigte Beneken ein. «Soll ich vortanzen?»

Ächzend erhob sich Otto. Schlurfte in den Bereich des Raumes, der von der elektrischen Funzel kaum noch gestreift wurde. Legte eine Platte aufs Grammofon und kurbelte. «Schwing die Hüften, Marlene, mein Engel!»

Walter kannte den Song, ein jazziger Big-Band-Sound aus Amerika: das Duke Ellington Orchestra. Es hatte genug Kraft, Walter in die Beine zu fahren. Mit lasziven Bewegungen stöckelte er vor Ottos Mehlsack herum. Endlich zog er die unhandlichen Schuhe aus und hakte sie ihm, Absätze voran, in den Hosenbund. Dann knöpfte er – Knopf für Knopf – die Bluse auf, ohne sie ganz zu öffnen. Stieg dann, nachdem er ihn durch Hüftrollen und Schenkelreiben bis in die Kniekehlen heruntergeschoben hatte, auf raffinierte Weise aus seinem Rock. Mit dem Ende des Stücks stellte Walter das Tanzen ein, ohne sich entkleidet zu haben. Otto applaudierte mit trockener Bewegung. Hob dann die Nadel des Grammofons aus der Auslaufrille und trat auf Walter zu. Stand vor ihm und packte ihm zwischen die Beine. Sein Griff war fest, Walter quietschte. Als Otto ihn endlich losließ, ging Walter vor ihm in die Knie.

«Dacht ich’s mir doch. Det Stimmchen kam mir gleich so vor», stellte Otto fest. «Und bisschen steif in die Hüften biste och noch.»

«Also?» Walter erhob sich. «Darf ich tanzen?»

«Wirst schon noch locker wer'n in de Hüften», griente Otto.

«Zweimal die Woche, öfter geht nicht», verlangte Walter durch seine gepressten Lippen. Das Ziehen im Unterleib ließ nur langsam nach.

«Ach, sieh an, jetzt stellste och noch Bedingungen!», unkte Otto.

«Zweimal die Woche oder gar nicht», stellte Walter klar.

Otto saß schon wieder am Schreibtisch und schob Papiere. «Zweimal. Und wennste's uff der Lunge hast, bleibste da, wo der Pfeffer wächst. Dann jibt's keene Gage.»

Walter nickte zufrieden. Beinahe freute er sich.

«Und rasier dir die Brust! Die Kerle wollen kein Mädchen mit Haaren aufm Dekolleté, Süßer.»

Auf der Suche nach dem Ausgang kam Walter an den Garderoben vorbei. Vor einem beleuchteten Spiegel saß eine blonde, schlanke Frau; grazile Figur, das sah Walter sofort. Ihre Stimme war weniger zerbrechlich, sie klang nach Rauch und Alkohol. Fasziniert beobachtete Walter, wie sie ihre Frisur herrichtete. Sie trug keine Perücke, ihre Haare waren lockig und dicht. Walter folgte aufmerksam ihren zartgliedrigen Fingern, wie sie die Bürste knisternd durch die Locken zogen und wie sie schließlich, als sie zufrieden war, ein Haarreifen mit einer Straußenfeder auf ihr Haupt setzte. Längst hatte sie Walter im Spiegel entdeckt.

«Na Kleene! Wen suchst du denn?», fragte sie das Spiegelbild.

Walter lächelte verschämt. «Otto. Ich habe ihn schon gefunden. Ich darf hier tanzen.»

«Dufte! Wir können immer Verstärkung gebrauchen! Jeden Abend kommen mehr Kerle ins Etablissemang.» Sie hatte das Wort sehr berlinerisch ausgesprochen. «Jahrelang waren sie im Graben verschollen, jetzt kommen sie aus allen Ecken.»

«Wer?», fragte Walter. Er konnte nicht anders, als auf ihren gewölbten, rot gemalten Kussmund starren.

«Na, die Kerle!»

«Ach. Die.»

«Wie heißte denn, Süße?»

«Marlene», sagte Walter als sei dies selbstverständlich.

Sie strich ihm über die Schulter und das Brustbein. Walter wollte schon ausweichen, da zog sie ihre Hand zurück. «Hübsches Kleidchen», sagte sie anerkennend. Walter war selbst verwundert, dass sie an seiner Verkleidung nichts auszusetzen hatte.

«Ich heiße Lilly», sagte sie, weil Walter zu fragen vergessen hatte, «und wenn du magst, kannst du meine Garderobe mitbenutzen. Garderoben sind nämlich Mangelware in dieser Schießbude.»

Es war spät am Abend, als Walter in das Hinterhaus im Wedding zurückkehrte. Wie immer schleppte er bei der Gelegenheit einen Eimer Kohlen aus dem Keller nach oben. In der Küche angekommen, öffnete er die Ofenklappe und warf Briketts hinein. Als er ordentlich angeheizt hatte, füllte er den größten verfügbaren Kessel mit Wasser. Die Ofenringe hatte er herausgenommen und beiseitegelegt, mächtig züngelten die Flammen heraus. Dann stellte er den Kessel oben aufs Feuerloch und zog die Zinkwanne mit dem erhöhten Rücken aus der Besenkammer. Als Kind hatte er komfortabel hineingepasst. Nun musste er die Beine anhocken, um Platz zu finden. Viel Wasser brauchte er nicht, den größten Raum in der Wanne beanspruchte sein Körper, der Körper eines Mannes. Das Wasser reichte ihm gerade so über den Nabel. Er seifte seine Brust mit einer besonders fettigen Seife ein. Mutters gute Ernährung hatte in letzter Zeit dafür gesorgt, dass sie tatsächlich kaum sichtbare, zarte Erhebungen vorwiesen. Nicht genug, um das Bustier zu füllen, aber besser als nichts. Und ein paar wenige Haare darauf. Otto besaß einen scharfen Blick für die richtigen Stellen, musste Walter zugeben.

Walter zog das Messer hervor und rasierte sich sorgfältig: die Brüste, die Arme, den Bauch.

Als die Mutter eintrat, zuckte Walters Hand vor Schreck zurück.

«Was tust du da?»

Die Hand, die das Messer hielt, zitterte. Er ritzte seine Wade. Blut troff in die Wanne. Walter fluchte. Die Mutter hielt Abstand. War es der Fluch, der sie verletzt hatte? Oder alles andere?

«Du rasierst dir die Brust?»

Walter zuckte mit den Schultern. «Warum nicht?»

«Hat *sie* das von dir verlangt?»

Walter wusste, wen sie meinte. Die Worte kamen hart über seine Lippen, es fiel ihm schwer, sie zu belügen. «Sie mag meine Haut glatt.»

Die Mutter zog einen Stuhl heran und setzte sich darauf. «Ungewöhnlich.»

«Die Geschmäcker sind verschieden», bemerkte Walter und hatte in diesem Moment das Vergnügen an der Rasur verloren. Er stemmte sich in der Wanne hoch. Das Seifenwasser strömte an seinem Körper herunter. Walter angelte nach dem Handtuch, das über der Stuhllehne bereitlag.

Die Mutter stemmte sich ebenfalls über ihre Oberschenkel hoch und seufzte. «Du hast dich von mir entfernt, mein Sohn.»

Walter rieb sich am ganzen Leib trocken. Der Ofen heizte nun ordentlich ein.

«Aber warum denn, Mutter? Bestimmt irrst du dich.»

«Sicherlich ist sie schuld daran.»

«Wer, sie»?

«Na diese Frau, die möchte, dass du dich überall rasierst.»

Walter blieb ihr die Erklärung schuldig. Konzentriert trocknete er seine Waden, indem er erst eines, dann das andere Bein auf die Kante des Stuhles stellte.

«Wie heißt sie eigentlich?»

«Lilly», antwortete Walter. Der Namen war ihm einfach rausgerutscht.

«Lilly», wiederholte die Mutter tonlos. Dann fragte sie: «Liebst du sie?»

Walter zuckte mit den Schultern. «Ich weiß nicht.»

«Wenn sie ein ordentliches Mädchen ist, wird sie dich bald heiraten wollen. Eine Familie gründen ...»

«Ach, das glaube ich nicht. Ich habe doch dich. Du bist und bleibst meine Mutsch.»

Er trat auf sie zu und umarmte sie. Sie lehnte ihren Kopf an seine Brust.

«Ach Walterchen, am Ende wirst du mich doch verlassen. Nicht totgeschossen, aber weggeheiratet.»

Walter spürte den Kloß im Hals. «Niemals!», beteuerte er. Und wusste, dass dies nicht die Wahrheit sein konnte.

Der vierte Tag

Tag der Entscheidungen

Beim ersten Tageslicht schritt Walter Beneken erneut die breite Innentreppe in Berlin Schmargendorf hinauf, Hohenzollerndamm 52. Die Häuser waren allesamt nicht älter als zehn Jahre. Sie stammten noch aus der Blütezeit vor dem letzten Krieg. Die Treppenhäuser waren stuckverziert, während man außen auf jeden Schmuck verzichtet hatte. Doch nun, seit einigen Monaten, schwärmten in diesem Viertel wieder die Pflasterer aus, Stuckateure mischten ihren Gips in großen Wannen an. Der Bedarf an neuen Wohnungen war riesig: für die nach und nach von der Front oder aus der Gefangenschaft zurückkehrenden Soldaten, dazu die Glücksritter vom Lande, die täglich der Stadt zuströmten.

Der Zugang zur Lang'schen Wohnung war immer noch durch das Polizeisiegel versperrt, niemand gelangte unbefugt hinein. Beneken prüfte das Siegel: Es war unversehrt.

Vorerst ging er noch eine halbe Treppe hinauf, dann noch eine. In diesen modernen Wohnhäusern gab es zwischen den Geschossen keine Gelasse mehr auf dem Absatz für die Notdurft. Die Wohnungen waren allesamt mit Innenbädern ausgestattet. Die Zeit der zugigen Abtritte auf den halben Geschossen, die Zeit der Blasenentzündungen und Erfrierungen im Winter war vorüber – zumindest in diesem Viertel Berlins. Es war nicht das Adlon, aber die Geschosshöhen waren auf Kronleuchter ausgelegt. Man konnte schlechter leben.

Beneken betätigte die Klingel – elektrisch, wie alles, was modern war. Dann nahm er, seiner Gewohnheit entsprechend, die Faust. Das Pochen dröhnte durch den Hausflur. Am Schild stand nur ein Vorname, unverfänglich, französisch, Babette oder Jeanette, vielleicht sogar Françoise, Beneken interessierte sich kaum dafür, wer hier wohnte. Er wollte lediglich eine Auskunft.

Eine Dame mit Kurzhaarfrisur öffnete. Sie trug einen Morgenmantel aus Seide. Ihre Haare waren frisch blondiert, Beneken nahm den chemischen Geruch wahr.

Indem sie den Fremden auf der Türschwelle erblickte, schlug sie die Aufschläge über der Brust zusammen: eine tugendhafte Geste, schloss Beneken, eine tugendhafte Dame. Immerhin stand ihr ein Mann gegenüber; ein Mann mit gezogenem Hut, ein schmächtiger, rasierter Mann. «Gestatten: Walter Beneken, Kommissar der Mordbereitschaft Schöneberg.»

Jeanette oder Babette oder vielleicht sogar Françoise erschrak. Verschämt legte sie die Hand auf den Brustansatz, dann streifte ihr Blick die Nachbartüren. Hastig bat sie Beneken herein. Ein ganzes Bouquet an Düften lag in der Wohnung, Beneken identifizierte Rose im Gemisch. Auch in der guten Stube, in die Babette-Jeanette den Kommissar nun führte, roch es blumig. Beneken musterte alles mit dem Blick des Kriminalers. Gediegene Möbel, voluminöse Teppiche, Stofftapeten mit Blumenmuster und Gemälde, schwere Vorhänge. Die alleinstehende Dame verbarg ihren Wohlstand nicht. Auf einem Beistelltisch entdeckte der Kommissar einen Zerstäuber. Ob die Bewohnerin die Möbel mit ihrem

Parfüm besprühte? Die Gardinen? Die Blumen in den Porzellanvasen? Anders ließe sich der allgegenwärtige Geruch kaum erklären.

Bücherregale an den Wänden, handbemaltes Porzellan auf der Anrichte – alles war übersichtlich arrangiert. Gegessen wurde hier, gekocht wurde dort, die Wohnstube war durch einen langen Flur von der Küche getrennt, das erschien Walter wenig bequem, aber auch dies entsprach dem Geschmack der Zeit. Vor dem Krieg hätte man *en vogue* gesagt. Sie betraten den Bereich, der allein dem Aufenthalt vorbehalten war, dem Séjour. Doch niemand nahm heute mehr diese Worte in den Mund. Das Französische, zur Kaiserzeit ganz selbstverständlich noch in aller Munde, war beinahe ausgestorben. Versailles hatte es vergiftet.

«Ich weiß, warum Sie hier sind», mutmaßte die kurzhaarige Dame. Beneken sah sich um. Mit einer lässigen Handbewegung gebot sie ihm, auf einem der Sofas Platz zu nehmen. Beneken folgte, sank in die Kissen. Die Hutkrempe drehte er in den Händen. Die Dame zog derweil an Schnüren die Vorhänge auf, die von der Decke bis auf den Boden reichten. Mit sanftem Rascheln glitten sie zur Seite, beinahe wie im Lichtspielpalast. Der Stoff ihres Morgenmantels schimmerte seiden, als die ersten Sonnenstrahlen darüberstrichen.

«Gott, sind Sie jung!», sagte die Dame, als sie sein Gesicht im Licht betrachten konnte.

«Sie sind auch nicht gerade in biblischem Alter», entgegnete Beneken.

«Ich meine: für so einen Beruf», sagte die Dame und schlug den Blick nieder.

«Haben Sie eine Vermutung, weshalb ich hier bin?»

«Wegen der Toten im ersten Geschoss», antwortete sie, ohne nachzudenken.

«Die Wohnung liegt exakt unter der Ihren», ergänzte Beneken.

«Ich habe mich schon gefragt, wann Sie mit mir sprechen.»

«Waren Sie denn am Nachmittag vor drei Tagen, das war der sechsundzwanzigste September, zwischen drei und vier Uhr nachmittags in Ihrer Wohnung?»

Die Dame nickte. «Das war ich.»

«Und vernahmen Sie während dieser Zeit einen Schuss?»

«Ich hörte einen trockenen aber ungewöhnlich lauten Knall, ja. Etwa gegen zwanzig vor vier am Nachmittag», sagte sie. «Das mag er gewesen sein.»

«Gnädiges Fräulein, in der heutigen Zeit erkennt man einen Schuss.»

Wieder dieses Schulterzucken. «Ich meide die Unheiltage in der Stadt. Man spürt es am Vibrieren der Luft. Manchmal dröhnt Gegröle von der Straße rauf, das Knallen der Stiefel. Ja, auch Schüsse. Da bleibe ich zu Hause.»

Beneken meinte, sie zittern zu sehen. Er rutschte auf die vorderste Sofakante. Ihr Parfüm nahm er jetzt sehr intensiv wahr. Ihre Hand fuhr an den Kragen und schloss den Aufschlag noch enger. Intuitiv legten sich Benekens Fingerspitzen ebenfalls sanft auf sein Brustbein, als wolle er ihre Geste imitieren.

«Können Sie sich erinnern, vor diesem vermeintlichen Schuss etwas gehört zu haben? Andere Geräusche?»

«Was genau meinen Sie?»

«Gepolter, Klirren, Geräusche eines Streits?»

«Nein, nein, hab ich nicht.» Die Dame schüttelte den Kopf. «Obwohl es sonst zahlreiche Geräusche aus der Wohnung gab. Herr Lang empfing oft Damenbesuch. Man kennt sie ja, die Künstler dieses Schlages: zwei Bräute an jeder Seite.»

«Woher wissen Sie das?»

«Das liest man in den Gazetten: im *Filmkurier*, in der *Berliner Zeitung*. Die schreiben jeden Tag von den Babelsbergern und Tempelhofern.»

«Und welche Beobachtung machten Sie diesbezüglich?»

«So unschuldig werden Sie ja nicht sein, Kommissärchen: So was macht halt Geräusche.»

«Das heißt, es waren häufiger Geräusche aus der Wohnung zu hören, außer in dem Moment, als der tödliche Schuss fiel? Nicht davor, nicht danach?»

«Es gab so einiges Geschrei von unten.»

«Entschuldigen Sie, dass ich nachfrage: Können Sie die Art der Schreie genauer charakterisieren?»

Nun schlug sie die Aufschläge ihres Morgenmantels so übereinander, dass gar keine Haut mehr zu sehen war. «Ich nenne das mal: verhaltene Schmerzensschreie. Das bringt es, glaube ich, auf den Punkt. Schmerzen, die keine sind.»

«Sie haben ein feines Gehör.»

«Herr Kommissar, meine Stube liegt exaktemang über Herrn Langs Salon. Dieser Schwerenöter führt ein aktives Leben. Aktiv und exzentrisch.»

«Aber an diesem Morgen – vor etwas mehr als drei Tagen, um genau zu sein – klang es anders?»

Die Dame nickte. «Ja. Anders, als ich es gewohnt war aus diesem Appartement. Nach dem Schuss folgte der gellende Schrei eines Mannes.»

Die Dame sagte das so vor sich hin. Als sei dies nicht von Belang. In Benekens Ohren war es die Tagessensation. Als hätte sie behauptet, Spandau sei ab sofort ein Teil der Vereinigten Staaten von Amerika.

«Sie hörten einen Schuss. Vorher nichts. Erst den Schuss, dann einen Männerschrei? Sind Sie sicher?»

«Das scheint wohl von Belang zu sein?»

Beneken konnte nicht entscheiden, ob ihre Naivität gespielt war. «Lassen Sie es mich folgendermaßen ausdrücken», erläuterte er, «es ändert einfach alles.»

Kurze Zeit später …

Der Abschied von der Dame mit den französischen Vornamen fiel kurz aus. Nachdem der Kommissar auf seine Taschenuhr geschaut hatte, hetzte er über die halben Treppen hinunter und gelangte mit leichter Verspätung an den Treffpunkt.

Lang hatte sich, obwohl er wie üblich eine helle Hose trug, auf den Stufen vor seiner Wohnung niedergelassen. Ein schmaler, gepflegter Teppich war unter polierten Messingleisten darübergespannt. Das Äußere des Regisseurs war wie stets untadelig. Die Bügelfalte fiel Beneken gleich ins Auge. Die Lackschuhe glänzten. Lang hätte vor eine Kamera treten können. Oder vor das Publikum eines Lichtspielsaales, um seinen neuesten Film vorzustellen. «Meine sehr verehrten Damen und Herren, begrüßen Sie mit mir …», Applaus.

Die Stenografin saß ebenfalls auf der Treppe und sprang auf, als sie Beneken herabkommen sah. Sie errötete. Den Grund konnte sich Beneken nur ausmalen: Vermutlich hatte Lang sie während der Wartezeit in ein Gespräch verwickelt. Thea stand etwas abseits, scheinbar unbeteiligt. Offenbar machte es ihr nichts aus, dass der Geliebte mit einer anderen Frau flirtete. Die Lichtspielkünstlerin war lässig gegen eine Wand gelehnt und hatte eine Zeitung aufgeschlagen. Als sie den Kommissar erblickte, faltete sie die Seiten zusammen. «Da sind Sie ja endlich!», rief sie durch das Blätterrascheln.

Wie Lang trug sie eine Hose, weiter geschnitten als die

ihres Geliebten; ihre Hüften formten weichere Kurven. Die unteren Hosenbeine waren so voluminös, dass man sie fast für ein Kleid halten konnte. Den beinahe weißen Sommermantel trug sie über dem Arm.

Irgendetwas an ihrer Hose irritierte Beneken, doch wusste er es nicht zu benennen. «Verzeihen Sie meine Verspätung», brachte er stammelnd hervor, «ich musste noch ein Gespräch führen.»

Die Harbou genoss ganz offensichtlich seine Blicke. Ihre Wut verrauchte darin.

Lang klemmte das Monokel ins Auge und musterte Beneken. «Sie haben im Obergeschoss Erkundigungen eingeholt», schlussfolgerte er.

«Allerdings», bestätigte Beneken, «das ist meine Aufgabe.» Konzentriert trennte er das Polizeisiegel vom Türschloss.

«Er benutzt eine Nagelfeile!», stellte Lang fest und warf der Harbou einen Blick zu. «Die hätte ich vor Cambrai gut gebrauchen können, im Kampf Mann gegen Mann», bemerkte der Regisseur spitz.

Beneken ließ sich nicht beirren. Binnen weniger Momente hielt er das Siegel in der Hand. Vorsichtig schob er die Haustür auf. Als sie eintraten, verzog die Harbou das Gesicht und suchte nach einem Tuch in ihrer Handtasche. Darauf träufelte sie etwas Parfüm und presste es sich vor die Nase. «Was ist das für ein furchtbarer Gestank?»

«Gestocktes Blut», antwortete Beneken. «Es riecht anders als frisches. Mehr Eiweiß als Eisen.»

Die Harbou verzog das Gesicht. «So genau wollte ich es nicht wissen.»

Auch die Stenografin zögerte, die Zimmerflucht zu betreten.

«Ich weiß, wie Blut riecht. Ich weiß, wie es riecht, wenn es frisch aus dem Körper quillt, und auch, wenn man knietief hindurchwatet», deklamierte Lang unheilvoll und scheinbar ohne Empfindung. Eine Strähne war ihm in die Stirn gefallen.

Mit festen Schritten bewegte sich Beneken über den Korridor auf den Schauplatz der Bluttat zu. Lang und Harbou folgten, die Stenografin bildete den Abschluss.

Als sie das Schlafzimmer betraten, presste die Harbou das Taschentuch fester vor den Mund und begann zu würgen. Der Gestank war unerträglich.

Lang hielt sich nur mühsam im Zaum. «Herr Kommissar, warum bringen sie uns hierher? Wir kennen diesen Ort und die Verwüstung. Wir würden hier gern saubermachen lassen und dann wieder einziehen. Es ist unsere Wohnung. Geben Sie sie frei.»

«Ist sie ein Tatort?», fragte Beneken und sah Lang in die Augen.

Der Regisseur ließ sich nicht beirren. «Eine *Tat* hat hier stattgefunden. Eine Frau hat sich entleibt. Suizid, so heißt die Tat», sagte er mit fester Stimme.

Beneken knüpfte an Langs Rede an. «Sie waren beide anwesend. Allerdings scheint sich keiner von Ihnen beiden schlüssig und präzise zu erinnern. Ist das nicht merkwürdig? Mal trug Lisa ein Kleid, mal eine Hose. Mal lag sie auf einem Kanapee, mal auf dem Bett. Eine Fülle von Informationen – aber voller Widersprüche.»

«Herr Kommissar», erinnerte die Harbou geduldig, «sicherlich sind wir nicht die einzigen Menschen mit einem lückenhaften Gedächtnis.»

«Weshalb können Sie beide sich nicht an die banalsten

Dinge erinnern, frage ich mich. Oder, besser gesagt: Wieso haben Sie solch falsche Erinnerungen?»

Lang zählte auf: «Der Schock, das Durcheinander vor der Tat. Der Kampf. Und dann die Tat selbst und das Entsetzen danach.»

Beneken ließ sich nicht von seinem Plan abbringen. «Sie beide beschrieben übereinstimmend, dass Lisa Lang in die Schläfe geschossen wurde. Allerdings», Beneken wies auf das Kopfende des Himmelbettes, «weder der Schusskanal, noch das Streubild der Verletzung bestätigen diese Aussage. Sicher ist: Elisabeth Lang, geborene Rosenthal, wurde von unten durch den Kiefer in die vordere Schädelhöhle geschossen. Sehen Sie sich diese Spuren an! Ein aufgesetzter Schuss in eine der Schläfen hätte das Blut und die Hirnmasse nach den Seiten hin verteilen müssen. Stattdessen: der ganze Schmodder nach dem Kopfende hin, rechts und links der Pfosten und an der Wand und hinter dem Bett. Die Indizien sind eindeutig: Das Opfer befand sich zum Zeitpunkt des Todes bereits in diesem Bett. Sie wurde im Bett erschossen.»

Mit ausdruckslosen Gesichtern folgten die Harbou und Lang den Ausführungen des Kommissars. Der fuhr fort: «Keinesfalls im Raum stehend, wie es nach Ihren Schilderungen hätte der Fall sein müssen. Das wussten Sie, Sie waren dabei! Warum dann diese Geschichten?»

Lang warf der Harbou einen Blick zu.

«Würden Sie mir bitte allein den Umstand erklären», knüpfte Beneken an, «warum sich Frau Rosenthal umständlich entkleidet haben und ins Bett geklettert sein sollte, um sich zu suizidieren? Nach ihrer überraschenden Rückkehr – aus dem Regen, mit offenen Schuhen?», fügte Beneken nach kurzem Zögern hinzu.

Die Beschuldigten zogen es vor zu schweigen.

Der Kommissar nutzte den Moment, um die Pantoffeln aus dem Asservatenbeutel, den er in der Aktentasche verstaut hatte, zu ziehen. Die Harbou schlug beide Hände vor den Mund, Langs Augenlider zitterten. Beneken suchte die Stelle auf dem Boden. Er platzierte die Pantoffeln der Lisa Rosenthal eine Handbreit vor der Bettkante. Sie passten exakt in die Aussparungen zwischen den Blutspritzern auf dem Teppich. Auf dem Leder der Schuhe setzte sich das Streumuster fort. Beneken beugte sich hinunter und deutete auf den Teppich. In der Hocke erläuterte er, was zu sehen war. «Schauen Sie, hier: Die Blutspritzer verbreiten sich gleichmäßig über Teppich und Pantoffeln. Der ganze Bereich ist besprenkelt. Nehme ich die Hausschuhe weg», Beneken tat es und richtete sich zufrieden wieder auf, «sieht man dort, wo sie standen, kein Blut auf dem Teppich. Wie eine Schablone. Das heißt: Die Schuhe müssen hier gestanden haben, als der Schuss fiel – exakt an dieser Stelle. Vor dem Bett, nicht darunter! Sie wirken wie beiläufig abgestellt. Abgestreift und stehen gelassen. Auf dem Weg ins Bett. Und anschließend im Ascheimer beseitigt. Von wem? Von Ihnen? Warum?»

Die Harbou war wie eingefroren.

«Bitte, glauben Sie mir, ich habe nicht die leiseste Idee, wie sie dort hineingekommen sein könnten», antwortete Fritz Lang.

«Nun», sprach Beneken amüsiert vor sich hin, «für gewöhnlich laufen Pantoffeln nicht von alleine. Noch weniger springen sie in Ascheimer.»

Der Regisseur stieß Luft durch die Nase.

«Warum sollten wir einen Selbstmord vertuschen wollen?»

Beneken sah ihm geradewegs ins Gesicht. «Das frage ich mich auch: Warum sollten Sie das tun?»

Lang winkte ab. «Wir haben eine Zugehfrau, die sauber macht. Vielleicht war sie es.»

«Ich werde sie fragen, bitte geben Sie mir bei Gelegenheit ihren Namen und die Adresse. Jedenfalls sind diese Pantoffeln Zeugen der Tat. Deshalb fand ich sie im Ascheimer.»

«Die Pantoffeln sind Zeugen? Sie machen Witze, Kommissar!» Mit hochrotem Kopf sah Lang ihn an. «Wie können Pantoffeln denn Zeugen sein?»

«Zum Zeitpunkt des Todes der Lisa Lang standen sie am Bett. Und offenbar sagen sie etwas aus, das jemandem unangenehm werden kann.»

Lang drückte die halb gerauchte Zigarette aus. «Und wenn sie auch von der Decke hingen: Lisa ist tot.»

«Haben Sie das?», fragte Beneken die Stenografin. Die bestätigte.

Beneken bückte sich, um die Pantoffeln wieder aufzunehmen und in den Asservatenbeutel zu schieben.

«Ein schöner Beweis. Beinahe fotografisch, Kommissar. Chapeau!»

«Nicht wahr?» Beneken lächelte. «Ich weiß, aus Ihnen spricht ein Kenner.»

Lang kniff die Lippen zusammen. Beneken verschloss den Beutel in der Aktentasche. Die Verdächtigten schwiegen. Mit flinkem Stift vermerkte die Stenografin die tönende Stille. Dann ergriff Lang das Wort. «Wir sagten doch, dass es zu einem Handgemenge kam. Meine Frau – meine Ex-Frau», verbesserte sich Lang, als habe er sich von ihr scheiden lassen, «hielt den Griff der Waffe fest umklammert. Sie wollte sich umbringen – oder uns, Thea, mich, uns beide, das war nicht genau festzustellen. Ich wollte ihr die Waffe aus der Hand ziehen, doch gelang es mir nicht. Sie ließ sich mitschleifen im Kampf.»

«Herr Lang, dies ist eine neue Version der Geschichte, wenn ich Sie darauf aufmerksam machen darf. Sie wollen die alte also revidieren?»

«Ja, ja», betonte Lang. «Revidieren. Wissen Sie, an diesem Ort zu stehen, diese Spuren zu sehen, das beschwört die Erinnerungen wieder herauf.» Er lächelte mit schiefem Mund.

Erwartungsvoll nickte Beneken. «Sie zogen also Lisa Lang in der Absicht, ihr die Pistole zu entwenden, hinter sich her bis auf das Bett?»

«Bis auf das Bett», bestätigte Lang.

«Und die Pantoffeln? Fielen ihr zufällig genau vor dem Bett von den Füßen und blieben nebeneinander stehen? Oder gelang es ihr, während Sie sie hinter sich herzogen, sie abzustreifen?»

Lang schwieg. Die Harbou wandte sich ab.

«Verstehen Sie, Herr Lang: Ich weiß nicht, was geschah. Ich bin sogar weit davon entfernt, dies zu wissen. Wenn wir dies wüssten, hätten wir längst Anklage erhoben. Ich prüfe lediglich die Optionen, die Sie mir anbieten. Zu Ihrer letzten Version: Es gibt keinerlei Hinweise auf einen Kampf. Im Moment erscheint es mir viel glaubwürdiger, dass Lisa Lang sich aus freien Stücken auf das Bett begab.»

Beneken entging nicht, dass sich das Paar einen Blick zuwarf.

Dann ergriff Thea von Harbou umso heftiger das Wort. «Ihre Fantasien erstaunen mich, Herr Kommissar. Fakt ist doch, dass keiner von uns einen Mord hätte begehen müssen, um die Verhältnisse zu klären. Herr Lang wollte sich ohnehin von Frau Rosenthal scheiden lassen! Längst hatte er sich mir zugewandt.»

Lang warf der Harbou einen zornigen Blick zu. Die Harbou focht es nicht an. «So ist es doch, Darling, das kann der Herr Kommissar ruhig wissen.»

«Ja, das kann ich ruhig wissen, vielen Dank! Einstweilen frage ich mich allerdings, wie es dann – wenn sie sich doch längst entzweit hatten – dazu kam, dass sich Frau Rosenthal im Verlauf des Zweikampfs unter die Bettdecke verirrte.»

Die Harbou presste sich erneut das Tuch vor den Mund. Irgendetwas krampfte in ihrem Körper. Die Stenografin legte den Block zu Boden und trat an ihre Seite. Dann legte sie den Arm um sie. Die Harbou nahm das Angebot an und lehnte sich an die dargebotene Schulter. Betreten sahen Lang und Beneken zu.

Als die Harbou sich wieder in der Gewalt hatte, sagte sie: «Womöglich habe ich die Bettdecke über die ringenden Körper geworfen, Herr Kommissar. Angesichts dessen, was sich da vor meinen Augen abspielte, reagiert man nicht vernünftig. Man möchte einfach nur die Situation beenden.»

«Man möchte die Situation beenden», wiederholte Lang.

«Ja», bestätigte die Harbou aus tiefster Seele, «nichts mehr als das.»

Beneken wartete ab, bis die Stenografin die Aussage in voller Länge notiert hatte. «Das verstehe ich», gab er dann mit fröhlichem Unterton zu. Tatsächlich lächelte er in diesem Moment. «Verraten Sie mir jetzt noch eines: In welchem Moment des Zweikampfes gelang es Lisa Lang, sich ihrer Kleidung zu entledigen?»

Das Lächeln blieb auf Benekens Gesicht. Die Angesprochenen schwiegen.

Als sie den Tatort verließen und Beneken das Polizeisiegel an der Tür erneuerte, fragte die Harbou mit zitternder Stimme. «Nehmen Sie uns jetzt fest?»

Der Gedanke erschütterte Beneken. Schwer vorstellbar, diese beiden mit der grünen Minna nach Moabit einfahren zu lassen. Auch Langs Limousine vor dem Gefängnistor war schwer vorstellbar. Er wischte beide Visionen beiseite. «Ich weiß um Ihre Aufgaben in der Stadt. Also gehe ich davon aus, dass Sie Berlin nicht verlassen werden», resümierte der Kommissar. «Einstweilen reicht es mir, wenn Sie mir Ihre Pässe aushändigen.»

Das Paar wechselte Blicke. «Die sind an der Rezeption des Adlon hinterlegt», übernahm schließlich die Harbou die Antwort.

«Wie wunderbar», sagte Beneken in Hochstimmung. «Dort kann ich sie sicherlich abholen.»

«Dann dürfen wir uns jetzt wieder nach Babelsberg begeben?», fragte Lang vorsichtshalber.

«Natürlich. Ich weiß, was ich wissen muss, um meinen Bericht zu schreiben.»

«Wunderbar», tönte Lang ohne Begeisterung. Die Harbou ergriff seine Hände und zog ihn vom Tatort fort. Ihr Gesichtsausdruck zeigte tiefe Erschütterung.

«Ach, noch eine Kleinigkeit», rief Beneken ihnen hinterher. Das Paar blieb stehen und wandte sich zu ihm um.

«Sie sollten sich um einen Anwalt bemühen. Oder gleich zwei. Je nachdem, ob Sie bei ihrer gemeinschaftlichen Aussage bleiben oder nicht.»

Berlin Mitte, Pariser Platz

Während die Harbou und Fritz Lang vor der Schmargendorfer Wohnung in die Limousine der Decla-Bioskop-Film stiegen, legte Kriminalkommissar Walter Beneken den Weg bis zur Haltestelle der Elektrischen zu Fuß zurück.

Nahe dem Brandenburger Tor sprang er von der rückwärtigen Plattform. Der Wind war frisch, die Niederschläge der letzten Stunden hatten die Großstadtluft in Wallung gebracht. Beneken musste seinen Hut halten, als er quer über den Pariser Platz zum Adlon eilte. Zwei wuchtige Laternen aus Stein – ins Absurde vergrößerte Droschkenlaternen – flankierten den Eingang.

Mit dem Hut in der Hand und der Tasche unterm Arm betrat Beneken die Halle. Ein neobarockes Gewölbe lag auf massiven Marmorpfeilern. Die Wucht der Architektur drückte auf die Lobby.

Einer der livrierten Empfangsdiener entdeckte Beneken und trat auf ihn zu. «Erregen Sie bitte kein Aufsehen! Die Gäste unseres Hotels sollen ungestört bleiben.»

«Wie bitte?»

«Sie sind doch ein Kriminaler?»

Beneken musterte ihn.

Der Livrierte erriet seinen Gedankengang und deutete auf seine Nase. «Rieche ich.»

«Ich muss doch sehr bitten. Ich bin Beamter des Preußischen Ministeriums des Innern und vertrete die Staatsmacht.»

Der Livrierte maß ihn mit abschätzigen Blicken. «Wenn das die Staatsmacht sein soll …»

«Pardon, was genau gefällt Ihnen nicht an mir?»

Er verzog das Gesicht. «Fangen wir mit dem Rasierwasser an: zu süßlich!»

Beneken spürte Wut aufsteigen.

«Was also wünschen Sie?», fragte der Mann in Livree.

«Danke. Ich benötige Ihre Hilfe nicht, ich finde den Empfang allein.»

Beneken wollte sich zum Gehen wenden, der Hoteldiener hielt ihn am Ärmel zurück, aber nur für einen kurzen Moment. Mit einem Ruck befreite sich der Kommissar und schritt mit Würde über schwarze und weiße Marmorplatten hinüber zur Rezeptionsfestung.

Beneken schmetterte seine Dienstmarke auf die Steinplatte des Tresens. «Ich beschlagnahme hiermit die Pässe zweier Gäste. Es besteht Fluchtgefahr.»

«Die Namen der Gäste?», erbat der goldbetresste Rezeptionist Auskunft.

«Friedrich Christian Anton Lang und Thea Gabriele von Harbou.»

Ohne in den Schlüsselfächern nachzuschauen, rapportierte der Hoteldiener: «Die Pässe jener Herrschaften sind nicht hinterlegt.»

«Sie sind angehalten, die Pässe ihrer Gäste bereitzuhalten und auf Verlangen der Behörden auszuhändigen. Die Polizei ist jederzeit zur Kontrolle berechtigt. Die Herausgabe ist Pflicht», betete Beneken die Vorschriften herunter.

Der Livrierte zuckte mit den Schultern.

«Sie behindern die Arbeit einer staatlichen Behörde!»

«Ich kann Ihnen bedauerlicherweise keine weitere Auskunft geben. Möchten Sie einen meiner Vorgesetzten sprechen?»

Der Concierge vom Eingang trat neben Beneken. «Darf ich Sie bitten, unser Haus zu verlassen!» Er spannte die Schultern über dem breiten Brustkorb. Beneken sah ihn die Fäuste ballen.

Mit einer Kopfbewegung wies der Rezeptionist den Concierge in die Schranken und winkte Beneken heran.

«Herr Lang und Frau von Harbou sind viel beschäftigt. Sie wissen ja sicherlich, dass die beiden beim Pommer sind …» Die Miene des Rezeptionisten ließ keinen Zweifel daran, dass er diese Aufgabe für bedeutender hielt, als die Gesetze der Republik zu schützen.

«Sicherlich gäben Sie mir keine Auskunft, wenn ich Sie fragen würde, wer die Zimmer der Herrschaften bezahlt?»

Langsam, ohne den Kommissar aus den Augen zu lassen, schüttelte der Rezeptionist den Kopf. «Auch wir haben unsere Vorschriften.»

Beneken bemühte sich, die Geringschätzung an sich abprallen zu lassen. Statt eines Dankes klopfte er mit dem Fingerknöchel auf den schwarzen Granit des Tresens. Dann wandte er sich zum Gehen.

Katz und Maus

Beneken beschirmte die Hände und verschnaufte. Die Legionäre Roms lagerten an den Tafeln im Wald. Männer in Lederwämsern und Sandalen schoben mit beiden Händen Stullen in sich hinein. Abseits der Tische, an Birkenstämme gelehnt, standen Spieße und Schilde. Offenbar war der Arminius-Streifen immer noch nicht abgekurbelt. Die Männer kauten mit prallen Backen und Lücken in den Zahnreihen. Es waren Tagelöhner, die nicht jeden Tag damit rechnen konnten, von ihrem Dienstherrn ein Essen spendiert zu bekommen. Im Filmgeschäft war es üblich.

Beneken betrat die Ateliers: Kulissenteile wurden genagelt, Stützbalken zugesägt, Stative herbeigetragen, Holzwände gekalkt. Aus dem Gewühl hoch aufragend auf einem Podium stand – ein scheinbar unbeteiligter dreibeiniger Riese – eine Kamera. Etwa einen Meter über dem Atelierboden gab es eine im Halbrund um das Stativ laufende Plattform. Wie ein verwunschener Zwerg stand der Operateur darauf und steuerte das Monstrum, als wäre er mit ihm verwachsen. Er zog die Linsen scharf, wechselte Blenden vor dem Objektiv, und der Motor ratterte gleichgültig. Es wurde also gekurbelt. Obwohl sie schon seit Jahren nicht mehr aus dem Handgelenk heraus den Film transportierten, hatte sich der Begriff erhalten. Die meisten der Operateure, das wusste Beneken aus den Zeitschriften, beherrschten diese Kunst noch. Doch seitdem Motoren die Bewegung automatisiert hatten, sprachen viele nur noch vom *Drehen* statt vom *Kurbeln*.

Beneken hielt nach dem Motiv Ausschau, und tatsächlich, ein Mann, eine Frau, auf einer Bank etwas entfernt vor einem gemalten Prospekt, Arm in Arm, tauschten zärtliche Blicke, wechselten Worte, die niemand verstand, da das Sägen und Hämmern aus der benachbarten Kulisse alles übertönte.

An ihrem Entstehungsort entpuppte sich die stumme Lichtkunst als eine geräuschvolle. Selbst die Dieselgeneratoren, die vor den Ateliers gleichmütig vor sich hin tuckerten, waren noch zu hören. Dazu die Kommandos der Bühnenarbeiter. Darunter aber, als dominierender Klangteppich: das Rattern und Klappern der Kameras.

Beneken fragte einen Bühnenarbeiter nach dem bekannten Filmautorenpaar. Der Kulissenbauer besprach sich mit einem Gesellen in Schiebermütze, der eben mit einem Stapel Bretter vorübereilte, und wies dann in einen abgelegenen Teil der Ateliers. Im Näherkommen erkannte Beneken, dass dort eine neue Kulisse errichtet wurde, offenbar in Vorbereitung eines weiteren Films. Nicht mehr wilde Bergeinsamkeit, sondern Sultanspalast. Beneken erkannte einige Einzelteile wieder, die in den letzten Tagen vor seinen Augen entstanden waren: orientalisch anmutenden Spitzbögen, die Brunnenränder aus Mosaikornamenten, die Wasserbecken aus Holz oder Pappmaché. Die Einzelteile waren nun zu einem Gesamtbild vereint: die Dekoration eines türkischen Bades. Auch hier wurde gehämmert und gelacht, gesägt und genietet – ohne Rücksicht auf die Kurbelarbeiten in unmittelbarer Nähe. Sogar die großen Gasbogenlampen wurden eingerichtet, der Drehbeginn stand unmittelbar bevor.

Endlich fand Beneken das Paar in einem Winkel der Kulisse kauernd, neben zwei Männern auf dem Boden kniend, über Plänen, groß wie Teppiche, in mehreren Lagen übereinander, mit den Fingern darin herumfahrend. Kamerapositionen wurden bestimmt, die Standorte der Lampen. Perspektiven wurden diskutiert und Einstellungen: von wo aus man den besten Bildausschnitt auf die dargestellte Handlung gewann. Der Operateur sprach von *Kadrierung*. Es war Seeber aus dem Filmschnitt, Beneken erkannte ihn.

Der Kommissar zog ein Taschentuch aus der Hose und tupfte sich den Schweiß von der Stirn. In den Glashäusern wehte kein Lüftchen, die großen Portale blieben geschlossen, die Luft war drückend. Falls Wind in den Hallen benötigt wurde, erzeugten ihn riesenhafte Propeller, die in den Ecken des Ateliers auf ihren Einsatz warteten. Doch die Rotoren standen still.

Im Herantreten erkannte ihn die Harbou. Sie sprang auf und empfing den Kommissar. «Beneken, was führt Sie erneut zu uns? Wir hatten Sie erst morgen früh erwartet.» Der Kommissar bemerkte, dass sie in Strümpfen war, sicherlich standen ihre Schuhe irgendwo herum.

«Was verschafft uns die Ehre?» Lang hatte sich ebenfalls erhoben und sein Monokel aufgepflanzt. Der dritte Mann blieb am Boden und notierte mit einem Grafitstift etwas in den Plänen.

«Woran arbeiten Sie gerade?», fragte Beneken den Regisseur.

Das illustre Paar warf sich einen kurzen Blick zu. Dann übernahm Lang es, eine kurze Zusammenfassung des Inhalts zu liefern: Eine Frau verliert ihren Geliebten an einen Fremden. Das ist der Tod. Sie verschwinden hinter einer Mauer. Die Frau folgt ihnen. Sie bittet den Tod um Rückgabe des Geliebten und erhält drei Chancen: Im Orient, beim venezianischen Karneval und im alten China soll sie ein Leben retten. Dreimal scheitert sie. Da zeigt ihr der Tod ein Baby in einem brennenden Krankenhaus. Sie soll es für ihn retten. Die Frau verbrennt und ist mit ihrem Geliebten vereint. Ein Film im Stile eines deutschen Volkslieds.

«Wie heißt er?», fragte Beneken.

Die Harbou und Lang sahen sich an, bevor Lang antwortete: «*Der müde Tod.* Dies wird mein bester Film …»

«Unser Film», ergänzte die Harbou, und Lang warf ihr ein Lächeln mitsamt einer Kusshand zu. «Unser zweiter gemeinsam geschriebener.»

Beneken erinnerte sich, ein Skript mit diesem Titel neben der Schreibmaschine gefunden zu haben. «Daran arbeiteten Sie, während …», setzte Beneken an.

«Wir arbeiten Tag und Nacht daran, Herr Kommissar», unterbrach die Harbou. «Die Welt schreit nach Filmen. Sie werden uns aus den Händen gerissen, kaum dass sie das Kopierwerk verlassen.»

«Das glaube ich gern», gab Beneken zu.

«Eine Goldrauschindustrie», brummte Lang zufrieden, «weltweit. Der stumme Film wird überall verstanden. Nur die Texttafeln benötigen wir mehrsprachig.»

«Sie könnten überall auf der Welt Filme drehen?», fragte Beneken.

Lang nickte. «Die Sprache der Bilder kennt keine Grenzen.»

Beneken sah sich in seinen Befürchtungen bestätigt. «Ich

muss Sie um die Herausgabe Ihrer Pässe bitten, Herr Lang. Auch Frau von Harbou, selbstverständlich. Im Hotel konnte man sie mir nicht aushändigen.»

«Aber Herr Kommissar», Lang nahm ihn am Arm und führte ihn aus der Kulisse. Ein Sultan mit mächtigem Turban und Krummsäbel kam ihnen entgegen. Das Gesicht des Darstellers war tiefbraun bemalt. Die Harbou begutachtete das Kostüm, ließ ihn in diese und in jene Richtung posieren und schickte ihn dann, versehen mit einigen Hinweisen, in die Garderobe zurück.

«Es besteht doch nicht die geringste Gefahr, dass Frau Harbou und ich das Land verlassen. Der neue Film ist sehr märchenhaft. Er spielt in drei Erdteilen und, um mit Herrn Mays Worten zu sprechen: ‹kost' 'ne Stange Geld.›»

Die beiden anderen lachten. Offenbar hatte Lang gekonnt Joe Mays Tonfall imitiert. Die Harbou fügte sehr ernsthaft hinzu: «Niemals würden wir dieses Werk halb fertig hier zurücklassen. Nicht diesen Film.»

«Dennoch bestehe ich auf die Aushändigung der Pässe.»

«Lassen Sie uns endlich unsere Arbeit machen», erhob Lang die Stimme. Augenblicklich entstand Unruhe. Mehrere Menschen, die bislang teilnahmslos zugeschaut hatten, setzten sich in Bewegung oder nahmen drohende Haltungen an. Einige der Statisten in Lederschürzen eilten herbei, noch an ihren Stullen kauend.

«Es war niemals meine Absicht, Ihnen Unannehmlichkeiten zu bereiten. Doch», Beneken senkte die Stimme, «der Gerechtigkeit muss Genüge getan werden.»

«Gerechtigkeit?» Lang lachte, indem er seinen Körper in den Hüften zurückbog. «Welche Gerechtigkeit?»

«Dass Menschen nicht einfach umgebracht werden.»

Schlagartig wurde Lang ernst. «Bitte schön: Frau von Harbou und ich, wir haben niemanden umgebracht. Schon gar nicht die Frau Rosenthal.»

«Das stimmt nicht, Herr Lang, und Sie wissen es. Im Krieg haben Sie, Ihrer eigenen Erzählung nach ...»

«Im Krieg, im Krieg!» Er schrie beinahe. «Der Krieg ist vorbei. Wir kurbeln jetzt Filme und keine Maschinengewehre.»

«Eine Frau starb an einer Kugel aus einer Waffe. Es war Ihre Waffe, Herr Lang!»

«Es war Schicksal! Niemand hatte irgendeine Absicht.» Beneken horchte auf. Langs Stimme hatte eine Schärfe, die die Gemütlichkeit seines Wiener Dialekts übertönte.

«Wer kann sich schon gegen das Schicksal lehnen? Es kommt über uns wie die Nacht. Was überkommt Sie in der Nacht, Herr Kommissar?» Lang sah ihm in die Augen. Beneken wollte etwas erwidern, aber die Worte blieben ihm im Hals stecken. Mit einem Mal befanden sich zwei Statisten in Türkentracht an Benekens Flanken. An ihren Schärpen steckten Krummsäbel. In einiger Entfernung formierte sich Verstärkung mit Spießen. Der Kommissar begriff die Situation, die Botschaft war nicht sehr subtil. Die Palastwachen nahmen ihn in ihre Mitte. «Nun machen Se mal keen Ärjer», bat der eine. Er verschränkte die Arme, seine Muskeln glänzten durch den durchbrochenen Stoff. Der andere schob Beneken mit sanften Stößen zum Ausgang.

Unwillig setzte der Kommissar die Schritte, lehnte sich gegen die fremde Berührung. Doch Beneken erkannte, dass jeder Widerstand vergeblich war. Er sah bereits die Schlagzeile vor seinem inneren Auge: *Aufruhr in der Filmkolonie.*

Der Kommissar hätte nicht erwartet, dass sie sich der

Demütigung aussetzten, mit der grünen Minna aus den Filmkulissen geholt zu werden. Doch sie ließen ihm keine Wahl. Er würde so schnell wie möglich nach Schöneberg zurückkehren, um endlich einen Haftbefehl zu erwirken.

Schicksal ...

Der Staatsanwalt – mit einem der alten Kaisermode entsprechenden, gezwirbelten Schnurrbart ausgestattet, den Kugelbauch an der Schreibtischkante – war weit davon entfernt, Beneken Platz anzubieten. Offenbar erwartete er, dass der Rangniedere militärisch grüßte. Beneken erklärte, dass er nicht gedient habe.

«Das sollte Sie nicht daran hindern, vor einem hohen preußischen Beamten strammzustehen, der Herr.»

Beneken bemühte sich, dem Wunsch zu entsprechen, nicht zackig militärisch, sondern nach der richtigen Position suchend, wie es ihm der Bruder auf seinem ersten und einzigen Fronturlaub beizubringen versucht hatte. Mit dem Besenstiel über der Schulter hatte er ihn wieder und wieder auf dem Hof durch die Wäschestangen exerzieren lassen, bis er es endlich beherrschte: «Kehrt um! Vorwärts Marsch! Präsentiert das Gewehr!»

Für Beneken fühlte es sich wie eine Parodie an, als er die Handkante an die Stirn führte und die Hacken zusammenschlug, doch der Ankläger schien damit zufrieden.

«Was Sie verlangen, ist unmöglich», beschied der hohe Beamte, nachdem Beneken sein Anliegen erneut vorgebracht hatte.

Der Kommissar war irritiert. «Es ist der übliche Weg: Ein Paar unter Mordverdacht ist im Besitz seiner Pässe. Es besteht Fluchtgefahr. Also nehmen wir sie in Gewahrsam, um die Flucht zu unterbinden und dem Recht Geltung zu verschaffen.»

Der Ankläger nahm Beneken streng in den Blick. «Es gibt hier keinen Fall, der eine Anklage wegen Mordes rechtfertigt. Also auch keinen Haftbefehl. Das Verfahren wird eingestellt.»

Beneken rührte sich, ohne das entsprechende Kommando gehört zu haben. Mit kratzender Stimme stellte er fest: «Bei allem Respekt, gnädiger Herr, diese Einschätzung erstaunt mich. Meines Erachtens sind die Ermittlungsergebnisse noch nicht in der Lage, eine so eindeutige Antwort zu geben. Also beschreiten wir doch den üblichen Weg: die denkbare Flucht zu unterbinden.»

Der Ankläger lehnte sich zurück, was seinen Bauch vorspringen ließ. Beneken musste an Otto denken.

«Kommissar Beneken», forderte ihn der Staatsanwalt geduldig auf, «schildern Sie mir in aller Kürze, was Sie haben!» Seine Haltung ließ Beneken nicht im Zweifel darüber, dass ihm hier eine besondere Gunst zuteilwurde.

Beneken walkte die Krempe seines Hutes unter Anspannung. «Nichts passt zusammen, niemand erzählt eine wahre, schlüssige Geschichte – nicht einmal das Opfer.»

Der Generalstaatsanwalt lachte. «Das Opfer lügt? Es ist tot!»

«Die Leiche liefert widersprüchliche Beweise. Ich habe noch keine umfassende Erklärung. Was es gibt, ist lediglich eine Vielzahl von Möglichkeiten.»

«Nämlich?»

«Elisabeth Lang, geborene Rosenthal, starb nackt in ihrem Ehebett. Sie entkleidete sich aus freien Stücken, es sind keine Anzeichen eines Kampfes erkennbar. Nach ihrem Tode aber wurde sie – höchstwahrscheinlich von Frau Harbou oder Herrn Lang oder beiden – wieder angekleidet.»

«Warum?»

Beneken zuckte mit den Schultern.

«Offenbar wollten die Beschuldigten verbergen, dass das Opfer zum Zeitpunkt des Todes nackt war», mutmaßte der Ankläger. «Warum? Wem nützt das?»

Wieder zuckte Beneken mit den Schultern.

«Mir fällt nur eine mögliche Erklärung ein», wagte sich der Ankläger vor.

Der Generalstaatsanwalt zwirbelte seinen Schnurrbart. Er verengte die Lider, bevor er Antwort gab. «Sodomitische Kontakte: Sexuelle Handlungen von Angehörigen gleichen Geschlechts sind strafbar!»

«Welche?», fragte Beneken.

Beneken beobachtete den Ankläger aus den Augenwinkeln und versuchte zu ergründen, ob er irgendeine Absicht mit seinen Worten verfolgt haben könnte. Doch der Satz schien nur dahergesagt und nicht auf ihn gemünzt zu sein. Beneken versuchte, den Schweißausbruch auf seiner Stirn zu ignorieren.

Der Staatsanwalt schwieg vielsagend.

«Die Waffe könnte zur Drohung eingesetzt worden sein», spekulierte Beneken.

«Damit sie sich auszog? Gegen ihren Willen?»

«Und dann ging sie versehentlich los.»

«Ein Unfall also. Ich werde die Leiche zur Bestattung freigeben.» Der Staatsanwalt erhob sich erleichtert und pochte mit der Faust auf die Schreibtischunterlage.

«Können wir da denn sicher sein?», wandte Beneken ein.

Der Staatsanwalt eilte um den Tisch herum, als wollte er

auf Beneken losgehen. Diesmal stand der Kommissar intuitiv stramm. «Herr Lang und Frau von Harbou sind unbescholtene Persönlichkeiten. Ihre Filme werden rund um den Globus geschaut. Es gibt keinen Mord. Es gibt lediglich einen bedauernswerten Unfall.»

«Wir dürfen nicht weniger sorgfältig sein, nur weil die Persönlichkeiten bekannt sind. Mein Bruder ist für diese Republik gestorben, wie mein Vater. Woran ich einzig glauben kann, sind Wahrheit und Gerechtigkeit», Benekens Stimme zitterte, «und nicht Prominenz.»

«Was maßen Sie sich an!» Der Ankläger stand immer noch. Er war nicht viel größer als Beneken.

«Und was sollte gerecht daran sein, ein erfolgreiches Künstlerpaar, wohlhabend, gebildet, beim Volk beliebt, aufgrund einer unglücklich verlaufenen Eifersuchtsgeschichte zum Tod durch das Fallbeil zu verurteilen?»

«Ohne Ansehen der Person», zitierte Beneken. «So steht es in unseren Gesetzen.»

«Warum sind Sie so felsenfest davon überzeugt, dass diese beiden die Frau erschossen haben?»

«Das bin ich durchaus nicht. Es ist gut möglich, dass es ein Unfall war.»

«Ich werde das Verfahren einstellen. Die Todesursache lautet auf Unfall.»

«Geben Sie mir einen Tag», forderte Beneken, «ich werde die Wahrheit herausbekommen.»

Marlene tanzt.

Als er auf die Bühne trat, sich kurz sammelte und dann dem Kapellmeister durch seine falschen Wimpern einen bittenden Blick zuwarf, als die ersten Takte der Musik das Publikum verstummen ließen, da begann die Verwandlung.

Walter begann, sich im Rhythmus zu wiegen, zuerst in den Hüften, dann erfasste das Wiegen seinen ganzen Körper. Im Wiegen fand er Marlene, fand ihren Körper in dem seinen, das war ihm neu und unbekannt, im Tanzen erkundete er ihn. Er war wie eine Blume, die er zum ersten Mal in den Fingern hielt. Und die Brüste waren ihre Blüten. Walter spürte sie, sobald er mit den Fingerspitzen über die Haut fuhr.

Er spürte jede Faser des Kleides, das oberhalb der Strumpfhalter über glatte Haut rieb, die Schenkel sanft touchierte und dann die Waden hinabfloss. Die Lederriemen der Schuhe, wenn er sie über die Knöchel schob. Als Mann war er von seinem Körper abgeschnitten. Erst als Frau spürte Walter sich so intensiv, wie er es sich immer gewünscht hatte. Erst als Marlene genoss Walter die Erregung, die die Blicke von Männern wie Frauen in ihm auslösten. Er war eine andere, sie war ein anderer, und doch fand er zu sich im Kleid, in Strümpfen, mit Nagellack und rot geschminkten Lippen – wurde für die Dauer seines Auftritts zu Marlene.

Wenn sie tanzte, spürte Marlene sogar das Licht der

Scheinwerfer auf ihrer Haut. Es war nicht nur Wärme, es war tatsächlich das Licht, das sie spürte. Kein Haar minderte den Lichteinfall, Marlene tilgte die Walterhaare sorgfältig aus, bevor sie die Bühne betrat. Die Strahlen wanderten darüber, nachdem sie sich, Stück für Stück, entkleidet hatte, Marlene erspürte sie mit geschlossenen Augen.

Der Beifall und die Rufe der Menge klangen wie aus weiter Ferne zu ihr. Sie tanzte wie in Trance, als sei sie mit dem Schritt auf die Bühne in eine andere Welt getreten, in die Welt ihres Inneren, in die Welt ihrer wahren Gefühle.

Als sie die Bretter schweißgebadet wieder verließ, war sie überglücklich. Dann waren Tod und Schmerz vergessen, sie trat ein ins Paradies, und das würde offenbar möglich sein, wann immer es ihr danach gelüstete – und Otto einen Platz auf seiner Nummernliste für sie frei hatte. Der Erfolg stärkte ihr den Rücken, auch gegenüber Otto.

Den Applaus, der wie Regen auf sie herabprasselte, nahm sie kaum wahr. Er war ihr gleichgültig. Die Bouquets von Herbstblumen, die auf die Bühne flogen, sah sie nicht.

Der Bühnenmeister brachte ihr zwei behaarte und muskulöse Arme voll Blumensträuße in die Garderobe. Er legte die Bouquets vor Marlene auf den Tisch und verließ sie wortlos. Lilly – am Tisch daneben – starrte neidisch auf die Blüten. «Du willst 'n Kerl sein? Unglaublich!»

Geschmeichelt lächelte Marlene. «Ich will kein Kerl, ich will eine Frau sein.» Und sie spürte, dass in diesem Satz keine Lüge lag, sondern die ganze Wahrheit.

Das Toben aus dem Zuschauerraum war immer noch nicht abgeklungen. «Deine Leute», sagte Lilly tonlos.

Marlene wollte nicht noch einmal hinaus. Keuchend saß

sie auf ihrem Platz vor dem Spiegel. Den Kopf legte sie in die Armbeuge. Der zarte Körper wurde von der Tiefe ihrer Atemzüge beinahe geschüttelt. So schmächtig war sie, so zart, so zerbrechlich – nur ein wenig zu groß für eine Frau.

«Wie machst du das nur?», fragte Lilly kopfschüttelnd.

Der erste Auftritt war ein Triumph gewesen. Doch der zweite, zu vorgerückter Nachtstunde, jagte Walter einen so großen Schrecken ein, dass er sich nicht länger in Marlenes Tanz und ihren Körper versenken konnte. Nachdem der Vorhang gefallen war und er die wenigen Kleidungsstücke eingesammelt hatte, hastete er von den Brettern. Beinahe wäre er in der Bühnengasse gestürzt, da nahm er die Schuhe von den Füßen. Walter war aufgewühlt. Als er seine Beine wieder spürte, hatte er nur einen Gedanken: in die Garderobe, rasch. Sein Herz raste.

«Lilly, an Tisch vier saßen eben ein Mann und eine Frau. Ich glaube, die kommen von Babelsberg, aus der Filmkolonie.»

Lilly hob die nackten Schultern. Auf dem Kopf zitterte das mit Federn besteckte Haarband, Seidenschleifen hingen bis auf die Wangen herunter. «Ja, das ist die Harbou. Und der Mann ist ihr Regisseur», erläuterte Lilly.

«Woher kennst du die?»

«Aus der *Filmwoche*. Da findet man sie in jeder Ausgabe.»

«Hast du die beiden schon häufiger hier gesehen?», fragte Walter.

«Häufig? Das kann man so nicht sagen. Gelegentlich.»

«Und was tun sie, wenn sie hier sind?»

«Lassen sich kübelweise Champagner kommen. Manchmal bestellen sie sich auch eine Tänzerin ins Hotel.»

«Ins Hotel? Leben sie denn nicht in Berlin?», gab sich Walter arglos.

«Marleneschätzchen, du weißt schon. Tu nicht so naiv!» Lilly zwinkerte ihm zu. Walter wusste nicht, wie er das auffassen sollte.

«Bist du noch nie mit jemandem mitgegangen? Hat dir noch nie jemand Geld geboten?», fragte Lilly. Walter sah sie unverwandt an, und Lilly gab sich selbst die Antwort. «Ach Süße», seufzte sie.

«Sie gehen also in ein Bett – ein Mann und zwei Frauen», formulierte Walter zaghaft, aber nicht als Frage.

Lilly lachte. Sie steckte sich eine Zigarette zwischen die Lippen. «Mein Gott, mein Schatz, wenn du das so sagst», ihr Lachen war rauchig, «dann klingt es so … unschuldig. Kaum zu glauben, dass du da rausgehst und die Kerle in den Wahnsinn treibst.»

Walter stand auf, ging zum Garderobenständer, nahm den Pelz und schlüpfte hinein wie in eine zweite Haut.

«Warum ziehst du dich eigentlich nie um? Immer nur dieser Pelz! Und kaum etwas darunter! Nicht, dass dir was zustößt, Süße. Und sei es nur 'ne dusslige Erkältung.»

«Ist Otto heute hier?» Walter blickte sie geradeheraus an.

«Was willst du von ihm?»

«Ich brauche Geld. Mein Vermieter steht mir auf den Füßen. Ich würde die Gage gleich mitnehmen.»

«Vor dem Ende der Woche? Das ist nicht nach Ottos Geschmack. Da wird er schön fluchen!»

Otto fluchte nicht. Im Gegenteil, ohne jede Beschwerde gab er Walter das Geld heraus. Während er zählte, tätschelte Otto ihm den Hintern. «Du kommst gut an beim Publikum – bei den Männern, bei den Frauen. Wenn du magst, kannste noch 'n Abend ...»

Beneken schob seine Gage zusammengerollt in das Bustier. «Heute waren zwei Herrschaften zu Gast, die hab ich noch nie gesehen», wagte er sich vor.

Otto ließ seine Hände zwischen Hosengummi und Hemd auf und nieder fahren. Dann ließ er die Träger auf die Brust schnipsen.

«An Tisch vier», kürzte Beneken das Gespräch ab, «ganz vorn. Die kamen mir bekannt vor.»

«Hab ick jeseh'n. In meiner Bar verkehren einige Zelebritäten.» Erneut tätschelte Otto Benekens Hintern.

Walter nahm Abstand. «Die sind vom Film, nicht wahr?»

«Die sind nicht nur vom Film, die sind berühmt. Die Dame noch berühmter als der Herr», nickte Otto.

«Stimmt es, dass sie gelegentlich Frauen mitnehmen? Nach Hause? Oder ins Hotel?» Beneken lauerte auf die Antwort.

Otto angelte eine Zigarre aus einem hölzernen Kästchen. Er biss die Spitze ab, spuckte sie in hohem Bogen in den Abfalleimer und zündete sie an. Dann zog er sich auf den Stuhl hinter dem Schreibtisch zurück. «Biste 'n Schnüffler oder wat?»

Er hatte die Frage scherzhaft formuliert. Walter erschrak dennoch. «Ich muss für meine Sicherheit sorgen, Otto. Das verstehst du doch.»

Genüsslich nuckelte und paffte Otto. Blies die Wangen auf. «Soll ick dir wat verklimpern: Manchmal komm' se schon zu dritt.» Über die Zigarrenspitze hinweg beobachtete er Beneken. Der blickte zurück auf den Lokalchef. Haarstoppeln stachen unregelmäßig aus Ottos Doppelkinn. Wenn er den Kopf bewegte, kratzten sie auf dem Hemdkragen, dass man das Geräusch deutlich hören konnte. Obwohl Musik von der Bühne bis in Ottos Büro drang.

Beneken beschloss, sich nichts anmerken zu lassen. Er zuckte mit den Schultern.

Otto nuckelte wieder an der Zigarre und blies Rauch aus. «Marleneken, ick beschwör dir: Lass die Finger davon! Wir sind 'ne verschwiejene Bude.»

Beneken winkte ab. «Klar, das geht mich ja nichts an.»

Otto kippelte nach vorn und beugte sich über den Schreibtisch. Beneken konnte den Tabak in seinem Atem riechen. «Fein so. Ick kann keene Schnüffler nich' leiden. Über die privaten Vorlieben meiner Gäste mach dir man lieber keene Jedanken, Marleneken! Sind schon berühmtere Damen als du verschwunden.»

Mit diesen Worten langte Otto über den Tisch, ergriff Benekens Hand und streichelte sie. Beneken versuchte, sie ihm zu entziehen.

«Lass mich, Otto», keuchte er gepresst. «Du stehst doch nich' auf Kerle!»

Otto hielt Benekens Hand wie in einem Schraubstock gefangen und beobachtete mit kaltem Blick, wie er sich wand. Dann entließ er ihn, legte den Kopf in den Nacken und lachte. «Ach, weeste, bei so 'n schnucklijet Exemplar wie dir könnt ick schwach wer'n …»

Der fünfte Tag

Leiche auf Abwegen

Als Walter Beneken am nächsten Morgen den Pathologen nach dem Körper Lisa Langs, geborene Rosenthal, fragte, sah der ihn aus großen Augen an. «Sie befindet sich nicht mehr hier.»

«Wann wurde sie fortgeschafft?», fragte Beneken.

Der Pathologe überlegte einen Moment. «Gestern», sagte er dann. «Abgeholt von einem Bestattungsunternehmer. Auf Befehl des Staatsanwalts. Der Überstellungsschein war ordnungsgemäß ausgeführt.»

«Worauf lautete die Todesursache?»

«Tod durch Unfall.»

«Wohin wurde die Leiche gebracht?»

«Nach Weißensee», antwortete der Pathologe.

«Notieren Sie den Namen des Bestatters auf einen Zettel und schicken Sie ihn in mein Büro», bat Beneken. «Darf ich den Abschlussbericht einsehen?»

«Sicherlich, Herr Kommissar.» Der Pathologe wies in das entsprechende Fach. Der Bericht war gestempelt und gesiegelt. Amtlich freigegeben. Beneken zog ihn heraus und überflog den Text. Er erkannte die Leiche, die darin beschrieben wurde, nicht wieder: glatter Herzdurchschuss, Schmauchspuren an der Aufsatzstelle, ebenso an Lisas Hand, Lisas Fingerabdrücke auf der Waffe – neben denen Langs. Keine Rede von Theas Fingerabdrücken. Nichts von der Kleidung, die über den bluttriefenden Körper gezogen worden war. Nichts von den offenen Schuhen, von Türklingeln und Pantoffeln. Nichts von allem, was diesen Bericht als eine glatte Inszenierung enttarnt hätte. Warum auch? Es galt, eine Illusion zu erzeugen, die keine Lücken für Fragen ließ. Erschüttert ließ Walter die Bögen sinken. Er wollte den Pathologen zur Rede stellen, doch der hatte sich, während Beneken in die Lektüre versunken war, entfernt.

Der jüdische Friedhof Berlin-Weißensee lag inmitten eines Kiefern- und Birkenwäldchens. Der Wind fuhr in die Zweige und ließ Blätter und Nadeln erzittern. Das erste fallende Laub sprenkelte den Weg.

Wie verwitterte Feenschlösser lagen die Grüfte und Gräber unter Bäumen, von Flechten überwuchert. Im Vorbeilaufen konnte man die vergitterten Tore zur Unterwelt übersehen. Auf manchem Grabgesims, mancher Gedenkplatte häuften sich Kiesel und größere Steine – der jüdische Totengruß. Mancher Ort wurde von einer Pyramide überspannt, mancher Stein trug Symbole, die keiner Religion zuzuordnen waren, höchstens einem Geheimbund. Das Freimaurerauge im Dreiecksgiebel wusste Beneken zuzuordnen, sogar Koransuren entdeckte er.

Der Kommissar trug noch das Parfüm des vergangenen Abends. Und als er sich bei den Friedhofsgärtnern und Totengräbern nach einer frisch ausgehobenen Grabstelle erkundigte und zur dünnen Auskunft feindselige Blicke erhielt, wusste er, dass sie es rochen. Noch weniger konnten die Männer sich an eine Totenfeier für eine Angehörige jüdischen Glaubens erinnern. Ohne einen kundigen Führer durchschritt er die Reihen und hielt selbst Ausschau. Beneken entdeckte frische Gräber, doch nichts – kein Schriftzug, kein Todesdatum – deutete auf Elisabeth Lang, geborene Rosenthal, hin.

Ein Rosenzweig neben der Inschrift, ein Stein auf der Umfriedung des Grabes, natürlich konnten dies Hinweise sein. Wer aber würde der Version Glauben schenken, dass in diesem oder jenem Grab eine Leiche ruhte, deren Verschwinden einen Skandal verhindern sollte? Ein Handgemenge aus Eifersucht mit Todesfolge war für das Publikum erträglicher als eine Liebesgeschichte zu dritt. Wer wollte sich das schon ausmalen? Selbst die skandalsüchtigen Reporter der Filmgazetten würden an diesem Punkt die Nasen rümpfen …

Die Obduktion war abgeschlossen, der Bericht verfasst, mit dem bekömmlichen Ergebnis: Herzdurchschuss mit Todesfolge.

Der Kommissar stand auf dem Friedhof, das vielstimmige Sausen und Dröhnen der Großstadt lag in seinen Ohren und umtoste diesen Ort der Stille. In der Hand hielt Beneken seinen Hut und knetete die Krempe. Irgendwo hier musste sie sein, dachte Beneken. Ihr Körper. Ihre Geschichte. Ihre Wahrheit. Weggeschaufelt. Eingeebnet, um die Welt nicht stolpern zu lassen.

Walter Beneken fühlte sich so verloren wie noch nie seit dem Tag, da er die knappe Nachricht vom Verlust des Bruders erhalten hatte, mitsamt dem Eisernen Kreuz am Bande. Der Mutter überreicht von einem Unteroffizier, mit zackigem Gruß in einem flachen Karton, einer Hutschachtel nicht unähnlich.

Er verachtete diese Welt des Tötens, die Welt des Blutes und der Gewalt. Er spürte Liebe: Er liebte die Frauen, er liebte seine Mutter, liebte seinen Körper in einer anderen Gestalt. Beneken hätte gern noch mehr von dieser geheimnisvollen Weiblichkeit in sich gefunden, nach der er sich so sehr verzehrte. Gleichzeitig wurde ihm immer klarer, dass Männer ihn im Grunde abstießen. Die Art, wie sie sprachen, die Art, wie sie liefen, die Art, wie sie liebten. Ein Stachel im Gedärm. Und er selbst war einer davon. Walter Beneken lag mit sich selbst über Kreuz.

Doch zugleich blitzte eine weitere Wahrheit in ihm auf, die nur deshalb für ihn denkbar war, weil seine Fantasien nun einen weiteren Raum ausschreiten konnten als diejenigen gewöhnlicher Männerschädel: dass diese drei an der Tat Beteiligten nicht – wie es nahelag und die Überlebenden glauben machen wollten – Gegner und Rivalen gewesen waren, sondern, im Gegenteil, dass die beiden Frauen nicht nur in Liebe zu demselben Mann vereint waren, sondern womöglich auch in der Liebe zueinander. Eine amoralische Allianz – zumindest in den Kategorien jener gängigen Moral, die auch Walter durchbrochen hatte. Und mochte dies nicht ein Quell der Sympathie sein, die Beneken von Anbeginn an für die Harbou empfunden hatte, diese dritte Dimension des Geschlechtlichen, die sich ihm eben eröffnete – und die sie längst kannte? Endlich sah er, wie ähnlich die Verdächtige und er einander waren. Wie voreingenommen er von Anbeginn an gewesen war.

Im Schneckenhaus fragte niemand danach, es verbot sich förmlich. Denn wenn man diese allzu simple und wohlgeordnete Moral ernst nähme, wenn man sie zur Maßgabe des eigenen Handelns machte, wäre das Leben, das die Schneckenhausmänner führten, nicht möglich. Sie wären vor sich selbst nicht mehr sicher. Sie konnten nur in dem doppelten

Boden zwischen Wahrheit und Lüge überleben, in der gelungenen Inszenierung.

Jeder und jede spielte seine Rolle in diesem Dreieck: geheime Wünsche, heimliche Bedürfnisse, eine weit über das Übliche hinausgehende Freude am exzentrischen Spiel. Eine Waffe spielte eine Rolle, die womöglich Ausdruck von Zwang oder auch einfach nur Ausdruck einer sich steigernden Lust am Experiment war. Eine Waffe, die man nicht unbedingt als Instrument des Tötens denken musste, sondern – wer weiß – des Nervenkitzels? Wie leicht die Steigerung der Lust in die Nähe des Todes geraten konnten, wusste Beneken. Dünner als ein Haar war die Kluft. Was, wenn zwar das Tummeln und Turteln zu dritt kein Irrtum, der Schuss aber einer gewesen war? Was, wenn die Waffe nur ein starker Reiz und der Schuss tatsächlich nur ein Unfall war, über den man den Mantel des Schweigens zu decken versuchte, um die Lebenden nicht unwiderruflich zu schädigen?

War dann die Schuldfrage nicht gänzlich unangebracht? Weil dann nämlich im gegenseitigen Einvernehmen das Risiko des Todes und der – wenn man es mit diesem veralteten Wort bezeichnen wollte – Sünde gleichermaßen verteilt gewesen wäre und sich in der einen oder anderen Form alle gleichermaßen betroffen und schuldig gemacht hatten auf der Suche nach – tiefen Erfahrungen? Dies war die wohl abwegigste Version der Tat, aber war das Leben selbst nicht mitunter abwegig und wählte oft die absurdeste unter allen Varianten? Und war es nicht auch das Leben selbst, das den Kriminalkommissar Beneken und die Nackttänzerin Marlene in ein und denselben Körper gepflanzt hatte?

Und war dann der Schrei eines Mannes, den die Nachbarin gehört haben wollte, nicht möglicherweise der Verzweiflungsschrei desjenigen, der ein geliebtes Wesen verloren hatte?

Staubstern

Als Beneken ein weiteres Mal die teppichbezogenen Treppen des Schmargendorfer Hausflurs hinaufschritt, überraschte ihn blindwütige Tätigkeit im ersten Obergeschoss. Die Tür stand offen, das Polizeisiegel war entfernt. Beneken warf einen Blick hinein. Im Flur wurde gemalert, der Boden war mit Zeitungspapier ausgelegt. Lang und Harbou hatten unverzüglich gehandelt. Die Einstellung des Verfahrens war ihnen bereits bekannt gemacht worden. Seine Vorgesetzten waren einfach über Beneken hinweggegangen.

Nachdenklich stieg Beneken die letzten Treppenstufen hinauf und klingelte erneut an der bekannten Tür. Wieder öffnete die Dame im schimmernden Morgenmantel. Der schien ihre Alltagskleidung zu sein.

«Kennen Sie diese Frau?» Beneken zeigte ihr ein Foto der Thea von Harbou. Ein Porträt. Sie sah die Betrachterin geradeheraus an. Die Nachbarin nickte. Der Kommissar war diesmal nicht zu ihr hineingetreten.

«Natürlich», sagte die Nachbarin, «sie verkehrte regelmäßig im Hause Lang.»

«Kannten Sie den Anlass ihrer Besuche?»

«Ich hielt sie für eine enge Freundin der Dame des Hauses.»

«Wieso?»

«Weil man sie gelegentlich Arm in Arm auf der Treppe sah.»

«Arm in Arm, sind Sie sicher?»

«Ja, Herr Kommissar. Manchmal gingen sie alle drei untergehakt.»

«Seit wann ging das so? Können Sie sich erinnern?»

«Schon ein paar Wochen, wenigstens. Höchstens zwei Monate.»

Beneken schob den Hut in den Nacken und runzelte die Stirn.

«Und hatte sich sonst irgendetwas verändert, in diesem Haushalt, nachdem diese zweite Dame aufgetaucht war?», fragte er vorsichtshalber, obwohl er bereits wusste, was er wissen wollte.

«Herr Kommissar, ich bin die Nachbarin, nicht die Haushälterin.»

Beneken nickte verständnisvoll und tippte dann zum Abschied an seine Hutkrempe. «Vielen Dank!»

Beneken löste ein Billett für die Untergrundbahn, deren rumpelnde und quietschende Geräusche die Charlottenburger Bezirke erst seit wenigen Wochen mit Mitte verband. Die Strecke bis zum Hochbahnhof Uhlandstraße bewältigte er zu Fuß, dann stieg er über großzügige Treppen in die Halle mit ihrer eleganten Metallkonstruktion hinauf. Binnen Minuten war Beneken wieder im Herzen Alt-Berlins. Vom Potsdamer Platz ging er – wiederum zu Fuß – die Friedrichstraße hinunter in das Zentrum der jüdischen Gemeinde. Es lag nicht weit entfernt von der Oranienburger, vom Hackeschen Markt und ihren Orten der Zwischenwelt. Der Zufall wollte es so.

Der Gemeindesekretär, der ihm Auskunft gab, war nur wenig älter als Beneken, doch sein Haaransatz war bereits weit zurückgewichen. Die schwarze, von silbernen Fäden durchzogene Kippa verbarg die Glatze zu einem Teil, vollständig verstecken konnte sie sie nicht. Das Gesicht war schmal, die Gesten weich und nachdenklich. Auch er schien Marlenes Parfüm wahrzunehmen. Das Lächeln, mit dem er den Kriminaler bedachte, war unergründlich.

«Wir führen kein Sterberegister in der jüdischen Gemeinde. *Vom Staub bist du gekommen, zum Staube wirst du gehen*, das ist unsere Überzeugung. Eitel ist der Mensch ohne Maß. Im Angesicht des Höchsten pflegen wir Demut.»

«Das heißt, es gibt in ihrer Gemeinde keinerlei Unterlagen über Elisabeth Rosenthals Geburt oder Tod?»

Ergeben bereitete der Gemeindesekretär die Hände aus. «ER gibt Leben, ER nimmt es. Wir sind nicht die Buchhalter dessen, dessen Name wir nicht aussprechen.»

«Interessiert es Sie nicht, wer aus welchen Gründen in ihrer geweihten Erde zu liegen kommt?», fragte Walter.

«Wenn die Zeitlichkeit zu einem Ende gekommen ist und die Ewigkeit begonnen hat, wer fragt da noch nach kleinlichen Details? Das sind irdische Fragen. Gott ist größer.»

Beneken nahm seinen Hut vom Tresen und setzte ihn auf den Kopf. Er fragte sich wirklich, ob die Gelassenheit des Gemeindesekretärs der Beneken eigenen Neugier und Akribie nicht tatsächlich überlegen war. Welchen Wert hatte denn die Wahrheit, wenn ein jeder sie sich zurechtschneidern konnte?

Unliebsame Nähe …

Diesmal hatte Marlene nicht durch das Guckloch im Vorhang geschaut. An ihrem zweiten Bühnenabend riss es sie derart von den Beinen, dass sie die Vorstellung beinahe abgebrochen hätte. Eben hatte sie begonnen, sich zu entkleiden. Die Bolerojacke flatterte auf den Klängen der Musik bereits zu Boden, majestätisch wie ein Raubvogel. Da streifte ihr Blick wie zufällig den Tisch in der Loge der ersten Galerie.

Er war leicht erhaben über denen des Parketts, aber noch vor der ersten Reihe der Scheinwerfer, sodass Marlene nicht geblendet war. In dieser vorderen Reihe der Galerie konnte sie die Gäste gut erkennen. Sie streifte die Reihe nur, doch das Streifen reichte aus, die Gesichter zu erkennen und die Bretter unter ihr wanken zu lassen: Thea von Harbou und Fritz Lang waren zurückgekehrt, es war derselbe Tisch wie vordem. Offenbar schickten sie sich an, Stammgäste zu werden. Und innerhalb weniger Sekunden wurde Marlene wieder zu Walter. Harbou und Lang saßen dort und beobachteten ihn – ganz unverhohlen und mit freundlicher Miene. Nickte ihm die Harbou sogar zu? Jedenfalls – das sprach eindeutig aus ihrem Verhalten – waren sie nicht gekommen, um zu schauen. Sie waren gekommen, um sich zu zeigen. Sie hatten ihn erkannt.

Das Blitzen ihrer blassblauen Zauberaugen befeuerte das Lächeln der Harbou. So, wie sie stets den Fotografen fixierte – immer sah sie direkt in die Linse –, so fixierte sie nun die Tänzerin: wie der Kater das Mäuschen, das er zu seinem Spielzeug erkoren hat. Lang rauchte genüsslich. Das Monokel ins Auge geklemmt, den Rest seiner Zigarette auf eine silberne Nadel gespießt. Mit zitternden Knien brachte Beneken die Nummer zu Ende. Er sehnte sich nach dem Erlöschen des Scheinwerfers, der seinen Körper in Helligkeit tauchte, gefolgt von einem Augenblick völliger Dunkelheit, da er von der Bühne fliehen konnte. Doch als es so weit war, als der Lichtstrahl so blitzschnell zusammenschnurrte, dass er auf einer Nadelspitze hätte tanzen können, als Beneken darauf mit flinken Griffen seine Bekleidung einsammelte und der Applaus über ihn hereinbrach wie ein Gewitterschauer, da hörte er selbst durch diesen Lärm hindurch das Rücken der Stühle in der ersten Galerie.

Und als das Licht den Saal wieder erleuchtete, lugte Beneken, die Kleider in seinen Händen, aus der Bühnengasse in den Zuschauerraum hinaus. Der Tisch war verlassen. Und Beneken wusste im selben Moment, dass er ihnen diesmal nicht entkommen konnte.

Er eilte in die Garderobe. Lilly war dort. «Ich muss von hier verschwinden!», flüsterte Beneken ihr zu.

«Aber warum?» Lilly zog sich gerade die Lippen nach.

«Ich bin gesehen worden!»

«Bist du nicht genau aus diesem Grunde hier: um gesehen zu werden?»

«Aber nicht von diesen Leuten.» Beneken hatte alle persönlichen Gegenstände zusammengerafft, den Pelzmantel trug er über der Armbeuge. In diesem Moment sprang die Tür auf. Beneken versteinerte. Doch es war nicht Lang, nicht die Harbou, sondern Otto.

«Mach ma' halblang, Kleene! Wo willste'n hin?», fragte er. «Der Abend ist noch nicht zu Ende.»

«Es sitzen Gäste im Publikum, denen ich nicht begegnen möchte.»

Otto musterte Beneken, als wollte er in seine Seele blicken. Er senkte seine Stimme. «Ich glaube, das sind dieselben, die eine enorme Summe bezahlt haben, um dich tanzen zu sehen. Sie warten draußen im Auto – mit Chauffeur und laufendem Motor.»

Beneken starrte ihn ungläubig an. Otto zog ein Bündel Geldscheine aus der Gesäßtasche. Er zählte eine Handvoll Scheine ab und steckte sie Beneken in den Ausschnitt. Augenblicklich riss der sie dort wieder heraus und warf sie zu Boden. Lilly ging auf die Knie und sammelte sie ein. «Marlene!», rief sic entsetzt.

«Die wollen mir an den Kragen.»

«Diese charmanten Herrschaften? Auf keinen Fall. Das sind Leute vom Kintopp.»

Beneken war wie erstarrt. Sie saßen draußen in einem Automobil und erwarteten ihn.

«Otto, wenn ich in dieses Auto steige, wirst du mich nie wiedersehen.» Er spürte, wie panisch er klang.

«Ach, Marlene, ich verstehe deine Angst nicht. Diese Leute wollen, dass du für sie tanzt. Was ist so schlimm daran? Du hast es heute schon getan.» Die Geldscheine knisterten in Ottos Faust. Sicherlich befürchtete er, sie zu verlieren, wenn seine Künstlerin nicht spurte. Hilfe suchend sah Otto Lilly an. «Und wenn ich dich begleite?», sprang die Tänzerin ihm bei.

Das würdest du für mich tun?, fragte Beneken stumm, nur mit einem Blick.

Sie deutete einen Kuss an.

«Aber wer tanzt dann für Otto?»

Otto winkte ab. «Zerbrecht euch darüber nich' de Köppe, Mädels! Notfalls steij' ick selber in de Strappse.»

Der Chauffeur schwenkte die Türen auf. Es war das Auto mit den weißen Ledersitzen. Auf der Rückbank hatte die Harbou Platz genommen, Lang saß vorn, auf dem Sitz neben dem Fahrer. Auf der Rückbank war Platz für drei.

Lilly ließ Walter den Vortritt. So kam er direkt neben der Filmautorin zu sitzen. Er erkannte ihr Parfüm, etwas blumig, nur das Strickzeug hatte sie nicht bei sich. Oder der Chauffeur hatte es an einer anderen Stelle des Fahrzeugs verstaut.

Die Tür schlug ins Schloss, Walter erkannte das mehrdeutige Lächeln der Harbou in der Dunkelheit. «Wie heißen Sie denn, schöne Dame?»

«Marlene», sagte Walter mit versagender Stimme. Hatte sie ihn etwa nicht erkannt?

Lang mischte sich von vorne ein: «Marleneken, mit die scheene – Beneken.»

«Wohin bringen sie uns?», fragte Lilly.

«Wir wollen, dass Sie für uns tanzen», sagte die Harbou freundlich.

«Und *wo* sollen wir tanzen?», fragte Walter mit Nachdruck.

«Das muss euch nicht interessieren. Wir haben viel Geld für euch bezahlt», mischte sich Lang vom Vordersitz ein. «Sicherlich eine Monatsgage oder mehr.»

«Sie kennen den Ort», sagte die Harbou, an Beneken gerichtet. Der Kommissar vernahm sehr wohl, dass sie höfliche Distanz wahrte.

«Du kennst den Ort?», fragte Lilly. «Woher?»

«Ich verspreche Ihnen: Sie werden heute Dinge über Ihre Freundin erfahren, die Sie mit Sicherheit noch nicht wussten», sagte die Harbou. Beneken starrte vor sich hin.

Das Fahrzeug verminderte schon nach kurzer Fahrt wieder die Geschwindigkeit. Sie konnten kaum ein Stück von Mitte entfernt sein, womöglich noch in Mitte. Der Fahrer manövrierte es vor ein Gebäude, dessen Umrisse Beneken bekannt vorkamen.

Dann wurde die Tür von außen aufgerissen. Ein Diener verbeugte sich. Beneken erkannte die Livree, es war der Concierge des Adlon Hotels. Beim Aussteigen küsste er Benekens Hand. Unter Marlenes Puder hatte er den Kommissar nicht erkannt.

Sie durchschritten das menschenleere Foyer. Selbst der Tresen der Rezeption war so tief in der Nacht verwaist. Der Aufzugführer war noch im Dienst. Eilfertig zog er das Gitter auf und lud die Gäste in den Aufzugkäfig. Er bot nicht viel Platz. Lang drängelte sich neben Beneken, während Thea von Harbou Lilly in ein Gespräch verwickelte. «Ich bin mir sicher, wir werden uns gut vertragen heute Abend.» Lang kniff Beneken anzüglich in die Seite, dass der Fahrstuhlführer schon empörte Blicke warf.

Stockwerk für Stockwerk ließ Beneken vorüberziehen. Unter leisem Summen fuhr der Aufzug hoch hinauf, in eine der oberen Etagen. Von dort aus musste man einen wunderbaren Blick auf das Brandenburger Tor haben, dachte Beneken.

«Ich weiß ja nicht, wat du gegen diese charmanten Herrschaften hast, Marleneken», fragte Lilly.

«Lass diesen Spitznamen», zischte Beneken, und Lilly zog sich schmollend von der Freundin zurück. «Bitte!»

Sie erreichten den Korridor des ersten Dachgeschosses. Schon bevor der Fahrstuhlführer die Gittertür aufzog, vernahm Beneken Musik. Sie hallte den Gang hinunter. Es war nicht der kratzende Klang eines Grammofons, sondern ein voller, lauter. Die Teppiche schluckten die Geräusche ihrer Schritte. Je näher sie der Musik kamen, desto deutlicher mischten sich Stimmen hinein, eine Vielzahl von Stimmen, eine Gesellschaft. Lang schritt voraus und öffnete die Tür. Beneken und Lilly schlüpften hinterdrein und betraten eine andere Welt.

Der Teppich hatte nicht nur ihre Schrittgeräusche geschluckt, sondern auch die der Party. Nun drangen sie mit voller Wucht an ihre Ohren. Es war eine vielköpfige Gesellschaft, überall standen Gäste im Gespräch, überall leere Gläser und anderes Geschirr. Um die Musik zu übertönen, mussten sie einander anschreien.

«Was wird hier gefeiert?», fragte Beneken den Regisseur. Lang musste sich zweimal vergewissern, ehe er ihn verstanden hatte. Er neigte sich ihm zu, damit er ihn besser hörte: «Wir feiern die Vollendung unseres Films: *Das wandernde Bild.*»

Beneken ließ ihn stehen und suchte sich seinen Weg durch die Gesellschaft. Er ließ sich durch die Raumflucht treiben, musterte die schwer angeheiterten Gäste. Einige befanden sich im Gespräch, andere bereits in der Umarmung. Jede Scham war fallen gelassen. Paare fläzten sich über die Möbelstücke, ohne Rücksicht auf ihre Kleider und Smokings zu nehmen, als befänden sie sich in ihrem eigenen Wohnzimmer. Überall standen Champagnergläser herum, Beneken erkannte sie an der Kelchform. Er musterte die

Gesichter der Gäste. In der Mitte einer Ottomane, von Männern wie Frauen gleichermaßen umringt, sah er eines, das ihm schon begegnet war: überlebensgroß, im Lichtspielpalast. Seine Lippen formten ihren Namen. Dann sprach er seinen Nebenmann an: «Verzeihen Sie, ist das nicht …?»

«Die Dubarry», bestätigte der Angesprochene mit schwerer Zunge.

Inmitten ihrer Bewunderer strahlte sie Würde und Eleganz aus, ganz anders als in dem Film, wo sie lebhaft und beinahe kindlich-quirlig gewirkt hatte. Hier war sie Pola Negri, ganz Dame. Wenn sie an ihrem Champagner nippte, senkte sie die Augenlider und spreizte einen Finger ab. Die Musik setzte aus.

Lang hatte ihn wieder eingeholt. «Jannings ist auch hier», flüsterte er über Benekens Schulter hinweg. «Er war der König in der *Madame Dubarry*, Ludwig der Fünfzehnte. Haben Sie den gesehen? Ich dächte, wir sprachen darüber.»

Beneken nickte und konnte den Blick nicht von der Hauptdarstellerin wenden. Sie sah dem Ebenbild im Film ähnlich. Nur die Bewegungen waren fließender, natürlicher.

«Pommer ist auch hier. Und Lubitsch», fuhr Lang fort. «Alle sind sie gekommen. Alle wollen dich tanzen sehen, Marlene.»

Beneken wich zurück, als Lang seinen Künstlernamen aussprach, und stieß gegen Lilly.

«Das sind alles Leute, die ich aus Filmen kenne!», entfuhr es ihr. «Der Dicke da und die mit den dunklen Augenhöhlen, die kenne ich! Und die Frau mit den hohen Wangenknochen. Wie heißt sie doch gleich …?»

«Die hohen Wangen musste Pola teuer bezahlen: Sie haben

ihr die Weisheits- und Backenzähne dafür gezogen», erklärte Lang lachend.

«Im Ernst?», fragte Lilly.

«Im Ernst», bestätigte der Regisseur angesichts ihres erstaunten Gesichtsausdrucks.

«Drehen Sie heute Abend einen Film?», vermutete sie da und sah sich um, als suche sie nach Kameras.

«O nein, wir sind froh, dass wir einen fertig haben. Erst nächste Woche beginnt die Kurbelei für den *Müden Tod*. Die Kulissen sind eingerichtet, einen Teil konnten Sie bereits mit eigenen Augen sehen.»

Die Harbou und Lang hatten Lilly und Beneken in ihre Mitte genommen. Sie führten sie zur Kapelle: Trompete, Posaune, ein Kontrabass, Schlagzeug ... die Kombo war besser ausgestattet als Ottos Etablissement. Sogar die Kellner waren eleganter. Sämtliche trugen eine Fliege – auch wenn die Hemdkragen und Bruststücke darunter nach Pappimitaten aussahen.

«Welches Lied soll ich für dich spielen lassen, Marlene?», fragte die Harbou. «Ich liebe es, dir beim Tanzen zuzuschauen!» Sie hatte sich eng bei Lilly untergehakt.

«Ich werde nicht tanzen», beharrte Beneken. «Nicht vor diesen Leuten.»

«Sind sie dir nicht fein genug? Tanzt du lieber vor Luden und Schiebern als vor uns?»

Beneken schwieg. Doch sein Gesichtsausdruck sprach ein deutliches Wort: niemals.

«Ich springe für dich ein», sagte Lilly.

Fragend sah Beneken Lang an. Der beharrte charmant: «Wir hätten aber zu gern Sie gesehen, Sie machen das ganz wunderbar.»

«… aber wenn du dich unwohl fühlst», ergänzte die Harbou da mit dem offensten Lächeln.

Lilly klatschte in die Hände. Die Harbou führte sie hinüber zum Kapellmeister und flüsterte ihm etwas zu. Dann stieg sie auf die Bühne, versicherte sich der Aufmerksamkeit der Gäste und stellte, Beneken glaubte seinen Ohren nicht zu trauen, Lilly als «meine liebe Freundin» vor. Und die illustre Gesellschaft applaudierte brav, obwohl Lilly noch kein Bein gekrümmt hatte.

Thea von Harbou hatte einen Tanz besonderer Natur angekündigt – sie habe Lillys Darbietung schon um das eine oder andere Mal persönlich bewundern dürfen.

Das Publikum strömte angesichts dieser Ankündigung herbei, und noch in viel stärkerem Maße, als die Musik das Beneken bekannte, mitreißende Jazzstück zu spielen begann, das Lillys Auftritt stets begleitete. Aus allen Räumen der Flucht kamen die Menschen herbei und versammelten sich in respektvollem Abstand um den imaginären Kreis, den Kapelle und Tänzerin formten. Nachdem Lilly die ersten Takte bewegungslos und mit geschlossenen Augen über sich hinwegfließen ließ, begann sie, sich nun ganz allmählich im Rhythmus zu wiegen. Walter kannte jede einzelne Passage dieses Tanzes. Er wusste, dass sie das Publikum immer stärker in ihren Bann zog. Jeden Abend war es so, ihre Präsenz auf der Bühne war machtvoll. Als sie die ersten Kleidungsstücke in den Saal schleuderte, spürte er die Spannung im Saal steigen. Doch es war eine offene, erwartungsvolle Spannung, keine empörte, verurteilende. Immer mehr Menschen strömten aus unsichtbaren Nebenräumen herbei, nein, das war kein Zimmer, keine Suite, das war eine eigene Villa mitten im Adlon, im Herzen Berlins. Und um

Lillys Darbietung herum wuchs eine Arena aus hundert Augen heran, einige gierig, einige glasig. Etliche Zuschauer trugen noch Champagnergläser in der Hand, einige setzten einfach die Flasche an die Lippen. Beneken sah Männer Männer küssen und Frauen Frauen. Lilly ließ die Hüften kreisen, langsam, provozierend langsam. Ihr Tanz versetzte den Saal in eine knisternde Aufmerksamkeit, alle Blicke gehörten ihr allein. Manches Augenpaar hatte schon ein Schleier verdunkelt zu vorgerückter Stunde. Selbst Pola Negri, der Inbegriff der verführerischen Frau, wurde Teil von Lillys Publikum, ebenso wie – etwas beleibter als seine mädchenhafte Mätresse – König Ludwig der Fünfzehnte in der Gestalt Emil Jannings'. Der Schauspieler mit den tiefen Augenhöhlen trug sogar das Filmkostüm mit den prächtig besetzten Rockschößen. Beneken hörte die Negri interessierte Bemerkungen zu Lillys Tanz machen mit ihrem samtenen polnischen Akzent; der Stummfilm verschwieg diesen Tonfall. Beneken sah den Kamera-Operateur Seeber sich tief vor Jannings verbeugen – und Seine Majestät nickte huldvoll zurück. Beneken fühlte sich der echten, wahren Welt enthoben und mit dieser Lichtspielwelt verschmolzen. Jannings war der König. Und in diesem Saal waren sie allesamt seine Untertanen. Ihm zu Ehren tanzte Lilly. Jannings' Augen ruhten auf ihr – und wenn selbst der König nichts dagegen hatte, wen sollte es stören, dass sie sich hier in aller privaten Öffentlichkeit entkleidete?

Als die Bläser den Rhythmus vorantrieben, steigerte Lilly ihre lasziven Bewegungen zur Ekstase. Beneken kannte den Moment, da Lilly sich vollends der Musik zu überlassen schien. Einige Gäste feuerten sie an, doch die meisten folgten stumm. Niemand unterschritt einen respektvollen

Abstand, auch nicht der König. Selbst als Lilly sich beinahe entkleidet hatte, gellten keine anzüglichen Rufe, wie sie in Ottos Etablissement an der Tagesordnung waren. Der König garantierte den Respekt vor der Künstlerin.

Als der letzte Takt verklungen und Lilly in einer Demutsgeste des ganzen Körpers auf den Boden gesunken war, wagten einige Zuschauer, den Bannkreis zwischen Darstellerin und Publikum zu durchbrechen. Thea von Harbou war die Erste, die zu Lilly eilte und sie beinahe zärtlich aufhob. Sie drückte ihr zwei Küsse auf die Wangen und umarmte sie innig. Beneken beobachtete, wie sich Ludwig der Fünfzehnte immer dichter an die Freundin heranschob. Da wurde er von Lang am Ellenbogen gefasst und mit Bestimmtheit durch den Raum geführt, auf eine Tür zu.

Die Dachterrasse ermöglichte den Blick auf das Brandenburger Tor. Dunkel und mächtig erhob es sich in der Dunkelheit. Die Umrisse waren nur erahnbar. Dahinter erstreckte sich der Tiergarten. In dieser Richtung konnte man keine Stadt mehr vermuten.

«*Marleneken mit die scheene Beneken*», summte Lang und schloss die Terrassentür von außen.

«Was wollen Sie von mir?», fragte Beneken und erhob die Stimme. «Ich bin keins von den käuflichen Mädchen …»

Lang beschwichtigte mit einer Geste. «Sie sind überhaupt kein Mädchen. Lassen Sie das Drama, Beneken, jetzt können wir doch offen reden.»

Die Tür zur Dachterrasse schwang auf, und die Harbou gesellte sich zu ihnen. «Endlich unter uns», hauchte sie erleichtert. Wohin sie Lilly gebracht hatte, erwähnte sie nicht.

«Was wollen Sie von mir?», fragte Beneken. «Niemand wird

Sie belangen, was auch immer Sie mit Lisa angestellt haben. Lassen Sie mich in Frieden.»

Lang entzündete eine Zigarette. Er reichte sie der Harbou, bevor er sich eine eigene anzündete. Einen Moment lang flammte die Zigarettenspitze auf, und Beneken erkannte die Gesichtszüge der Schriftstellerin. Sie waren entspannt. Dann versank ihr Antlitz wieder im Dunkeln. Nur aus dem Inneren der Hotelflucht drang Licht. Es schärfte die Konturen ihres Schattens. Sanft legte die Harbou eine Hand auf Benekens Arm. «Schön, dass Sie zu uns gefunden haben.»

«Es war nicht ganz freiwillig, wie Sie sich vielleicht erinnern», wagte Beneken zu erwähnen.

«Ich möchte über etwas anderes mit Ihnen reden», sagte Lang und wischte mit großzügiger Geste Benekens Widerstand beiseite. Die Harbou hielt sich zurück. Beneken verschränkte die Arme.

«Wissen Sie, mein Freund, unser Schicksal liegt in Ihrer Hand. Das muss ich Ihnen nicht erklären. Aber andrerseits», Lang lächelte hintergründig, «liegt Ihres auch in unserer Hand.»

«Das verstehe ich nicht. Erklären Sie es mir!»

Lang seufzte. Die Harbou übernahm die Fortsetzung seiner Rede. «Weiß Ihr Vorgesetzter von Ihrem Doppelleben, *Marlene*? Was würde der Berliner Polizeipräsident davon halten, wenn er wüsste, dass einer seiner Kriminaler ein Einsfünfundsiebziger ist? Einer, der in Frauenkleidern die Kerle aufreizt, bis sie mit ihm ins Separee gehen?»

«Ich gehe in kein Separee, niemals. Ich tanze, das war's.»

«Dem Polizeipräsidenten wird dieser feine Unterschied nicht deutlich genug sein. Vom Innenminister gar nicht zu reden ...»

«Sind wir hier, damit Sie mich erpressen können?», fragte Beneken.

«Wir sind hier, um uns zu schützen, Beneken, Sie und uns. Uns alle gemeinsam», übernahm Lang wieder.

«Was wünschen Sie von mir, Herr Lang?»

«Sehen Sie, ich habe monatelang im Graben gelegen, das ununterbrochene Pfeifen der Granaten in den Ohren, das Dröhnen, wenn sie krepierten und mich unter Dreck begruben, bis ich nicht mehr wusste, wer lebendiger ist, der Schlamm oder ich. Ich habe nur einen Wunsch: leben.» Langs Miene war sehr ernst. «Leben», wiederholte er.

«Das rechtfertigt nicht, eine Lüge als Wahrheit darzustellen.»

«Schaun S', eine absolute Wahrheit gibt es nicht. Es war ein Unfall. Die Waffe war Teil eines übermütigen Spiels ...»

«Die Waffe war geladen», erinnerte Beneken. «Sie nahmen den Unfall in Kauf.»

«Niemand leidet mehr darunter als ich.»

«Doch», fuhr die Harbou ins Gespräch, «ich.»

«Wir beide», entschied Lang. «Die Dinge sind uns entglitten. Niemand bedauert dies mehr als wir.» Lang nahm erneut einen tiefen Zug und blies den Rauch in die Nachtluft, da schlug die Terrassentür auf.

«Hier bist du also!», platzte Lilly in die Gesellschaft. Die Zunge war ihr schwer, auch sie war dem Champagner erlegen. «Warum steht ihr hier so langweilig herum?» Sie legte einen Arm um die Schultern der Harbou.

Thea entwand sich ihr und schob sie zurück in die Räumlichkeiten des Dachgeschosses. «Wir kommen gleich, Schätzchen, warte auf mich. Ich bin gleich für dich da.» Ihre Stimme war samtig geworden. Beneken horchte auf.

«Schau dir diese Welt an, Marlene», sagte Lang da und deutete durch das Fenster in den Saal. Er war hell erleuchtet, Menschen tanzten und lachten. Es war warm, niemand hungerte. Niemand musste befürchten, dass ihm eine Granate auf den Kopf fiel. «Haben wir uns dieses Leben nicht verdient, nach den Jahren der Hölle? Nach den Jahren der Entbehrung, des Kriechens und Buckelns? Haben wir uns nicht verdient, die Welt ganz auszukosten, in all ihren Facetten und Geschmäckern? In all ihren Möglichkeiten und Unmöglichkeiten? Frei und unbeschwert?»

Beneken schwieg. In seinem Kopf wirbelte es.

«Warum sollte es nicht erlaubt sein, dass ein Mann einen Mann liebt und eine Frau eine Frau? Zwei Männer eine Frau? Und was man sich noch ausdenken kann? Warum denn in drei Teufels Namen nicht? Wir haben zwei Kaiser und einen Zaren verjagt. Warum sollten wir unser schlechtes Gewissen nicht verjagen?»

Erneut antwortete Beneken nicht. Er vertrat immer noch das Gesetz. Doch für welche Art von Moral stand er?

Lang nutzte Benekens Schweigen aus: «Könnten Sie sich damit anfreunden, die ganze Sache auf sich beruhen zu lassen?»

«Wenn Sie Gerechtigkeit suchen: Das wäre Gerechtigkeit!», fügte die Harbou hinzu.

Lang kam ihm so nahe, dass er den Rauch in seinem Atem riechen konnte. «Warum wollen Sie uns vernichten?», raunte er. «Unser nächster Film wird ein Meisterwerk werden, ein bewegtes Volksmärchen. Die Welt wird davor auf die Knie sinken!»

Beneken erweckte den Eindruck, vollkommen ruhig zu sein. «Ich will nur eines nicht: Teil einer Lüge werden.»

Fritz Lang bog den Körper zurück und lachte ihn scheinbar aus.

«Wer von Ihnen hielt die Waffe in der Hand, als der Schuss Lisa Rosenthal traf?», fragte Beneken, der nun trotz Puder und roter Lippen kaum noch weiblich wirkte.

Die Harbou sah ihn schweigend an. Dann gab sie Auskunft, ohne Beneken etwas Neues zu sagen. «Es war unser aller Hand.»

«Sobald Sie», ergriff Lang erneut das Wort, «in Ihren Äußerungen in diesem Fall zu einem anderen Ergebnis als Unfalltod kommen, wird es eine Zeugenaussage aus dem Kreise eines gewissen», seine Lippen krausten sich, «Etablissements geben, dass der Kriminalkommissar Walter Beneken identisch ist mit der Nackttänzerin Marlene. Und dass besagte Marlene gelegentlich mit Männern geht und sich dafür bezahlen lässt: Sodomie und Prostitution, Marleneken! Das bedeutet Zuchthaus, Suspendierung.»

Die Harbou legte ihm beschwichtigend eine Hand auf den Arm. «Wir wollen nur dein Bestes, Marlene.» Die Harbou lächelte.

«Solange ich am Leben bin, werde ich für die Wahrheit kämpfen», warf Beneken ein.

«Wirklich?», fragte Lang. «Für wessen Wahrheit: Benekens? Oder Marlenekens?»

Walter zitterte angesichts der Wucht der Entscheidung. Gewiss würden sie nicht zögern, ihn zu vernichten, wenn er ihnen keine Wahl ließ … Nicht diese beiden vor ihm, sicher nicht. Aber die, die sie schützten. Beneken verstand, dass auch der Regisseur und die berühmte Filmautorin nur Rädchen im Getriebe einer gigantischen Industrie waren. Deren Walzen und Motoren nicht zögerten, ihn zu zermalmen.

«Ihr Leben wird deutlich leichter sein, wenn Sie sich in diesem Fall unserer Wahrheit anschlössen. Zu Ihrem eigenen Schutz», sprach die Harbou. Immer noch lag ihre Hand auf seinem Arm. «Du bist in Gefahr, Marlene.»

Wieder hatte ihre Stimme diesen samtigen Ton angenommen. Beneken konnte nur schweigen.

«Unten wartet ein Wagen, der wird Sie nach Hause bringen. Sie und Lilly, wenn Sie das wünschen.»

«Das ist sehr freundlich von Ihnen», höhnte Beneken.

Lang und die Harbou verabschiedeten sich formvollendet. «Respekt, Herr Kommissar! Sie sind besser als diese Welt.» Lang klopfte ihm auf die Schulter wie einem seiner Kamera-Operateure nach einer gelungenen Einstellung.

Im Gehen streifte die Harbou Benekens Hand. Sie sah ihn an, um ihm zu zeigen, dass die Berührung kein Zufall war. «Denk immer daran, was in dir steckt, Marlene!»

Neben ihnen auf dem Rücksitz lag Benekens Männerkleidung, eingeschlagen in demselben Paket aus Packpapier, das er im Schneckenhaus beim Hackeschen Markt deponiert hatte.

«Was ist das?», fragte Lilly.

«Das? Das ist mein anderes Leben», antwortete Beneken. Er legte die Hand auf das Paket, wie um es zu schützen. Lilly legte die ihre darauf. Leise strich sie über seine Haut.

«Ich habe auch ein Paket», sagte sie. Sie zog es hervor. Es war ebenfalls mit braunem Packpapier verschnürt. Die Größe verriet Beneken, was darin war. «Geld», sagte Lilly. «Eine enorme Summe. Amerikanische Dollar. Dafür, dass wir getanzt haben.»

«*Du* hast getanzt», stellte Beneken richtig.

«Ich bin eingesprungen.»

Beneken sah schweigend zum Fenster hinaus.

«Wir sollen es jedenfalls aufteilen. Wurde mir gesagt», beharrte Lilly.

Benekens Augen füllten sich mit Tränen. Er hatte das Gefühl für die richtige Entscheidung verloren. Das Geld konnte der Mutter helfen, ihnen beiden. Aber was war der Preis? Ein Tanz, bei dem man die Kleider von sich warf? Ein Leben, das man hinter sich ließ? Beneken ahnte, dass sie den Lohn noch nicht abgegolten hatten. Lilly schob das Paket auf die Seite und schmiegte sich an Beneken. Ihre Hand glitt an sein Knie. Dann langsam die Innenseite seines Beines hinauf. Als ihre Hand in der Bucht angekommen war, wo die Schenkel aufeinandertrafen, nahm Beneken sie und legte sie auf ihren eigenen Schenkel. «Lilly, nicht doch. Ich bin deine Freundin.»

Erneut zog sie sich auf ihre Seite der Rückbank zurück. «Ich dachte, du könntest ein wenig lieb zu mir sein.»

Er beugte sich zu ihr hinüber, um eine Entschuldigung vorzubringen, doch mit einem Mal wandte sie sich herum, und ihre Lippen verschlossen ihm den Weg zu seinen Worten.

Der sechste Tag

Lilly?

Walter erwachte, als eine Hand durch seine Haare fuhr. Sein Kopf war schwer, Walter war es nicht gewohnt, Champagner zu trinken. Er war verwirrt.

«Lilly?», fragte er lallend.

«Walterchen, Walterchen!» Seine Mutter saß auf der Bettkante. «Du hast doch getrunken!»

Der Sohn rückte ab und zog sich das Federbett über den Kopf.

«Du machst mir vielleicht Sorgen!» Ihre Hand lag auf seiner Schulter.

«Lass mich in Ruhe, Mutter.» Walter zog die Decke enger.

«Es ist spät, du musst zum Dienst!»

«Ich war die Nacht im Dienst, Mutter. Du musst mich nicht erinnern.»

«Das hier sieht nicht nach Dienst aus.»

Sie hielt den Pelzmantel in der Hand. «Der gehört wohl einer Dame. Heißt sie Lilly?» Die Mutter lächelte unsicher.

«Ja, er gehört einer Dame. Und, ja, Lilly ist ihr Name.»

Die Mutter runzelte die Stirn. «Was kann der Grund sein, dass du eine Dame ohne ihren Mantel nach Hause schickst?» Ihre Hände glitten gegen den Strich über den Pelz. Die Härchen stellten sich unter der Bewegung auf. «So ein feines, kostbares Stück.»

«Seit wann bist du unter die Kriminaler gegangen, Mutter?» Obwohl ihm nicht zum Lächeln zumute war, versuchte es Walter. Sein Magen krampfte, während er den Mundwinkel zu einem unaufrichtigen Grinsen verzog.

«Walterchen, ich freue mich so sehr für dich!», sagte sie und presste den Pelz zärtlich an ihren Busen.

Scham ließ seinen Kopf erglühen. Er fand keine Worte. Und spürte doch, dass er etwas sagen musste, um die Lüge nicht in sein Schweigen wuchern zu lassen.

«Wann stellst du sie mir vor?»

Er drehte sich zur Wand. «Ach, Mutter, lass mich schlafen!»

Marlene!

Den ganzen Vormittag arbeitete Beneken an seinem Abschlussbericht. Doch er kam zu keinem Ergebnis. Wie paralysiert hatte er auf seinem Stuhl gesessen, unfähig, einen Entschluss zu fassen, geschweige denn Worte zu Papier zu bringen. Da hörte er eine vertraute Stimme auf dem Flur des Präsidiums. Sie schrie und zeterte. Beneken stürmte zur Tür und trat auf den Korridor. Sobald sie ihn entdeckte, verstummten ihre Lippen, das Geschrei erstarb. Lilly starrte Walter an. Walter starrte Lilly an. Lautlos formten ihre Lippen einen Namen: Marlene!

Lilly war leicht bekleidet, ihr Lippenstift verschmiert. Und doch erleichtert, ihre Freundin zu sehen. Oder war es ihr Freund? Zum ersten Mal sah sie ihn in Männerkleidern, doch eine Überraschung war dies nicht. Nur, dass er scheinbar vertraut war mit den Korridoren des Kommissariats, schien sie zu verwirren. Beneken spürte den Geschmack ihres Kusses auf den Lippen und fragte: «Kennen wir uns?» Er wollte ihr ein starkes Signal geben, damit sie sich nicht verquatschte.

Seine Lider zitterten, ihre Augen schwammen. Sie musste doch begreifen, dass er nicht anders handeln konnte. Er sah sie schlucken, durchatmen, sich fassen. Dann schaute sie ihm geradeheraus in die Augen. «Haben Sie zufällig eine Schwester, die Marlene heißt?», fragte Lilly mit bebenden

Lippen. «Sie haben doch eine ... Schwester?» Ihre Stimme brach.

Benekens Wangen glühten. Er verleugnete sie, um sich nicht in Gefahr zu bringen. In ihren Augen musste es wie Verrat erscheinen. Mit flehendem Blick versuchte er, ihr ein Schweigen aufzuerlegen, das er selbst nicht halten konnte.

Man zog sie von ihm fort, schleppte sie den Korridor hinunter, den Arrestzellen zu. Sie wehrte sich, begann zu schreien: «Marlene!»

Beneken wandte sich ab. Beschleunigte den Schritt, presste die Hände auf seine Ohren. Wie taub wankte Beneken in sein Büro und verschloss die Tür hinter sich. Erschöpft lehnte er sich dagegen und wartete, bis sich Lillys Stimme zum anderen Ende des Ganges hin verlor. Seine Hände zitterten. Er rang mit sich, aber nur einen kurzen Moment. Dann drückte er die Klinke hinunter und stürmte wieder hinaus.

Schneller als jemals erreichte er das Büro des Direktors. Er riss die Tür auf, und schon im nächsten Moment stand er zornbebend im Raum. Der Direktor blickte ihn an, als habe er ihn erwartet. Es gab nichts mehr zu lügen, nichts zu leugnen. Sein Lächeln drückte Verlegenheit aus.

«Lassen Sie sie frei!», rief Beneken.

«Von wem sprechen Sie?»

«Das wissen Sie genau. Sie hat nichts getan. Sie ist vollkommen unschuldig.»

«Unschuldig?», fragte der Direktor zurück. «Warum klingt das in diesem Zusammenhang so unpassend?»

«Was werfen Sie ihr vor?»

«Gewerbsmäßige Prostitution. Das ist strafbar in Berlin – und überall im Reich. Wir fanden Geld bei ihr – eine große Summe. Sie wissen nicht zufällig, woher diese Summe stammt?»

Beneken verstummte. Sie hatten ihnen eine Falle gestellt. Derartige Summen gab es nicht ohne Gegenleistung. Die Lüge breitete sich aus.

Beneken schwieg und überlegte. Wenn er sich nun an die Presse wandte und alles auffliegen ließe? Dass es nicht so einfach war, wie man es darstellen wollte? Dass es eine Ménage-à-trois war, ein amoralisches, sodomitisches Verhältnis? Es lag in seinen Händen, sich ins Abseits zu stellen, die Wahrheit wieder zu fassen zu bekommen.

«Wenn Sie Lilly verhaften», sprach Beneken und betonte jedes Wort, «müssen Sie mich ebenfalls verhaften.»

Der Direktor tat, als habe er Benekens Worte überhört. Eine Weile standen sie Auge in Auge und duellierten sich stumm über den Schreibtisch hinweg. Dann senkte der Vorgesetzte den Kopf auf die Unterlagen, als suche er etwas. «Machen Sie sich nicht lächerlich, Beneken!», zischte er durch die Zähne, ohne ihn anzuschauen. Beneken schwieg. Und hörte den Vorgesetzten zischen: «Zweihundert Millionen!»

«Wie bitte?»

«Zweihundert Millionen Goldmark. Das ist das Kapital der Ufa. Und die Ufa ist Hugenberg, und Hugenbergs rechte Hand ist Pommer, und Pommer ist der Mann hinter Lang. Der Erich und der Fritz – die nennen sich beim Vornamen! Wollen Sie dagegen ankämpfen? Sind Sie wahnsinnig, Beneken?»

Am Ende der Rede war seine Stimme nur noch ein Flüstern. Jetzt erst hob der Direktor den Kopf. Beneken sah die Angst in den Augen des Gegenübers. Der Direktorenblick war weich geworden, flehentlich beinahe. Gestern noch hatte er Respekt vor dem Vorgesetzten gehabt. Vor einer Stunde noch …

Beneken senkte den Kopf. «Es war ein Unfall», flüsterte er.

«Wie bitte?», fragte der Direktor.

«Es war ein Unfall», wiederholte Beneken, «natürlich war es das. Und nun lassen Sie Lilly frei!»

Der Direktor breitete die Arme aus und nahm Beneken an seine Brust. Beneken blieb teilnahmslos in der Umarmung. Sein Herz war erkaltet.

Durch sein stilles Einstimmen legte er den Deckmantel des Schweigens über die Tragweite der Vorgänge. Es war der Mantel, unter dem er sein Leben fortsetzen musste. Sollte er in einem Zuge auch Marlene beerdigen? Alles, was er in den letzten Tagen über sie erfahren hatte – und über sich selbst? Alles Verborgene in ihm, das er so lieb gewonnen hatte?

Er floh hinaus. Ein nachgerufenes, heuchlerisches Kompliment aus dem Munde des Vorgesetzten überhörte er.

Wasser. Schwarz.

Walter Beneken war frisch rasiert. Wenn er mit der Hand über seine Haut fuhr, spürte er die samtene Weiche. So gefiel er sich. So konnte er Marlene verabschieden. Obwohl er sich so wohlgefühlt hatte. Einen Teil seiner selbst kennengelernt hatte. Nur: In dieser Wahrheit war er auch Teil einer großen Lüge geworden. Nichts Aufrichtiges, nichts Geradliniges, nichts, was in seinen Augen von Wert war. Noch weniger in den Augen seiner Mutter. Nun hasste er den geliebten Wahrheitsberuf. Dahin hatten sie ihn gebracht, die Weltverdreher.

Akribisch faltete Walter das Packpapier an den Rändern und schloss die Falten über dem Paket. Dann verknotete er die Enden der Strippe. Das braun umwickelte Bündel enthielt die Essenz seines bürgerlichen Lebens: Die Kriminalmarke, die Hose, seine Dienstwaffe, die Jacke, den Mantel mit dem breiten Revers. Wenn man den Kragen hochschlug, konnte man sein Gesicht darin verbergen.

Walter legte es zu den anderen Paketen im Inneren der Schnecke und drückte dem Einbeinigen eine ganze Mark in die Hand. Der konnte nicht genug danken angesichts dieses fürstlichen Lohns. Walter zwinkerte ihm zu. Wie konnte der Kriegsversehrte auch wissen, dass Walter ihm sein Leben zu treuen Händen übergeben hatte? Wüsste er es, hielte er diesen Lohn sicherlich für angemessen.

Vor den beinahe blinden Spiegeln zog sich Walter die Lippen nach. Neben ihm scherzten zwei Kerle. Einer von ihnen ließ ein Bustier vor der Hühnerbrust baumeln. Die Haare waren gefettet, die Perücken lagen bereit. Ihren derben Scherzen haftete nichts Damenhaftes an. Ein Augenzwinkern nur, dann würden sie davon lassen.

Walter trat vor das Schneckenhaus. Die Nacht war warm, eines Freitags im Spätsommer würdig; die Schwärmer zahlreich. Eine Droschke rumpelte vorüber. Die Pferde scheuten, der Kutscher versuchte, sie mit der Stimme zu beruhigen. Pferdegetrappel war der Klang seiner Kindheit. Vor wenigen Jahren noch war die Luft erfüllt davon gewesen. Nun dominierte das Gebrumm. Oder das Quietschen der Elektrischen in der Kurve. Misthaufen und Hühnerställe waren längst aus den Höfen gekehrt. Einzig Karnickel fand man hie und da in windschiefen Käfigen zwischen den Kehrichteimern.

Er wandte sich der Oranienburger Straße zu, sah weder nach rechts, noch nach links. Die Perücke – Kurzhaar diesmal, nicht schulterlang wie sonst – hatte er mit Nadeln festgesteckt. Deren Enden scheuerten auf der Kopfhaut. Mit beiden Händen drückte er die französische Kappe darauf, richtete sein Dekolleté und ging mit wiegenden Hüften über die Straße. Die Elektrische wollte ihn zur Seite bimmeln, doch unerschrocken trat Walter auf die Gleise. Die Tram bremste hart, Sand rieselte auf die Schienen, scheuerte auf Eisen, Eisen schlug Funken, Feuer spritzte auf Sand. Passagier stolperte auf Passagier, alles purzelte fluchend durcheinander, ein Grollen ging durch den Wagen, das nicht an Walters Ohren drang. Mit festem, doch schwingendem Schritt ließ Walter die Oranienburger hinter sich. Der vollendete Gang einer Frau, er hatte lange daran gearbeitet.

An dieser Stelle des Landwehrkanals ereignete sich nicht

viel in einer gewöhnlichen Nacht. Wasser schwappte glucksend gegen die Kaimauer. Keine Freier, keine Bordsteinschwalben, keine Luden, nicht einmal Stricher verirrten sich hierher. Nirgends konnte man sich besser verbergen.

Walter musterte den schwarzen Spiegel des Wassers. Das also war der Eingang zum Hades. Die Flammen der auf dem Kai aufgereihten Gaslaternen spiegelten sich darin wie die Fackeln einer Prozessionsstraße.

Der Aufprall auf dem Wasser wäre deutlich zu hören. Passanten könnten aufmerksam werden. Aber nur für diesen kurzen Moment drohte seine Tat entdeckt zu werden. Kaum mit dem Wasser in Berührung gekommen, würde ihn das Kleid rasch in die Tiefe ziehen, in den sicheren Tod. Auch aus diesem Grunde trug er es. Vollgesogen zöge es ihn hinab wie Bleikugeln. Die Strömung war nicht stark in diesem Abschnitt, kurz vor der Schleuse. Sicher würde man ihn an Ort und Stelle wieder herausziehen, so wie Hunderte anderer, denen dieses Wasser zum Grab geworden war.

Walter hatte unbedingt vermeiden wollen, an die Mutter zu denken. Nun geschah es doch. Um die tat es ihm leid.

Doch er hatte keine Wahl. Er ertrüge die Scham nicht, wenn sie es irgendwann erführe. Wenn sie ihn zur Rede stellte und er ihr die Wahrheit ins Gesicht sagen müsste, unverblümt: dass er kein Mann war – jedenfalls nicht in dem Sinne, wie die Mutter es wünschte. Dass er es im Gegenteil genoss, manchmal eine Frau zu sein. Sein Körper war falsch, das wusste Walter nun. Zwei Männer hatte die Mutter auf dem Schlachtfeld verloren – den dritten verlor sie an die Nachtwelt, die Scheinwelt, die Welt der Illusion.

Die Mutter hatte ihn zur Wahrheit erzogen. Walter hatte redlich versucht, darin zu leben; es war missglückt. Schon jetzt, nach wenigen Tagen, war ihm das Versteckspiel unerträglich. Und er war erpressbar geworden, das war die immerwährende Qual. Alles konnte man ihm anhängen, ohne dass er sich dagegen zu wehren vermochte.

Heute Nacht verlor sie ihren letzten Mann, dachte Walter. Der Schmerz würde sie umbringen. Er brach am Kanal zusammen, fiel auf die Knie und ließ den Tränen freien Lauf. Nein, er würde nicht springen. Er brachte es nicht übers Herz, er wollte leben, um ihretwillen. Wahrheit oder Tod – warum diese Wahl? Er würde Marlene an diesem Abend zu Grabe tragen, doch ohne Walters Körper.

Gestärkt durch die Kraft des Entschlusses hatte Walter sich wieder erhoben und war, erfüllt von Stolz, von der Kaimauer zurückgetreten, da hörte er sie nahen aus der Nacht. Die scharfkantigen Abzeichen an der Jacke im Licht der Laternen, die Kreuze, Kränze und Krähenfüße: Alles sollte militärisch und ehrwürdig wirken, doch auf Walter wirkte es albern. Nur die Absichten in ihren Gesichtern waren weder albern noch harmlos.

«Na, Madämmchen, suchst 'n Ort zum Abtauchen?» Im Schein der Laterne trug der Wortführer einen gewalttätigen Ausdruck. Der andere, etwas schmächtiger, schien teilnahmslos, das Gehorchen gewohnt. Den Dritten sah Walter nur schemenhaft. Er war kleiner als die anderen, die Schiebermütze tief in die Stirn gezogen.

«Wir helfen dir, Süße.»

«Wat biste denn, Schöne? Hure oder schwanger oder beides?»

Die Freikorpsler erwarteten keine Antwort, sie stießen ihn im Kreis herum. Er wehrte sich nicht. Versuchte nur, auf den Beinen zu bleiben. Walter lauerte auf den geeigneten

Moment. Die hohen Absätze erschwerten seinen Kampf. Wenn er zu liegen käme, würden sie über ihn herfallen. Er kannte diese Sorte. Sie waren Wölfe, kämpften im Bewusstsein der Übermacht. Das machte sie unvorsichtig. Nur nicht die Geduld verlieren!

Walter hatte nur eine Chance: Auf den Moment ihrer Schwäche zu warten.

«Schnieke rausjeputzt biste, mit die feschen Schuhchen!» Der Großsprecher roch nach Alkohol.

«Am Ende biste keene Horizontale», mischte sich die Schiebermütze aus dem Zwielicht ein, «am Ende biste keene Frau! Am Ende biste 'n Kerl, wa!»

«Quatsch nich' mit Soße Emil, pack an!»

«Willste 'n per Handgepäck reinhauen? Eins, zwei, drei – heissassa?»

«Was denn noch? Schleife drum rum? Nee, lieber die flotte Motte.»

Walter hörte, wie eine Waffe entsicherte wurde. Das Geräusch weckte alle seine Sinne. Nun lauerte er hoch konzentriert. Walter musste den Moment für den Angriff finden, bevor sie ihn wie einen Hund abknallten!

«Zu viel Aufhebens, Eddie, die glotzen schon rüber! Am Ende krakeelen die noch nach den Schupos.»

«Mensch Emil, hast recht.»

Ein Tritt aus dem Nichts zog Walter die Beine weg. Er hielt sich allein dadurch aufrecht, dass er seine Finger in eine der Jacken krallte. Die Nägel knickten im panischen Griff, doch Walter spürte keinen Schmerz. Adrenalin überschwemmte jede Empfindung.

Nun hatte er keinen Boden mehr unter den Füßen. Das Geräusch reißender Nähte: das Kleid, die Strümpfe. Er schwebte, die Beine in der Luft, wehrlos wie ein Käfer auf dem Rücken. Schon hielten sie seine Fußgelenke umklammert. Seine Schuhe gingen ihm verlustig: die hübschen, marineblauen, mit den schmalen Absätzen. Es platschte zweimal, und der Kanal hatte sie verschluckt. Drei Mark, mir nichts, dir nichts versenkt.

Er wollte zuschlagen, doch seine Arme waren in Fäusten wie Schraubstöcken fixiert; unerreichbar die Visagen seiner Angreifer, ihre Gurgeln, ihre Wampen. Er begann zu strampeln, um Hilfe zu schreien.

«Lasst mich los, ich bin Polizist», schrie Beneken.

«Halt die Klappe!», beschied der Wortführer und hieb ihm die Faust ins Gesicht.

Blut spritzte aus seinem Mund. Zweimal schwangen sie ihn zum Kanal und wieder zurück. Schon flatterte der Saum seines Kleides über den Rand der Kaimauer. Grölend zählten sie die Schwünge: eins, zwei …

Beim nächsten Zurückschwingen erhielt er einen weiteren Hieb vor die Stirn. Walter wurde schwarz vor Augen. Mit den Beinen voran flog er dem Eingang des Hades entgegen.

Die brackige Brühe schlug über ihm zusammen. Der Schock verhinderte, dass Walter das Bewusstsein verlor.

Des Wassers Stille war ihm willkommen. Die Welt war ein toter Ort, auf immer verwüstet durch Gas und Granaten. Die Last, das Schicksal des Vaters und des Bruders, ihrer beider Sterben durch sein Leben aufzuwiegen, war zu schwer für Walter. Für den Moment war der Gedanke tröstlich, den Kampf zu beenden an dieser Stelle. Aufgeben. Aufgeben?

Da hörte er einen zweiten Aufprall auf dem Wasser, seltsam gedämpft, und einen dritten, unmittelbar darauf. Hatten die Freikorpsler weitere Menschen hineingeworfen?

Oder waren sie hinterhergesprungen, um sicherzugehen, dass er tot war? Ach was, sie hätten die Waffe benutzt. Ihn einfach abgeknallt, er schwamm ja noch an der Oberfläche. Jetzt zog das Kleid, Beneken spürte, wie es abwärts ging. Er aber wollte nun hinauf. Licht, Luft. Mit aller Kraft stemmte er sich gegen den Sog.

Dann wurde er an der Schulter gepackt. Jemand zerrte ihn nach oben. Sekundenbruchteile später schnappte er nach Luft. Jemand schrie um Hilfe, die Kaimauer war wie eine Wand, unmöglich, da hinaufzukommen. Walter ging noch einmal unter, wurde erneut hochgezerrt, von wem auch immer, dann: Schwärze.

Ein Anfang

Er spürte ihre Anwesenheit. Als Walter die Augen aufschlug, saß die Mutter im Zimmer. An das strahlende Licht des ersten Oktobertages musste er sich erst gewöhnen. Solch ein milchweißes Zimmer hatte er noch nicht gesehen, sicherlich war er im Himmel …

Aber warum die Mutter mit ihm?

Zusammengekauert saß sie auf einem einfachen hölzernen Stuhl, ohne Polster, ohne Lehnen. Ein Sonnenstrahl fiel auf ihr Gesicht, doch die Trauer regierte ihre Züge. Durch schmale Lidschlitze fiel Walters Blick auf den Wäschestapel. Über die Nacht hatte wohl jemand seine Kledage übers Ofenrohr gehängt. Nun lagen sie trocken und geordnet auf dem einzigen Tisch des Krankenzimmers – gefaltet sogar, selbst das aufreizende Kleid. Die Strümpfe waren in Fetzen. Doch sogar die löchrigen Stücke hatte eine selbstlose Hand zum Stapel gelegt. Die Mutter!, dachte Walter. Selbst im Himmel würde sie noch zum Besen greifen.

Er tastete nach seinen Hüften. Er trug eine fremde Pyjamahose, vermutlich war sie im Krankenhaus vorhanden gewesen. Das Oberteil passte nicht. Der Vorbesitzer musste schlanker gewesen sein als er, aber das scherte ihn kein bisschen.

Ein Bett auf der Wandseite war verwaist, frisch bezogen mit Laken und Wäsche, als warte das Zimmer auf eine weitere Person.

Walter getraute sich nicht, die Augen vollends zu öffnen. Ein Verband hielt – das spürte er – den Schädel gerade noch zusammen. Der Mund war eine einzige Wunde.

Durch die beinahe geschlossenen Lider versuchte er, in der Miene der Mutter zu lesen. Was erkannte sie in diesem Wäschestapel – in den zerfetzten Strümpfen, im Strumpfhalter, im Bustier? Was mochte sie schlussfolgern aus diesen Kleidern, getragen von dem einzig ihr verbliebenen Sohn, als man ihn aus dem Kanal zog?

«Gott, Walter», seufzte sie da. Die Tränen setzten lediglich Glanzlichter in ihre Augen, das Gesicht blieb trocken. Sie hob die Hand und ließ durch Reiben ihrer Finger einzelne Geldscheine in ihren Schoß rieseln. Es waren solche von denen, die Walter ihr daheim zurückgelassen hatte; in einer Zuckerdose auf dem Tisch. «Was soll ich denn damit?», fragte sie ihren Sohn.

Walter schloss die Augen.

«Walter, Schätzelein, wat machste für Sachen?»

Als er die Augen erneut öffnete, glommen Lillys rote Haare im Licht. Sie nickte der Mutter zu. Deren Gesicht hellte sich auf. Sie stemmte sich aus dem Stuhl, um die junge Frau zu begrüßen. Beinahe wären sie einander in die Arme gefallen, obwohl sie sich noch nie begegnet waren.

Lilly hielt sich nicht mit Höflichkeiten auf und ging auf das Krankenbett zu. Sie umfasste seinen Nacken, presste seine Stirn gegen ihre Schulter, sein Gesicht schmiegte sich gegen ihre Brust. Walter atmete tief ein und roch ihr Parfüm. Es war so vertraut, dass er die Augen wieder schloss. Lilly gab ihm einen Kuss auf die Haare. Vom Verband zum Schopf gebündelt, ragten sie wie Dünengras aus den Mullbinden.

Lilly hob sein Kinn und küsste ihn auf den wunden Mund. Es schmerzte, doch die Süße war wichtiger als der Schmerz. Der Kuss war nicht nur Zärtlichkeit, er war auch Vergebung. Beneken genoss die weiche, zarte Berührung, genoss den Aufruhr in seinem Herzen. Das Bangen, auf welche der Seiten er denn nun gehörte: Mann oder Frau? Ihr war es scheinbar gleichgültig, sie nahm ihn sowohl als auch. So musste sich Liebe anfühlen. Oder war es eine besondere Art der Freundschaft?

Lilly wandte sich der Mutter zu und stellte sich vor. Die erstrahlte. In großer Gefasstheit und mit der Würde einer Vermählungsrede sagte sie: «Ich bin so froh, dass Sie da sind!»

Walter wusste, wie dieser Satz gemeint war.

Die Mutter nahm das oberste Kleidungsstück vom Stapel, es war die Strumpfhose. Sie betrachtete die Risse im Gewebe, die aufgetrennten Nähte und sagte dann: «Sicherlich kann ich das flicken.» Dann warf sie Walter einen Blick zu. «Brauchst du das noch?»

Walter nickte mit schiefem Kopf.

Die Mutter raffte den Stapel zusammen und presste ihn unters Kinn. «Bestimmt wollt ihr allein sein.» Plötzlich hatte sie es eilig, das Zimmer zu verlassen. Und war schon hinaus, die verräterischen Wäschestücke mit ihr.

Stumm blickte Lilly ihn an. Walter musste das Schweigen zerlachen. «Sie hält dich für meine Verlobte, mindestens.»

Lilly blieb ernst. «Bin ich das denn nicht?»

«Eher bin ich deine …», schlug Walter vor. Er wagte kaum, sie anzuschauen.

Lilly setzte sich zu ihm aufs Bett. Sie umarmten sich erneut. Wieder schloss Walter die Augen und verlor sich in ihrem Duft.

Dann schob Lilly ihn auf Armeslänge fort, um ihn besser anschauen zu können.

«Was hast du ihnen gegeben?», fragte sie mit ernstem Gesichtsausdruck.

«Wem?»

«Dem Kriminaloberherrngesangsverein mit dem gestärkten Kragen.»

Walter betrachtete sie irritiert. «Was soll ich ihm denn gegeben haben?»

«Eine wie mich lassen die nicht einfach laufen, die doch nicht. Wenn die Kriminaler dich einmal in den Händen haben, pressen sie dich aus wie 'ne Quarktasche. Und da ich nichts bezahlt habe ...» In der verschwiegenen zweiten Hälfte des Satzes lag die Vermutung.

Walter senkte den Kopf. «Ich habe ihnen eine Lüge geschenkt.»

«Welche Lüge?»

Walter beschrieb das Zugeständnis, das er seinem Vorgesetzten gemacht hatte. Beschrieb den Grund, warum Lillys Tanz mit solch einer Summe honoriert worden war: damit die Harbou und Lang ohne Zweifel, ohne Skandal und schummriges Licht fortfahren konnten, Geld zu verdienen. Damit die Könige Könige blieben, die blanke Wahrheit hätte das Publikum doch sehr irritiert. Lilly wartete geduldig ab, bis er seine Schilderung beendet hatte.

«Warum sollten wir diesen netten Leuten nicht helfen?», fragte sie dann und starrte arglos in den Raum. «Mir waren sie sympathisch. Sie schenkten Champagner aus.»

Walter strich über die Bettdecke. Was sollte er sagen? Dass er sie keinesfalls hasste? Dass er sie sogar mochte, weil sie anders waren. Weil sie, so wie er, auf der Suche waren? Stattdessen sagte er: «Weil es nicht darum geht, eine Lügenwelt zu bauen. Wir sind auf der Suche nach Wahrheit.»

«Warum trittst du dann in Frauenkleidern auf? Ist das nicht auch eine Lüge?»

Walter senkte den Kopf. «Es fühlt sich richtig an. Auch wenn nicht ich es bin, sondern nur ein Teil von mir.» Er spürte, dass er diesen Widerspruch niemals auflösen konnte. Nicht in Männer- und nicht in Frauenkleidern.

«Walter!» Lilly nahm seinen Kopf in beide Hände und suchte seine Lippen. Sie gab ihm einen langen Kuss. Walter spürte sein Herz schlagen.

«Ich bin eine Frau, Walter», sagte sie. «Mir ist es einerlei, wie du dich anziehst. Ich weiß, dass du ein Mann bist.»

«Dann weißt du mehr als ich. Ich hasse dieses Kraftmeiern; dieses Dreinschlagen und Draufkloppen. Zu gern würde ich es beherrschen. Aber es beherrscht mich.»

«Ich liebe dich dafür, Walter.»

Lilly fuhr erneut mit ihren Fingern durch seinen Schopf, der oben aus dem Verband quoll. Die Wunde unter dem Verband schmerzte. «Die Wahrheit macht alles kompliziert», sagte sie. «Dagegen lobe ich mir eine Lüge, die allen Überlebenden Frieden gibt. Und uns eine Zukunft.»

Lillys Lippen näherten sich Walters Mund. Doch bevor sie ihn erreichte, wandte er den Kopf zur Seite. Verwundert trat sie einen Schritt zurück. Ihre Fingerspitzen strichen über seine Armbeuge, den Unterarm hinunter, die Finger entlang bis zu seinen Kuppen. Ihre Fingerkuppen verharrten beieinander, zärtlich. Dann trennten sich ihre Hände. «Gib mir Zeit», bat Walter. «Ich muss erst ich selbst werden.» Lilly hob die Schultern und ließ sie wieder fallen. «Für mich musst du das nicht.»

Einige Tage später

Zu dritt

Zeit war vergangen. Walter zählte nicht die Tage. Er genoss die Abgeschiedenheit des Krankenzimmers. Aus irgendeinem Grunde wurde das zweite Bett in seinem Zimmer nicht belegt. Auf seinem Bett lagen Filmzeitschriften verstreut. Er wollte mehr wissen über dieses Medium, vielleicht alles. So war er, er sammelte äußere Wahrheit, weil er die innere nicht kannte. Das Außen verlieh seinem Inneren Sicherheit.

Ohne irgendeine Ankündigung standen Lang und die Harbou eines Tages an seinem Krankenbett. Walter hatte geschlafen. Als er erwachte, waren Schemen zwischen ihm und dem Licht, das durch die Fenster fiel. Er kniff die Augen zusammen und erkannte die Filmleute. Rasch richtete er sich auf. «Was wollen Sie noch von mir?»

Die Harbou lächelte freundlich. Lang schien kurz angebunden. Konfekt und ein Blumenstrauß hielt sie in Händen, das Strickzeug suchte Walter diesmal vergeblich. Lang reichte ihm ein Paket, das Walter bekannt vorkam. Mit feierlicher Geste platzierte er es auf seinem Schoß. «Wir wollten Ihnen sagen», ergriff der Regisseur das Wort, «dass wir für Ihren – wie soll ich sagen? – *Unfall* nicht verantwortlich sind.»

«Wie kommt es, dass mich das Wort Unfall aus Ihrem Mund nicht beruhigt?»

«Wir sind nach reiflicher Überlegung zu dem Schluss gekommen, ergriff die Harbou das Wort, «dass Sie vielleicht den Eindruck haben könnten, wir hätten diesen heimtückischen Angriff in irgendeiner Weise forciert.» Ihre klaren Augen sahen ihn offen an. «Dem ist nicht so», setzte sie dann nach. «Im Gegenteil.»

«Sie meinen, man wollte mich zufällig in den Landwehrkanal werfen? Ohne böse Absicht?»

«Zumindest können Sie sicher sein, Beneken, dass wir nichts damit zu tun haben. Nichts anderes wollen wir Ihnen versichern. Wir sind auf Ihrer Seite. Und, wenn man es genau bedenkt, sollten Sie auch auf unserer sein.»

«Sie sind vielleicht auf meiner Seite», entgegnete Walter. «Aber können Sie dies auch für die garantieren, die hinter Ihnen stehen?»

Lang trat noch einen Schritt näher an das Krankenbett. Walter fühlte das Bedürfnis, sich noch aufrechter zu setzen. Sein Mund schmerzte, die Fäden spannten. «Wir haben diese Herrschaften Ihrer Zuverlässigkeit versichert, Beneken. Wir haben mit Ihnen einen Handel geschlossen, Sie und wir, das ist Schwur genug. Mehr braucht es nicht. Wir vertrauen Ihnen. Sie vertrauen uns. Wir schützen unsere kleine Welt, verstehen Sie?»

«Sie meinen: die Welt des Films?»

Lang übernahm es zu antworten: «Wir meinen, die Welt der ungewöhnlichen Verhältnisse. Die versteckte Welt, die der sichtbaren erst ihren Zauber einhaucht.»

Walter stieß Luft durch die Nase. «Ich bin mir nicht sicher, ob ich ein Teil dieser Welt bin.»

«Das sind sie. Wir haben Sie tanzen gesehen. Sie machen sich gut als Marlene …»

«Verraten Sie mir eines», fühlte sich Walter ermuntert zu fragen, «war es wirklich eine Dreiecksbeziehung?»

Die Harbou und Lang sahen sich an. «Wie können Sie etwas anderes vermuten?»

«Ich habe sie geliebt», bekannte die Harbou mit einem Schimmer in den Augen. Lang starrte versteinert und versuchte mit aller Macht, seine Gefühle zu verbergen.

Walter schwieg. Er sah Tränen und fühlte Wahrheit.

«Wie geht es Ihrer begabten Freundin?», fragte die Harbou da, indem sie tief durchatmete.

«Lilly?» Sein Herz setzte einen Schlag aus. Die Mutter kam täglich, Lilly vermied die Begegnung. Dabei wünschte er sich ihren Besuch so innig. «Lassen Sie sie in Frieden!», bat Beneken.

Die Filmleute warfen sich einen Blick zu. Lang lächelte hintergründig. «Wir wollten Ihrer Freundin einen Kontrakt anbieten. Wir planen einen Film mit einer Tänzerin in der Hauptrolle ...»

«Und Sie ziehen Lilly in Erwägung?»

«Warum nicht?», fragte Lang.

«Ihre Darbietung hat beeindruckt. Nicht nur uns. Eigentlich alle Anwesenden», ergänzte die Harbou. Die Tränen hatten einen Glanz auf ihren Augen hinterlassen.

Walter wandte den Kopf ab. «Sie wissen doch, wo Sie sie finden können», murmelte er schwer verständlich. Lang ließ sich nicht abspeisen.

«In Ottos Etablissement war sie nicht aufzutreiben. Sie haben nicht zufällig Ihre Wohnanschrift?»

Walter musste den Kopf schütteln. Was wusste er von Lilly? Eigentlich nichts. Dass sie tanzte. Nie hatte er sie nach Hause begleitet. Er wusste nicht einmal, ob sie ein Zuhause hatte. Dafür, dass sie seine Verlobte war, war Walter recht ahnungslos.

Lang drückte Walter die Hand. «Bitte sagen Sie ihr, sie möge in Babelsberg vorsprechen. Im Produktionsbüro der Decla-Bioskop. Wenn sie sich bei Ihnen meldet.»

«Falls sie sich einmal bei mir meldet», wiederholte Walter tonlos. Er wusste schon jetzt, dass er an seinem ersten Arbeitstag nach dem Krankenhausaufenthalt das Einsatzbuch der Mordbereitschaft studieren würde. Aber würde er jemals zurückkehren? Eine männliche Nackttänzerin in den Reihen der Polizei? Mit einem Mal hatte er panische Angst, dass Lilly etwas zugestoßen war. «Ich werde sie suchen», sagte er. Es klang wie ein Gelübde.

«Es würde uns freuen, wenn Sie sie fänden», sagte die Harbou mit aufrichtigem Lächeln.

«Das werde ich», bestätigte Walter voller Entschlossenheit.

Die Harbou nickte. «Es würde uns freuen, wenn auch Sie sich fänden.»

Diesmal gelang es Walter nicht, ohne Weiteres zuzustimmen. Beim Hinausgehen rief Lang ihm noch zum Abschied zu: «Denken Sie an das Paket!»

Die Tür war noch nicht ganz im Schloss, da spürte Walter das Gewicht auf seinem Schoß. Er löste die Verschnürung, schlug das Packpapier auseinander, und seine Augen weiteten sich, als er sah, was oben auf seinen Männerkleidern lag: die Dienstmarke der Berliner Polizei.

Nachwort

Während der 4. Internationalen Filmfestspiele in Berlin, Ende Juni 1954, wurde im Delphi-Palast auf der Kantstraße noch einmal *Der müde Tod* aus dem Jahr 1921 vorgeführt. Das Publikum strömte herbei, Thea von Harbou war Ehrengast und sprach einführende Worte. Das Anschauen des Films, dessen Thematik unmittelbar mit den Vorgängen vom September 1920 verknüpft war, dürfte Thea von Harbou zutiefst bewegt haben. Und so scheint es, dass die Macht der Erinnerung Thea von Harbou bei der Filmpremiere einholte: Die Vorführung wühlte sie derart auf, dass sie beim Verlassen des Kinos auf der Freitreppe stürzte. Wenige Tage darauf, am 1. Juli 1954, starb sie an den Folgen dieses Sturzes.

Sicherlich war es nicht der Film selbst, der sie derart aus dem Gleichgewicht gebracht hatte, sondern die damit verknüpften Erinnerungen an Lisa Rosenthals Tod viele Jahre zuvor.

Als Lang und Harbou sich 1919 kennenlernen, ist er achtundzwanzig und sie dreißig Jahre alt. Zumindest eine Zeit lang müssen die Harbou, Fritz Lang sowie seine erste Frau Elisabeth, genannt Lisa, offen miteinander verkehrt haben: der Ehemann, dessen Geliebte und seine Gattin. Lang und Harbou arbeiteten in der ehelichen Wohnung, die Harbou ging dort ein und aus, beide Frauen begegneten einander täglich und müssen eine – wenn auch nicht zwangsläufig auf

Zuneigung beruhende – Beziehung entwickelt haben, deren Bindeglied Fritz war. Über einen Zeitraum hinweg hatte er aller Wahrscheinlichkeit nach parallele Beziehungen zu beiden Frauen. Wie tief diese reichte und wie konfliktgeladen – oder aber auch einvernehmlich? – das derart erzwungene Zusammen- oder Nebeneinanderherleben war, lässt sich aus den spärlichen und mitunter widersprüchlichen Berichten nicht rekonstruieren. Die hier geschilderten Vorgänge sind daher künstlerisch zugespitzte Möglichkeiten der Wahrheit: Optionen – oder Variationen.

Dass aber diese Form der Ménage-à-trois – ob offen gelebt oder heimlich von Lang unterhalten – Gründe und Anlässe für Konflikte bot, liegt auf der Hand. Die Spannungen, die schließlich im Gewaltausbruch des ungeklärten Todes der Lisa Rosenthal mündeten, überraschen nicht. Überraschend ist nur, dass der Fall mit folgender lapidarer Erklärung ad acta gelegt wurde:

«Unfalltod durch Herzschuss», lautet die amtlich beglaubigte Todesursache der Elisabeth Lang, geborene Rosenthal, auf dem Überstellungsschein ihrer Leiche auf den Friedhof Berlin-Weißensee.

Auch wenn der Fall schnell zu den Akten gelegt wurde: Ein Leben lang rumorte das Thema *Schuld und Unschuld*, sowohl in Thea von Harbous Künstlerinnenvita als auch in Fritz Langs Œuvre. Fritz Lang glaubte nach eigenen Angaben nicht an Gerechtigkeit, dennoch scheinen ihn nach dem Tod seiner ersten Frau Gewissensbisse geplagt zu haben. Sein Leben lang kam er nicht über das tödliche Ende dieses – wie auch immer ausgestalteten – Dreiecksverhältnisses hinweg. Sicherlich nicht zufällig lässt Jean-Luc Godard in seinem anspielungsreichen Film *Le mépris* (*Die Verachtung*,

Frankreich/Italien 1963) Fritz Lang neben Brigitte Bardot und Michel Piccoli in einer Hauptrolle auftreten. In dem Film geht es um – ein Dreiecksverhältnis.

Fritz Lang selbst steuert das Thema unschuldig/schuldig in seinen späteren Hollywood-Filmen immer wieder an. Etwa in *Woman in the Window* von 1944, deutscher Verleihtitel: *Gefährliche Begegnung.*

Die Handlung: «Professor Stanley, gerade Strohwitwer, ist fasziniert von einem im Schaufenster ausgestellten Frauenporträt. Plötzlich bemerkt er, dass das Modell neben ihm steht. Er folgt der Frau in ihr Apartment und wird dort von ihrem Liebhaber überrascht, den er in Notwehr tötet. Die Leiche schafft er in den Wald. Als ein Erpresser sich meldet, sieht er keinen Ausweg mehr und nimmt sich in seiner Verzweiflung das Leben.»[1] Später stellt sich das als Traum heraus, obwohl es in der Buchvorlage (*Once Off Guard*, J. H. Wallis) anders aufgelöst wird. Der Film erzählt Langs Version.[2] Ihm musste bewusst sein, dass es ein Gegenstück zu diesem imaginierten Filmereignis in seiner Biografie gab. Musste ihm nicht ebenso bewusst sein, dass er mit dem Mittel dieses Films eine mögliche Erklärung für die Vorgänge in seiner Wohnung am 25. September 1920 präsentierte?

Langs Argumentation für diese filmische Traum-Lösung: «Wenn ich die Geschichte zu ihrem logischen Ende geführt hätte, wäre ein Mensch gefangen und bestraft worden für einen Mord, den er in einem einzigen Moment fehlender Kontrolle beging.»[3]

Er führt ins Feld, dass das realistische Ende eine «unfruchtbare Leere»[4] hinterlassen hätte. Deshalb gibt er der fiktionalen Erklärung den Vorzug. Ist dies auch eine ins Fiktionale verschobene Rechtfertigung für den immerhin vorstellbaren gemeinschaftlichen Mord an Elisabeth Lang, geborener Rosenthal?

Ein weiteres Beispiel ist *Scarlett Street* (*Straße der Versuchung*, USA 1945), den Lang im Stil des Film noir realisierte. Dort entgeht ein Mörder seiner gerechten Strafe, ein anderer wird an seiner Stelle hingerichtet. Der eigentliche Täter versucht sich – angesichts der Last der Schuld – zu suizidieren, wird aber gerettet.

Dieser Film nach französischer Romanvorlage wurde von der US-amerikanischen Zensur nicht freigegeben. Die himmelschreiende Ungerechtigkeit war, obwohl der eigentliche Täter ob des Mordes seines Lebens nicht mehr glücklich wird, unzulänglich gemäß der dort herrschenden Moralstandards.

Das Schlussbild zeigt den obdachlos gewordenen, einsamen Mörder, der ein Leben lang von den Stimmen der Vergangenheit geplagt wird. Waren dies Langs Stimmen? Kannte er die Last des schlechten Gewissens, die Folterqualen der Schuld? Auch über diese beiden Filme hinaus deuten wiederkehrende zentrale Motive seines Lebenswerkes darauf hin. Langs freimütig geäußerte apologetische Ansicht, dass das (Weiter-)Leben «eine härtere Strafe sei als der Tod»,[5] prägte sein weiteres Œuvre.

Ähnlich verhält es sich bei der Harbou: Auch sie schrieb nach dem Tod Lisa Langs zahlreiche Filme, aber auch Romane über die Themenkomplexe schicksalhafte Verstrickung, Tod aus Liebe und Dreiecksverhältnisse.

In *Die Frauen vom Gnadenstein* (D 1921), *Kämpfende Herzen* (D 1921) wird das Thema variiert; vor allem aber und besonders deutlich in *Der müde Tod* (D 1921). Darin geht es um gleich drei verschiedene Dreiecksverhältnisse, aus denen jeweils einer der Partner durch Tod eliminiert wird. *Der müde Tod* ist der Film, den Lang und die Harbou unmittelbar nach dem mysteriösen Ableben Lisa Langs und unter dessen Eindruck realisierten.

Der Themenkomplex Tod-Liebe-Gewalt durchzieht also ebenso Langs wie Harbous Werk. Die sonst so nüchtern analysierende Karin Bruns konzediert, die Werke der Harbou seien stets «vom Hauch des Todes umweht».[6]

Es scheint, als müssten die in den unglücklichen Todesfall Verstrickten das Erleben wieder und wieder bearbeiten. Darin erreicht dieses Ereignis die psychologische Qualität eines Traumas. Die nachfolgenden Werke können aus psychologischer Sicht durchweg als Bearbeitungen dieser Traumatisierung verstanden werden. Das Weiter-Leben ist – Langs eigene Worte! – mitunter härter als das Sterben.

Mag das Trauma innerlich gewütet haben, äußerlich war das Weiterleben für Lang und Harbou komfortabel. Die 20er-Jahre der Weimarer Republik gelten als eine Zeit der Exzesse und des rauschenden Lebens. Fritz Lang und Thea von Harbou waren ihre hellsten Sterne.

Trotz all des Glamours und all der Freiheiten, die die beiden genossen, gestalteten sich die Konditionen des Zusammenlebens und Überlebens oft als fragil und fragwürdig. Die Filmwirtschaft der frühen goldenen Jahre des deutschen Films war allzu eng verbunden mit den mächtigsten und skrupellosesten Akteuren der Weimarer Republik. Die Ufa (Universum Film AG) war eine Gründung jener Armee, die Deutschland gemäß dem Versailler Vertrag nicht mehr unterhalten durfte. Die Militärs suchten neue, zivile Betätigungsfelder, die junge Lichtspielkunst bot sich an.

Erich Pommer, Produzent und Förderer des Berliner Glamourpaares in deren erfolgreichsten Jahren, wurde massiv unter Druck gesetzt, um der Ufa seine Anteile an der Decla-Bioscop zu verkaufen. Am Ende gab er dem Druck nach und wurde im Gegenzug Produktionschef. In diesem Geschäft wurde mit harten Bandagen gekämpft – den härtesten.[7]

Doch Lang und Harbou setzten sich, nicht zuletzt mit künstlerischen Mitteln, durch. Für einige Jahre stand dieses ebenso glamouröse wie zunehmend wohlhabende Skandalpaar im Mittelpunkt der deutschen Filmgeschichte; wie es auch im Mittelpunkt des gesellschaftlich-kulturellen Berlins stand. Die Schauspielerin Lil Dagover schreibt in ihren Erinnerungen:

«Für mich war Fritz Lang eine der elegantesten Figuren der damaligen Szene. Wenn er – groß, sportlich, immer das Monokel im Auge – neben der schönen, gescheiten und witzigen Thea einen Ballsaal betrat, dann standen beide sofort im Mittelpunkt: Sie waren ein Paar, das man einfach nicht übersehen konnte.»[8]

Der Chronist Curt Riess erinnert sich ähnlich:

«Man sieht die beiden überall in Berlin: bei Horcher, bei Forster, im Adlon, beim Sechstagerennen, bei den Boxkämpfen, bei den Reinhard-Premieren. Sie sind nicht zu übersehen. Er: schlank, großartig aussehend, immer mit Monokel, gewöhnlich sehr sportlich gekleidet. Sie hat sich die Haare abschneiden lassen und ist ebenfalls meist in Tweed und Flanells gekleidet.»[9]

Das Glamourpaar mit den dunklen Flecken auf der Vergangenheit – eine Konstellation, die Lang und Harbou sich dramatischer nicht hätten ausmalen können.

Für die Ehe des illustren Paares war der Tod an ihrem

Anfang kein gutes Omen. Das private Glück der beiden hielt nur kurze Zeit an. Sowohl die Harbou als auch Fritz Lang wandten sich rasch neuen Partnern zu: Lang war ein notorischer Schürzenjäger, und die Harbou hatte sich in den Inder Ayi Tendulkar verliebt. Die Ehe wurde nach wenigen Jahren geschieden. In der Untreue blieben der Regisseur und die Drehbuchautorin sich selbst – wenn auch nicht einander – treu.

Doch auch nach ihrer Scheidung schufen sie gemeinsam relevante Werke der Filmkunst. Ihr größter gemeinsamer Erfolg – *Metropolis* – fällt in diese Ära.

Im «Dritten Reich» nahmen Fritz Lang und Thea von Harbou schließlich sehr unterschiedliche, um nicht zu sagen gegensätzliche Wege: Während die Harbou Filmmanuskripte im Auftrag und Geist der Machthaber schrieb, emigrierte Fritz Lang früh aus Nazi-Deutschland. Als Joseph Goebbels – diese Szene fehlt in keiner Fritz-Lang-Biografie – ihm die «Führerschaft» des deutschen Films im Nationalsozialismus anbietet, ist der Umworbene so entsetzt, dass er Deutschland noch am selben Tag und ohne ein Handgeld – die Banken hatten seiner Auskunft nach bereits geschlossen – gen Paris verlässt. Aus der Beharrlichkeit, mit der Lang diese Szene wieder und wieder anführt, spricht ein tiefes Bedürfnis, seine Entscheidungen gegen Nazi-Deutschland auf einer moralischen Grundlage zu rechtfertigen. Er handelt also keineswegs amoralisch, sondern lediglich abgehoben von den gängigen moralischen Standards seiner Zeit, mithin: autonom. Welche Rolle seine jüdische Mutter Paula Schlesinger bei dieser Entscheidung spielte – als «Halbjude», wie es im Jargon der Nazis hieß, wäre er ohnehin über kurz oder lang ins Fadenkreuz geraten –, ließ er ein Leben lang offen.

Die deutschnational-konservativen Haltungen der Thea von Harbou hingegen fügten sich passgenau in die Ideologie der Nationalsozialisten ein. Und in dieses Bild fügt sich auch als ein bedrückender Zufall: dass Elisabeth Rosenthal – ebenso wie Fritz Langs Mutter – jüdischen Glaubens war. Lang und Harbou erstanden wie ein Phönixpaar aus der Asche des Skandals. Die Jüdin Elisabeth Rosenthal hingegen blieb auf der Strecke.

Dennoch, am Ende ist es die Last der unbewältigten (Mit-) Schuld, an der die Harbou schließlich zerbricht. Ein halbes Jahrhundert nach Elisabeth Rosenthals «Unfall» erschüttert die erneute Vorführung des Films, den sie mit Fritz Lang zusammen schrieb, die Autorin derart, dass sie beim Verlassen des Kinos zu Tode stürzt. Auch dies, ganz im Sinne Langs, ein tragischer Unfall – Schicksal also –, an dem sie wenige Tage später verstirbt. So schließt sich ein Kreis in der tödlichen Berührung zweier wohl nicht ganz zufälliger «Unfälle».

Danksagung

Mein Dank gilt der Deutschen Kinemathek Berlin mit ihren stets freundlichen Bibliotheksmitarbeitenden; dem Institut für Theater-, Film- und Fernsehwissenschaft der Universität zu Köln, das einen grundlegenden Beitrag zu meinem Interesse am frühen Filmgeschehen leistete; dem deutschen Literaturarchiv Marbach, das mich in aufschlussreichen Briefen aus dem Nachlass Thea von Harbous blättern ließ; dem deutschen Filmarchiv des Bundesarchivs in Koblenz für die Öffnung meines Blickes auf die Filmpioniertaten jener Zeit.

Mein Dank gilt weiterhin dem Verlag Rowohlt Kindler, allen voran meiner Programmleiterin Ulrike Beck für die wie immer exzellente Betreuung. Ein herzlicher Dank gebührt auch Katrin Kroll für ihre einfühlsame und kluge Arbeit am Text. Nach diesem brillanten ersten Wurf wächst die Vorfreude auf weitere Projekte.

Ferner danke ich dem Maler und Grafiker Kornelius Wilkens, der mich in Berlin mit einem gefüllten Picknickkorb empfing und an das Grab Thea von Harbous führte.

Ich danke Dr. Michaela Röll für ihre äußerst wertvollen Anregungen und inspirierende Diskussionen.

Außerdem sei Gabi Meissner für ihre ganz entscheidenden Hinweise zur Arbeit von Gerichtsmedizinern und Kriminalisten in den Zwanzigerjahren des 20. Jahrhunderts gedankt.

Ich danke meinem Arbeitgeber, den Malteser Werken gGmbH, die nicht nur Verständnis und Toleranz für meine Schreibleidenschaft zeigen, sondern sie auch zunehmend als Ressource für meine pädagogische Arbeit mit belasteten Kindern und Jugendlichen betrachten.

Mein besonderer Dank gilt meiner Gefährtin, Kollegin, Kritikerin und Muse Josefine Gottwald. Während der Arbeit an diesem Buch waren wir auch Familie und begleiteten vor allem den Weg unseres jüngsten Töchterchens aus dem Baby- ins Kleinkindalter. Unsere Hauptschreibzeit verlagerte sich wegen dieses wirbeligen Herzglückwesens in die ganz frühen Morgenstunden. Danke, Josefine, dass wir das Abenteuer wagten, uns der Stille und dem Frieden des Morgens anzuvertrauen. Das sind zauberhafte, erfüllte Schreibstunden.

Quellennachweis

Seite 99 f.
Thea von Harbou: Der Krieg und die Frauen. Stuttgart, Berlin (J. G. Cottasche Buchhandlung Nachf.), S. 134 f.

Anmerkungen

1. Michael Töteberg: Fritz Lang. Mit Selbstzeugnissen und Bilddokumenten. Reinbek bei Hamburg (Rowohlt) 1985, S. 108.
2. Vgl. ebd. S. 109.
3. Ebd. S. 109 f.
4. Ebd.
5. Ebd. S. 111.
6. Karin Bruns: Kinomythen 1920 – 1945. Die Filmentwürfe der Thea von Harbou. Stuttgart (J. B. Metzlersche Verlagsbuchhandlung) 1995, S. 16.
7. Vgl. Curt Riess: Das gab's nur einmal. Die große Zeit des deutschen Films, Bd. 1. Frankfurt / Main; Berlin; Wien (Ullstein) 1973, S. 151.
8. Reinhold Keiner, Thea von Harbou und der deutsche Film bis 1933, S. 72, zit. nach: Lil Dagover: Ich war die Dame. Rastatt (Moewig) o. J., S. 106.
9. Vgl. Riess, a. a. O., S. 151.

Weitere Titel

Ach du fröhliche

Als Bach nach Dresden kam

Arzt der Hoffnung

Das Weihnachtsmarktwunder

Die Badende von Moritzburg

Eine Kiste voller Weihnachten

Goethe in Karlsbad

Jesusmariaundjosef!

Winterherz